T0178774

El mercenario que coleccionaba obras de arte

Wendy Guerra

El mercenario que coleccionaba obras de arte

ALFAGUARA

El mercenario que coleccionaba obras de arte

Primera edición: octubre, 2018

D. R. © 2018, Wendy Guerra

D. R. © 2018, derechos de edición mundiales en lengua castellana:
Penguin Random House Grupo Editorial, S. A. de C. V.
Blvd. Miguel de Cervantes Saavedra núm. 301, 1er piso,
colonia Granada, delegación Miguel Hidalgo, C. P. 11520,
Ciudad de México

www.megustaleer.mx

ISBN: 978-607-317-202-8

Impreso en México – *Printed in Mexico*

El papel utilizado para la impresión de este libro ha sido fabricado a partir de madera procedente
de bosques y plantaciones gestionadas con los más altos estándares ambientales, garantizando
una explotación de los recursos sostenible con el medio ambiente y beneficiosa para las personas

Penguin
Random House
Grupo Editorial

A Pepe Horta
A la Brujita

*En muchos casos el héroe no es otra cosa
que una variedad del asesino.*

Víctor Hugo

Nunca antes la sangre ajena me pareció tan mía. La vi rodar sobre mis piernas, bajar desde mi sexo hasta la desembocadura de la bañera, escurrirse en espiral dejando un halo amenazante sobre mis dedos. Un ligero olor a paloma muerta, a río revuelto, a flores corruptas y hierro oxidado después de la tormenta me regresó el perfume de mi madre.

Nunca antes, nunca después, me unté de sangre con tanto placer. Sin defensa, sin protecciones, sin recelos. Seguí su recorrido por mi cuerpo coloreando las rutas que había logrado enterrar desde hacía tiempo y que ahora entintaba mis venas, untaba mi pelo, me travestía en un ser tan ajeno como entrañable.

Salí mojado, tiritando, buscando algo que pudiera calmarme el frío. Alcancé mi bata y, mientras me abrigaba, la vi rendida sobre un pozo común. De su sexo manaba mi semen, y con él toda la sangre que este mes escapaba inservible limpiando su vientre. Delineaba una perfecta mancha de Rothko sobre las sábanas blancas.

Su respiración marcaba la arritmia de un corazón trastornado y una cabeza díscola. La nieve caía sin prisa sobre el número 7 de la Rue de l'Hôtel Colbert.

Me desnudé y volví a la cama mientras pensaba en llamar por teléfono al escolta que esperaba afuera para autorizarlo a dormir, pero al encajar mi pierna entre sus muslos sentí cómo su sangre regresaba a mi cuerpo diluida en la blancura de mi leche. Entonces lo entendí: hay vínculos que son para siempre.

Diario de campaña número 1
Miami, Florida. Estados Unidos
1961-1969

Yo no deseaba emigrar, pero mi madre supo, desde el fusilamiento de mi padre, que, en adelante, continuar en la isla sería nocivo para la familia. Si no se iba, le harían la vida imposible. Abrumada por los acontecimientos y consciente de las amenazas que acechaban, optó por emigrar. Con la cabeza en alto, Alicia Sáenz Falcón, vestida de luto, se presentó en el departamento correspondiente y exigió un permiso para desplazarse con sus hijos al extranjero. El mismísimo Fidel Castro firmó la autorización de salida como prueba de la benevolencia revolucionaria, según le reveló el infeliz militar, funcionario de emigración que luego de varias visitas finalmente le entregó los pasaportes. Mi madre localizó a unos tíos que salieron a Miami en 1960, y a través de ellos conseguimos nuestros boletos aéreos.

El 7 de enero de 1964 abordamos un Douglas DC-3 con destino a México y, después de una breve escala en la capital, subimos a otro avión que nos transportaría a nuestro destino final en la Florida.

La aeronave, repleta de turistas norteamericanos, aterrizó a la medianoche en el Aeropuerto Internacional de Miami. Cuando desembarcamos sentimos una frialdad intrusa e inusitada en el aire. El clima en esa área por lo general es cálido, pegajoso, húmedo, pero esa noche el calor tropical se había esfumado y nos recibió un frío penetrante.

El modo en que llegamos, desabrigados y solos, fue el anuncio de todo lo que pasaría en lo adelante. El frío fue calando en mis huesos hasta hacerme temblar. Yo me hallaba aturdido. La idea del destierro iba en contra de mi juramento de vengar el asesinato de mi padre.

Tenía una deuda pendiente con Castro y, con lágrimas en los ojos, me preguntaba una y otra vez cómo iba a saldarla desde la distancia.

—Adrián, ¿qué te sucede? No te deprimas, *mijo*. Tienes toda una vida por delante —dijo mi madre, un poco nerviosa, intentando animarme.

Ambos buscábamos la cara de mis tíos entre la gente en el salón de espera del aeropuerto de Miami. Ante nosotros sólo veíamos desconocidos y un cartel gigante que sostenía un señor donde se leía "Refugiados políticos".

—Todo bien, vieja, pero deseo estar en Cuba, ese es el problema. No quiero vivir como refugiado —dije con la voz entrecortada, tratando de reponerme.

—No te preocupes, que el Señor nos va a amparar —me explicó ansiosa, buscando entre la gente.

—Yo sé, mi viejita —dije tragándome mis lágrimas, actuando como se esperaba de mí, el niñohombre de la casa, el que necesitaban fuera y que, sin elegirlo, tuvo que ser para todos.

Ella asintió al verme tragar en seco y cerró sus párpados, también aguados, para esquivar toda conversación sobre volver a Cuba. Esa debería ser la última, o al menos yo no recuerdo ninguna otra charla en la que mencionara regresar, porque para mi madre y mi abuela una infiltración, un retorno, siempre termina en fusilamiento. No tenía interés en inquietarla con mis pensamientos, ni informarle que la gracia de Dios había desaparecido de mi alma.

Entrada la madrugada, sin dinero para taxis ni dirección para indicarle a un chofer, apareció uno de mis tíos en el pasillo del aeropuerto. Mi madre le había hablado desde un teléfono público. Estaba tan nerviosa que sus dedos no le permitían marcar los números y fui yo quien atinó a poner la moneda y arrastrar el disco una y otra vez hasta comunicar. El tío llegó a rescatarnos un poco tarde, cuando ya todos se habían marchado. Estaban limpiando los pisos de la terminal y la voz de Barbarito Díez salía de una pequeña radio que llevaba, de un lado al otro, el empleado de limpieza mientras arrastraba el aserrín con creolina siguiendo la memorable letra a dos voces. *Ausencia quiere decir olvido, decir tinieblas, decir jamás…* ¿Dónde estaba ahora?, pensé. Una sensación de tristeza y desubicación me mareó, y vomité en la calle un minuto antes de montarnos en el auto para trasladarnos al humilde apartamento de un cuarto con baño, sala y comedor.

A esas alturas ya no profesaba ninguna empatía por la Iglesia, pero esa vez estuve agradecido. Fue un cura amigo de mi madre quien había alquilado y pagado este lugar para nosotros. Esa primera noche la pasé en el baño vomitando. Sentí como si hiciera un exorcismo de Cuba, sacándola de a poco; entre tirones, náuseas y buches amargos la expulsé de mi cuerpo. Al amanecer, un pequeño hilo de bilis con cierta transparencia y fragmentos de sangre fresca me avisaba, amenazante, que no había nada más que devolver, pero que ese nexo sanguíneo permanecería dentro de mí para siempre.

Clareaba y quise acostarme al menos un rato en la única cama de la casa, pero mi madre dormía tranquilamente abrazada a mis tres hermanos. No había lugar para mí, así que fui a la sala y me acurruqué donde pude. Desde entonces no duermo demasiado; sólo me reclino vestido y alerta para intentar descansar.

Las etapas iniciales de la expatriación fueron ásperas y trágicas para el clan Falcón. Como refugiados, el gobierno estadounidense nos ofreció asistencia médica y alimenticia, pero eso no era suficiente para subsistir allí, donde todo cuesta y todo se paga. Como ninguno hablaba inglés, nos las vimos negras en la escuela, y peor le fue a mi madre buscando empleos.

Ese tiempo fue pésimo para la mayoría de los exiliados cubanos. Cada visita, cada reencuentro con amigos de mi padre, era un verdadero inventario de penurias.

Aureliano, el hermano que me sigue, y yo hicimos de todo al llegar a Miami. Fuimos ayudantes de construcción, pulimos automóviles, vendimos periódicos, desyerbamos patios y pasamos infinitas horas buscando ostiones por todo el litoral Atlántico para negociar ilegalmente y comer en casa. El acuoso y profundo sabor a moluscos y la arenilla propia del ostión me remiten irremediablemente a mis primeros años en Miami.

El itinerario era severo: entrábamos al colegio a las ocho de la mañana y allí nos quedábamos hasta las tres de la tarde, y luego salíamos a trabajar donde se podía, hasta la noche.

El vigor de la adolescencia lo conquista todo, pero en el caso de mi madre fue bien distinto. Su salud se malogró como consecuencia de la inseguridad económica. Se alimentaba mal y trabajaba demasiadas horas. El recuerdo de mi padre y las pesadillas del fusilamiento no la dejaban dormir, la debilitaron. Para colmo, un mes antes de que se cumpliera nuestro segundo aniversario de haber dejado la isla, el menor de nosotros falleció de una complicación pulmonar. Tuvimos que pedir un préstamo, pues no teníamos dinero para el entierro, cosa a la que mi madre siempre se había negado. Nos endeudamos, como suele ocurrir en el capitalismo, y ella no pudo más. Se dio por vencida y poco a poco fue perdiendo su lucidez.

Al tercer año de exilio, todos en la casa menos mi madre ya hablábamos inglés. Aureliano estudió medicina y, en compañía de mi madre, se marchó a California para ejercer su carrera. El otro hermano, Ignacio, estudió magisterio, pero en realidad se hizo músico. Por el camino, una larga y compleja melodía lo alejó de nosotros.

En cambio, yo nunca me vi en una profesión convencional. Desde la ejecución de mi padre me había trazado la meta: reivindicar el apellido y rescatar la soberanía de Cuba. No había tiempo que perder en escuelitas o diplomados. Tierra o sangre. Estaba consciente de mi destino y aprendería lo suficiente para afinar mi cruzada. Como Miami era la guarnición fundamental del anticastrismo externo, ahí cimenté mi base.

En los sesenta, el condado Dade daba la apariencia de ser una aldea rural. Gradualmente, con su trabajo, los emigrantes criollos lo transformaron en una ciudad desarrollada y de comercio continental. Fue en este ambiente de crecimiento, entre expatriados dolidos y trabajadores incansables, que evolucioné. En esa década los emigrantes tenían siempre una maleta dispuesta para su deseo más codiciado: regresar a la isla el fin de año, asar el lechón y celebrar la Navidad. Rumores sobre un golpe de Estado, de atentados, de otra invasión al estilo Playa Girón auspiciada por el Pentágono, iban y venían como el viento. ¿No era acaso este el lugar correcto y el momento indicado para alguien como yo?

¿Quieres hacer reír a Dios? Cuéntale tus planes futuros, decía siempre mi abuela materna.

El tiempo lo deteriora todo, también la pureza de las ilusiones. ¿Qué nos quedaba? Las ruinas filosóficas de una isla depauperada. La cruda realidad del emigrante aplazó el tópico de la libertad de Cuba. Se hablaba de esto en almuerzos o reuniones casuales, pero la realidad es que Castro se consolidaba día a día, sostenido, incluso, por las adversidades que lo cercaban. El embargo fue su "bastión inexpugnable"; se volvió un mago en "convertir el revés en victoria".

Muy pronto supe que no estaba ante cualquier dictador. Él era, además, un hombre hábil, astuto, carismático y sin la más mínima intención de abdicar al control que ejercía.

El desterrado eligió echar raíces fuera, ansiando el suelo natal solo en sueños abstractos. ¿Quiénes nos quedamos al centro de la acción? Una minoría militante, imperceptible y frágil ante lo verdaderamente visible, el poder ideológico de la izquierda. Nuestra única opción fue, en la práctica, recaudar fondos y costear misiones clandestinas. Infiltrar hombres y logística para realizar actos de sabotaje.

El exilio en Miami empezaba a tomarle el gusto a sus playas. Compraron casas y tuvieron hijos a los que llamaron John o Emily. Poco a poco deshicieron las maletas dispuestas para regresar. Definitivamente, los árboles de Navidad se armarían cada diciembre en la Florida. La memoria emotiva era borrada de a poco por el recordatorio de créditos y deudas. Era el momento de anclar en puerto seguro. También allí la lucha por la libertad de Cuba comenzó a ser un acto ilegal.

Los americanos velaban celosamente por la soberanía cubana, mientras nosotros, los guerreros del exilio, nos fuimos marginando como criminales hasta pasar a la clandestinidad. Capitanes como Eloy Gutiérrez Menoyo, Antonio Cuesta, Pedro Luis Boitel y otros miles fueron aprehendidos, torturados y condenados a la pudrición carcelaria. Muchos otros, como mi padre, murieron fusilados en la isla. Vicente Méndez fue apresado y cayó durante un combate guerrillero. Para el rebelde que deseaba liquidar el castrismo, la conflagración era sinónimo de suicidio. Por un flanco, les afectaba la perpetua injerencia de Washington que, a pesar de sus intenciones de desestabilizar al satélite soviético, patrocinaba simultáneamente una política antagónica hacia los insurrectos, desarticulándolos judicialmente e imposibilitándoles la vía independiente. Por otro lado, los debilitaba el constante suministro militar y económico de los rusos hacia una Cuba en vías de construcción socialista. Para colmo, no ayudaba la maldita condición geográfica de un pedazo de tierra flotante, sin fronteras terrestres donde replegarse u organizar una verdadera resistencia.

A nosotros, los sobrevivientes, no nos quedó otro remedio que cerrar filas y estructurar pequeñas células secretas, adiestradas en el arte tenebroso de la demolición. La estrategia de emplear el terrorismo por los caminos del mundo cobró potencia entre los cuadros insurgentes. Fue en esta etapa cuando entré en acción, durante un amanecer oscuro de 1966.

Contacté a un viejo compañero de mi padre quien, al escuchar mi decisión de seguir sus pasos, me introdujo a una de esas mini-organizaciones patrióticas que proliferaban entonces por la Florida. Esta secta, en particular, ejercía una táctica ofensiva de enfrentamientos con todo lo relacionado a la tiranía. Lo mismo atacaba barcos pesqueros cubanos en aguas internacionales que detonaba cargas explosivas contra empresas comerciales vinculadas a Cuba.

De acuerdo con esta línea, me enrolé siguiendo las instrucciones de un veterano. Mi primera misión fue un verdadero éxito: coloqué una bomba en la puerta trasera de una agencia de exportación e importación que comulgaba con el gobierno castrista. Logré hacerlo, para mi sorpresa, sin nervios ni arrepentimientos.

Un rato más tarde me fui a dormir tranquilo. Caí como una piedra en un sueño profundo, algo que no ocurría desde el fusilamiento de mi padre. Mientras desayunaba al día siguiente con la radio prendida, escuché la confirmación del hecho en las noticias. Fue el amanecer más feliz de mi existencia.

Desde entonces y hasta el verano del 69, participé en múltiples hechos similares dentro de la misma organización. En ese periodo, como consecuencia de una pelea callejera, conocí a varios de mis grandes amigos. Juntos formamos parte de una generación valiente y entrañable de patriotas suicidas, los mismos que sembramos una sonada ola de terror a lo largo y ancho de las Américas.

Llegué a París ojerosa y extenuada después de una larga noche de vigilia. Intentaba en vano descansar durante un vuelo de nueve horas que se hizo eterno gracias a la excitación de los turistas franceses quienes, por primera vez, experimentaban el paso de un huracán por el Caribe, acompañado de apagones, desabastecimiento, música, pachanga hecha en casa, mucho calor y demasiado aguardiente.

En el asiento de atrás, un chico pelirrojo ensayaba la clave cubana mientras su voz desentonaba la letra de *Hasta siempre comandante* arrastrando las erres y desvirtuando una melodía que mi subconsciente recita de memoria. La política es parte esencial de nuestro instinto. Cualquier cubano, comulgue o no con el ideal revolucionario, puede seguir su biografía guiado por las letras de la Nueva Trova.

Nuestros cumpleaños, la muerte de nuestros padres o el momento en que conoces al amor de tu vida estará siempre marcado por una canción política, esa que bien puede hablar de combate, trincheras, disparos, deber, deserción o muerte, y que nosotros aprendimos a transpolar leyéndolo como parte de la épica emotiva de tres generaciones.

Hay en nuestro imaginario un nicho irremediablemente ideológico que asfixia con capas políticas tu vida personal.

¿Será posible regresar a ese punto donde solo estabas tú y tus circunstancias?

Este reloj de arena épico irá desmoronándose con el tiempo y me pregunto a dónde irán a parar todas estas canciones, los discursos melódicos que nos sacan las lágrimas a las tres de la madrugada cuando vienen acompañadas de aplausos, vítores y memorables acordes de guitarra y piano acústico cercanos al jazz, pero, sobre todo, a nuestra memoria afectiva.

No importa tu posición política o el lugar en el que vivas hoy, allí va la melodía colmada de imágenes ajenas. Ahí viene ella, corriendo tras de ti, viaja contigo, te asalta con la necesidad de conmoverte, de tenderle una trampa a tu recuerdo, necesita secuestrar tu yo con un episodio histórico acaecido en las guerrillas, con imágenes de archivo en blanco y negro donde sólo tú te sientes a todo color, muy lejos de ese lugar donde una vez fuiste feliz.

Un poco antes de aterrizar se rindieron los ánimos de los pasajeros y fue entonces que pude conciliar el sueño. Desperté llegando a Charles de Gaulle, atravesé la puerta del avión dando tumbos, reventada de cansancio. Por eso, cuando un agente de la seguridad francesa me vino a pedir el pasaporte, a interrogarme al ver que yo usaba uno distinto, rojo y oficial, no atiné a responderle en mi buen francés que yo pertenecía al servicio diplomático, o al menos, a parte del ejército de protocolo cubano que se mueve dentro del servicio diplomático.

Recientemente los franceses han instrumentado pedir el pasaporte a personas poco confiables justo al bajar de la nave. Quienes superen ese primer tanteo hecho al azar, pueden continuar por los pasillos hasta llegar a inmigración. Como no reconocieron mi documento, fui conducida a una oficina donde, un poco más despierta, logré contestar correctamente a todo lo que se me preguntaba. Aclarado el asunto de quién era y qué hacía allí me llevaron escoltada a inmigración, pasé el control y bajé a rescatar mi maleta que, a esas alturas, daba vueltas sobre la cinta infinita.

Nadie me esperaba, o al menos no identificaba a Paul entre los rostros impacientes, personas que aguardaban nerviosas a sus seres amados, hombres con carteles en varias lenguas, ideogramas, caracteres árabes, figuraciones que intentaba descifrar buscando leer Valia, o tal vez Valentina Villalba.

Me perdí en el enjambre de turistas, caminé deprisa entre abrazos y lágrimas, me embadurné con los perfumes de las tiendas que a esas horas ya estaban abiertas y probé mi correspondiente *chocolat chaud* con croissant en un pequeño café del aeropuerto para sentir, al fin, el aire de París envolver mi cara como un papel celofán. Al abrirse la puerta de cristal un golpe de frío me paralizó sacando de mi cuerpo la insolación del último verano. ¿A dónde fue la capa de rubor que encendía mi piel?, pensaba en el momento en que, por fin, leí mi nombre y mi apellido sobre un pedazo de lienzo pintado con carboncillo. Fue entonces cuando, por fin, apareció Paul.

Diario de campaña número 2
MIAMI, FLORIDA. ESTADOS UNIDOS
1969-1971

Esta es la historia de La Fraternidad. Así nos conocimos. Así fue el camino de los que, en nombre de lo que pasó en Cuba, fundamos un mundo paramilitar, un cerco de fuego, un batallón de jóvenes librando contiendas por Latinoamérica en contra del comunismo.

Cuando conocí a Alejandro Grimaldi Durán, ambos teníamos dieciocho años. Alex, como le llamaban los más cercanos, tenía un cuerpo olímpico, ojos grandes y negros, labios gruesos, sonrisa angelical, melena castaña, tupida y peinada hacia atrás. Además de ser elegante y gallardo, poseía una nobleza real. Para colmo, era el niño lindo de una familia pudiente y, al graduarse de bachillerato, le premiaron por su descollante desenvoltura colegial con un traje cruzado de lino blanco y un Jaguar último modelo.

Animado por su buena fortuna, Alex invitó a un trío de "niñas bien" a una ronda de champán en un club recreativo de la playa. ¿Qué mujer podía rechazar algo semejante? En el mismo centro nocturno yo también festejaba mi diploma. A diferencia de Alex, me senté en un rincón, aislado discretamente, con poco dinero en la billetera. Entonces era delgado, de buena estatura, espalda erguida, hombros anchos, pelo oscuro y una mirada misteriosa que había heredado de mi padre. ¡Ah, mi padre!, un cubano "castigador" bordado de episodios secretos y extraordinarios. Siempre tuve una confianza tenaz en mí mismo, y eso ha sido lo que me ha salvado de todo en esta vida. Las puertas se abren a mi paso porque creo merecer entrar allí, del otro lado del límite. Yo soy y siempre seré la realeza en el exilio.

Allí estábamos los dos muchachones, cada quien disfrutando su mundo paralelo, muy cerca uno del otro. Jamás nos hubiésemos encontrado de no haber ser sido por una riña tumultuaria.

Los rifirrafes de los bares son comunes en todas partes del mundo. La fórmula es sencilla: exceso de alcohol + una muchedumbre de extraños sudados y borrachos + un espacio limitado = a tremenda trapisonda.

Alex no quería echar a perder su gran noche, además, no era alguien problemático, hasta el momento siempre se comportaba como el niño bueno de su casa que trata de pasarla bien y regresa como fue. Su intención primordial era seducir a una de las chicas que lo acompañaban. Sin embargo, el destino le tenía reservado otro escenario. Antes de que pudiera lograr su propósito, un borracho ostentoso le derramó un Bloody Mary sobre su recién estrenado traje de lino blanco.

Aunque aquello lo incomodó, Alex, con su buen carácter y la alegría de la celebración, le restó importancia, pero el borracho siguió bebiendo indiferente, sin excusarse y, para colmo, lanzando en son de burla una tremenda carcajada.

Irritado por los modales del tipo, Alex lo encaró y, como en una de aquellas broncas coreografiadas en Hollywood, agredió al desvergonzado conectándole una derecha sólida directo a su mandíbula. El puñetazo lo tumbó, dejándolo inconsciente en el suelo del bar, pero un amigo suyo intervino y la cosa se complicó.

Como de la nada, reventó una tormenta de golpes, sillas, botellas, gemidos, sonidos de vidrios quebrándose y una algarabía malsonante de mujeres histéricas. En medio de aquello, un carterista hindú entró en escena aprovechándose del caos. Enseguida se escucharon sirenas anunciando a la policía, que llegaba para tratar de restaurar el orden.

Yo suelo ser muy observador y, desde el principio, fui testigo del problema. Como el asunto no me concernía, quise ser neutral y me recosté en una pared hasta que apareció un desconocido y me sonó un buen bofetón. Sin excitarme y calculando el contraataque, le respondí con una patada, tirándolo al piso de inmediato.

Uno de los guardias agarró a Alejandro y el otro me llaveó a mí; ambos forcejeamos, rezongamos y, de repente, un corte eléctrico dejó el lugar en tinieblas. Aprovechando la confusión tiré al agente, que ya me tenía asfixiado contra el suelo, pero al huir resbalé en un vómito de lentejas, tropezando bruscamente contra el guardia que sujetaba a Alex.

Ambos perdieron el equilibrio y Alejandro logró escapar en medio de un juego malabárico amparado por la oscuridad. Sin titubear, como puestos de acuerdo, nos fugamos por la puerta de emergencia, corrimos hasta quedarnos sin aire y logramos escondernos en el patio de una casucha deshabitada que estaba a varias cuadras del bar.

—¡Maldito sea ese maricón! —vociferó Alex jadeando—. El muy cabrón me estropeó la fiesta, el traje, y además me espantó a las hembras. ¡Hijo de puta! —gritó—. En fin, esto se acabó, ya aquí no hay más nada que hacer. Me llamo Alejandro Grimaldi —dijo, percatándose de que no nos habíamos presentado—, pero me dicen Alex. ¿Y tú? —preguntó mirándome directo a los ojos.

—Adrián Falcón —reaccioné estrechándole la mano.

—¡Gracias, hermano! Evitaste que me encerraran —agradeció Alex con su palma derecha extendida.

—La verdad es que trataba de perderme de allí y te liberé de pura casualidad. Ahora tenemos que cavilar cómo regresar a la casa sin que nos cojan —le expliqué preocupado, tratando de esquivar su tono ceremonial.

—Quedémonos un rato hasta que la policía se vaya, recogemos mi carro y, bueno, si tienes tiempo, te invito a desayunar. La bronca me abrió el apetito y así de paso saldo mi deuda contigo —anunció Alex sonriendo.

—No es mala idea, ya tengo hambre, pero de verdad no me debes nada, hermano —le contesté un poco sorprendido.

Una hora más tarde estábamos ante un plato de huevos y tocineta en un restaurante de la Calle Ocho. Hablamos sobre Vietnam, la música del momento, el baloncesto, las mujeres, Cuba y, claro, Fidel Castro. Coincidíamos en la idea de que para terminar con esa dictadura se necesitaba gente dura y resuelta a encarar aquello, no sólo en la isla, sino en todos los sitios donde los *comuñangas* se estaban colando. El amanecer nos sorprendió intentando cambiar el mundo y, antes de irnos a dormir, acordamos reunirnos de nuevo.

Me gustó Alex, creí en él desde el primer momento. Lo analicé minuciosamente en los demás encuentros hasta que lo introduje en la cofradía con la que entonces colaboraba. La organización lo adoptó y le dio riendas sueltas para que enganchara nuevos reclutas. Les era indispensable contratar jóvenes como él, dispuestos a lo que fuera por la causa cubana.

Siempre he pensado que los idealistas, los resentidos y los desvalidos son terreno fértil para la violencia organizada. Alex y yo éramos un par de idealistas y teníamos cierto resentimiento por no tener patria, por andar inventándonos una isla prestada a donde fuéramos mientras desocupaban la nuestra.

La entidad anticastrista inició a Grimaldi en la comunidad subversiva. Toda época ha traído consigo revoluciones, revueltas, terrorismo, conflagraciones, paralelamente a los especímenes que las lideran. Alejandro era un líder nato, nació para dirigir, lo llevaba en su sangre. Sus padres se lo inculcaron desde niño dándole lecturas de tratados marciales clásicos, enrolándolo en la mejor academia militar de Cuba. Su padre, de ascendencia italiana, había luchado durante la Segunda Guerra Mundial en el frente occidental obedeciendo las ambiciones del fascismo europeo. En 1945 determinó emigrar a Argentina, pero, por falta de fondos, tuvo que desembarcar en La Habana, donde conoció a una hermosa mesalina con la que contrajo matrimonio; al año nació Grimaldi junior.

Poco a poco estableció vínculos con el ala anticonstitucional dentro de las fuerzas armadas cubanas. Cuando se sublevaron en 1952, don Grimaldi se convirtió en el enlace extraoficial entre los usurpadores y los capitalistas del viejo mundo con intenciones de ejecutar transacciones comerciales. La bonanza duró hasta que los golpistas se fueron al garete y, entonces, sin verter una lágrima, empaquetó lo que cabía en una valija y con su mujer e hijo a cuestas arrendó los servicios de un barco pesquero que los condujo a Yucatán.

Entendía, como la mayoría de nuestros padres, que permanecer en La Habana sería letal. La imagen de Benito Mussolini colgando de la Piazzale Loreto en Milán le demostró lo imperativo que era mantener una vía de escape y reservas para sobrevivir cualquier revés.

Justamente bajo esa filosofía circunstancial fue educado mi amigo Alejandro. Su primer exilio fue México. Allí residieron varios años y él ingresó en un prestigioso colegio privado. En el otoño de 1966, el clima político del país alarmó al astuto *gerarchi*. Su instinto le dijo que había llegado el momento de relocalizarse en Miami. En la Florida matriculó a Alex en un instituto superior de enseñanza jesuita hasta que se graduó del bachillerato y, aunque el aguerrido fascista aspiraba a que su hijo terminara una carrera de ingeniería, nuestro encuentro casual definió los esfuerzos del muchacho por organizar un movimiento subversivo que lo alejó para siempre de un desenlace convencional.

Cada cual por un camino diferente, pero en la misma causa, definimos nuestra vocación de modo sui géneris. La verdad sea dicha, ninguno de nosotros fue jamás un ser de la realidad.

Aparte de su historial escolar, Alex poseía valor, carisma y una curiosa adicción por las biografías de ciertas personalidades históricas. Estudiaba el dogma político de Nicolás Maquiavelo, descartaba los escritos de José Martí, detestaba el ideario democrático de Jefferson, pero admiraba la pericia conspiradora de José Fouché, respetaba el genio propagandístico de Hitler, mientras que el pacifismo humanitario de Gandhi le repugnaba. Julio César, Robespierre, Lenin, Stalin, Mao y otros caudillos sanguinarios fueron su inspiración, y a emularlos consagró parte de su existencia.

En su universo no existían fronteras prohibidas ni sagradas. Su doctrina era que el fin justifica todas las transgresiones. No importaba mentir, robar, manipular o matar, ¡lo esencial era coronarse! Todo aquel que tratara de empantanar la empresa concebida era marginado automáticamente y, si se descuidaba, podía perfectamente terminar tendido sobre un féretro. Imbuido desde su infancia en esa peculiar estructura de pensamiento, que no era más que el esbozo científico del fascismo, lo elevó a la práctica con maniobras propias, adaptadas a su estilo criollo. Alejandro degeneró en un ser ambicioso, propenso a ordenar cualquier ejecución. Todo ejercicio superlativo de actos violentos podía parecerle insignificante si no se cumplía la encomienda final. Estas características, más su educación privilegiada y una parentela que lo incitaba a la grandeza, engendraron en él a un megalómano, un atractivo demonio carente de escrúpulos.

Pero, ¡para alcanzar el trono se necesitaban militantes! ¿Cómo se reclutaban los militantes para la causa cubana? Esto podía ocurrir fortuitamente, como pasó el día que enganchamos en la jugada a Rafael Rodríguez y a Pedro Negrín, dos matanceros que llegaron cuando la Operación Peter Pan. Sus padres, temerosos de que por capricho de Fidel sus hijos fueran enviados a la URSS a recibir adoctrinamiento marxista, los embarcaron solos a Estados Unidos en 1962, siendo apenas unos niños. Este programa fue fundado en las oficinas del Departamento de Estado en Washington y auspiciado por la Iglesia católica, y consistía en ofrecerle albergue en los Estados Unidos a millares de niños y adolescentes cubanos. A causa de estas conductas estrafalarias y del carácter original de la mayoría de los nacidos en la isla, que siempre se han creído seres superiores a todas las razas o nacionalidades, culturas y estratos, no hubo muchas familias que se atrevieran a adoptarlos, como consecuencia, la mayoría se quedó atollada en el hospicio católico hasta que la claustrofobia los impulsó a brincar el muro del orfanato. Ya en la calle, adulteraron la edad en sus documentos para buscar trabajo en fábricas o empresas constructoras, pero quienes venían de familias acomodadas, con las que algunos hasta habían perdido contacto, la paga mínima les parecía una limosna. La vida del proletariado los desanimaba; ellos deseaban un poco más.

Una tarde de verano, mientras disfrutaban de la playa, Pedro y Rafael se cruzaron con un amigo que les presentó a Alex. Dialogaron por varias horas entre heladas Budweiser y un desfile continuo de voluptuosas chicas en bikini. Durante la conversación salió el tema de Cuba. Después del sondeo inicial, Alejandro concluyó que los dos tenían alma de iconoclastas y, por lo tanto, eran potenciales reclutas. Enseguida se integraron, lo vieron como una oportunidad para paliar la monotonía.

Mi otro compañero de lucha fue Miguel Zabala, que había abandonado la Revolución en la primavera del 67, a los veinte años. Por su edad temía que lo enviaran a combatir en cualquier foco guerrillero de África. Resuelto a no acudir al "deber internacionalista", cayó en nuestro otro esquema de internacionalismo. Se fue de Cuba una noche de mar en calma, después de meses intentando construirse su propia embarcación. Con su ingenio ensambló una superficie flotante de neumáticos con dos remos y se hizo balsero, luego náufrago y más tarde sobreviviente. Un navío mercantil lo rescató en estado de deshidratación cuando vagaba perdido en las aguas del Caribe. Una mañana de junio despertó en un hospital de Cayo Hueso y no lo podía creer. Después de una efímera cuarentena migratoria, le otorgaron santuario y se mudó con su abuelo a la ciudad de Hialeah, donde, en el lapso de una semana, consiguió empleo en un taller de mecánica. Ahí conoció a Alex, que había llevado su Jaguar a una revisión de rutina. Tomando café, hablaron con morriña sobre la tierra natal, y Miguel le reveló que deseaba participar en la lucha contra Castro. Confesó que añoraba Cuba y a la mujer que había dejado atrás. Como salió airoso en todas las revisiones y exámenes, Alex lo alistó sin chistar, prometiéndole que un día cumpliría al fin sus aspiraciones.

En 1960, Alfredo Ceballos Jr. llegó acompañado por sus padres a la República Dominicana. Don Ceballos, su padre, un mulato modesto de la provincia de Camagüey, propietario de una tienda de viandas, necesitaba a toda costa sacar a su familia de allí. El señor había empezado a tener recurrentes pesadillas donde se le aparecía su bisabuela esclava y le susurraba al oído que era mejor huir que volver al barracón.

A pesar de que eran mayormente apolíticos, desde el primer momento en que la tiranía empezó a confiscar propiedades y salió la consigna de "no somos uno, sino que somos todos uno para defender la Revolución", al camagüeyano le comenzó a inquietar el futuro de Cuba, que era, en definitiva, el de su familia.

Decidido a no volver a la esclavitud sufrida por sus antepasados, huyendo de la pesadilla real, vendió todas sus pertenencias y emigró con su clan. Vivieron en Santo Domingo hasta que el consulado americano les concedió los visados para ingresar al "paraíso capitalista". Ya en Miami, Alfredo se matriculó en el mismo colegio de Alejandro y enseguida se hicieron como hermanos. Ambos eran deportistas natos y, además, compartían la pasión por el béisbol. Fue así como entablaron una relación estrecha que los llevaría a jurar en nuestra Fraternidad.

Alex, Pedro, Rafael, Miguel, Alfredo Jr. y yo, junto a otros miles de jóvenes exiliados, formamos parte de la "generación desplazada" que en la década del sesenta desertó a la fuerza de la isla. ¿Acaso todos estuvimos de acuerdo en emigrar? ¿Cómo hubiese sido nuestra vida de quedarnos en medio del proceso revolucionario?

De esta cosecha, Alex forjó su ejército. A los rebeldes les prometió revolución, al desempleado, trabajo, al pirata, saqueo y tesoros, al aburrido, aventuras y acción. Con su grandilocuencia persuasiva repartía variopintas semillas de ilusiones a sus apóstoles, garantizándoles de antemano prosperidad, poder, odiseas, triunfos y gloria. En un abrir y cerrar de ojos reclutó a más de una docena de incondicionales con edades promedio entre los dieciséis y los veinte años. Adolescentes extraordinariamente peligrosos que se transformaban de colegiales en maleantes, y de obreros en extremistas despiadados.

Mientras la nueva organización se iba formando, yo seguía manteniendo nexos con el gremio que nos inició en la lucha insurreccional, ellos nos adiestraron en el arte de la compartimentación, y en las diversas técnicas para burlar toda vigilancia. Hicieron de nosotros expertos en cómo difundir discretamente las acciones de guerra a los medios de comunicación, en la adulteración de documentos y la eliminación de huellas incriminatorias, entre otras artes de la guerra urbana. En marzo de 1971, tras un par de meses de clases, ya estábamos listos para debutar.

Él no quiso que lo conociera, y esa, mi primera noche en París, debía pasarla sola, hibernando en la maravillosa habitación que se había destinado para mí. Desde allá arriba podía ver el Sena y los edificios que rodean Notre Dame. Estaba segura de que, al amanecer, ya más descansada, disfrutaría de todo el panorama, pero en ese momento mi cuerpo respondía muy poco a los estímulos.

Paul, el galerista, era alto, dulce y delicado. Parecía un lord inglés, pero su cantadito dominicano lo delataba. En su espacio de Nueva York organizó la retrospectiva más importante que se ha hecho sobre la obra de mi tío, pero el Ministerio de Relaciones Exteriores no me dio permiso para volar a la inauguración, y hasta hoy no había podido conocerlo.

Del aeropuerto corrimos a Christie's, en la Avenue Matigno 9. A mí me parece un fraude decidir qué obra es de mi tío y qué obra no, porque desconozco todo de él y, para colmo, tampoco sé mucho de arte.

Hasta octubre del año antepasado no supe que era sobrina de Leonardo del Castillo, ese fabuloso pintor cubano que murió de sida en el exilio, en el Nueva York de los ochenta. La subasta es este viernes y ya no puedo negarme; supongo que Paul me entrenará en todo esto. Ahora me siento un poco atormentada por la novedad y la falta de sueño.

Almorzamos en un bistró, porque yo conservaba de mi infancia ese sabor a sopa de cebolla gratinada de nuestros frecuentes viajes a París. El caldo denso con el pan sumergido y el humo cegando mi cara me regresó a mis once años, cuando detuvieron a mi padre, allí, en el mismo aeropuerto por donde hoy entré, al no declarar su pistola en la aduana.

Tragué todo lo que Paul me brindó, lo saboreé, pero con un nudo en la garganta, y al terminar le pedí pasar por Notre Dame. Allí les puse una velita a mis padres, lloré a escondidas y regresamos al hotel corriendo debajo de tremendo aguacero. Es extraño, pero Paul no deja de seguirme a donde quiera que voy, incluso aquí mismo, dentro de la habitación. Conversa, charla sobre las obras y me sigue por los rincones tratando de contarme cómo fue que conoció a mi tío. Hasta se emociona haciéndome las anécdotas.

Paul, siendo apenas un adolescente, adquirió cerca de ochenta obras de Castillo cuando aún no era famoso. Mi tío visitaba mucho República Dominicana porque de allí era su pareja. Según me contó el galerista, su madre tenía la única tienda del país especializada en útiles de pintura y allí acudía Castillo para comprar óleo, lienzo o cartulinas. Paul le cambiaba pinceles por dibujos y se pasaban horas conversando en su improvisado estudio de Gazcue.

Necesitaba ducharme y descansar un poco, pero no había modo: él seguía narrándome detalladamente el programa de sus galerías en Madrid, Santo Domingo y Manhattan. También aprovechó para mostrarme la música que hace con su banda de rock, Los Rayos Dorados. No podía más, estaba muy cansada, pero a la vez me seducía la idea de conocer al coleccionista.

—Por favor, Paul, llévame. Me hace mucha ilusión conocerlo.

—No lo creo prudente, Valentina, ese es un bicho raro, un demonio, un ser trastornado que uno no sabe nunca por lo que le pueda dar. De verdad, es mejor que te quedes aquí descansando. Mañana tendremos un día largo.

Por mucho que insistí, el galerista no quiso que esa noche yo los acompañara en la cena. ¿Quién es Adrián Falcón?, me preguntaba. No creo que Paul sepa, en realidad, quién es su mayor cliente, qué hizo antes de interesarse por comprar y vender arte contemporáneo. El misterio que lo cubre es, en realidad, su mayor temor. Lo sé por el modo en que lo describe, sin darme datos. Tal vez lo ignora todo de él.

El galerista decidió irse a su habitación, tenía que hacer algunas llamadas. Cuando nos despedimos, él me dejó un dinero para gastar esos días, yo decidí bañarme y salir a comprar un abrigo con urgencia. El frío de París es insoportable, llueve mucho y la humedad se te pega en el cuerpo como la arena en la playa.

Estar allí me parecía un sueño. Todo ha cambiado mucho desde que viví en Europa. Ahora los museos parecen tiendas y las tiendas, museos.

Encontré los precios demasiado altos. Aquí ya uno no sabe si se va a comprar un cuadro o un abrigo. El presupuesto que me había dado Paul para comer estos días no alcanzaba para comprar nada de lo que veía. Aquella zona era muy cara. Además, los modelos se empastaban en mi cabeza sin poder decidir qué me abrigaba más, qué era más práctico. En fin, demasiadas horas sin dormir, demasiadas emociones para un mismo día. Decidí postergarlo, aguantar el frío, olvidarme de él y regresar desabrigada al hotel.

Caminé durante una hora y media a ciegas, intentando orientarme sin bajar al metro. Debo buscar un mapa, pensé. Toda mi infancia la pasé dando tumbos por Europa, tengo el plano de estas ciudades en mi mente. Al fin encontré el rumbo y, por pura intuición, llegué derechito a la calle del hotel.

Necesitaba beber un vaso de leche bien caliente antes de dormir. Me cuesta demasiado liberarme de mis manías. Gracias a ellas no me he vuelto loca entre mudanzas, nuevos idiomas, horarios, amigos y países diferentes. ¡Mis rituales! Así le llamaba mi padre a esa vida metódica, esa tendencia a repetir lo mismo día tras día. En ese hotel la leche me costaría carísima, así que intenté buscar algún lugar donde comprarla; eran pasadas las diez. De repente vi un sitio que llamó mi atención: sus columnas doradas parecían levitar en la penumbra. Atravesé la calle y me quedé encantada con los cuadros del interior. ¿Serán originales?, pensé. Ahora todo parece conducirme a la pintura. Caminé hacia mi derecha intentando ver un ángulo distinto del local y, cuando puse mis dos manos en el vidrio para husmear en la decoración, descubrí la espalda de Paul enfundada en su saco de cuadros. Toc, toc, toc, golpeé el cristal para saludarlo. El galerista reaccionó a mis toques y saludó cordial desde la mesa repleta de manjares. Pegué mi nariz intentando descubrir al coleccionista. Esta podría ser, tal vez, mi única oportunidad. Allí estaban, celebrando algo, o no, tal vez para ellos la vida misma es siempre una celebración.

Salí caminando por la acera a punto de renunciar a mi vaso de leche. Crucé la calle para entrar al hotel y entonces sentí cómo una sombra se interponía en mi camino:

—Buenas noches. Venga conmigo, por favor. Adrián Falcón desea conocerla.

Diario de campaña número 3
ESTADOS UNIDOS
1972

A principios de 1972 me sentía entusiasmado con la cuadrilla que Alex y yo habíamos fundado. Con la fuerza de la juventud y la madera de los hombres encontrados en el camino, nada nos parecía inalcanzable. Nuestra obsesión era ejecutar ataques cada vez más contundentes contra la ralea fidelista.

La muerte de Juan Vegas, uno de nuestros mejores hombres, nos abatió temporalmente. Cada explosivo en nuestras manos significaba la posibilidad práctica de un suicidio político, pero los éxitos posteriores borraron la neurastenia de aquel accidente. Esta baja en nuestras filas engendró una voluntad tenaz de luchar y pudiera decirse que nos fortificó, nos volvió más precisos en nuestras operaciones. No dejamos nada a la casualidad y cada golpe se estudiaba a fondo. Nunca usamos un explosivo sin ser verificado. En mi cabeza aún late la idea de cómo haber evitado esa desgracia, así como el momento en que avisaron a la madre de Juan causándole un infarto mortal pocas horas después del atentado. Siempre que paso por esa zona de Miami veo el cuerpo de mi amigo desperdigado sobre el asfalto. Guillermo Cabrera Infante, uno de mis escritores cubanos de cabecera, dijo que: "Hacer terrorismo político no es, como se dice, juego de niños, y si es un juego, debe parecerse a la ruleta rusa".

El juego de mi cuadrilla funcionaba como un reloj. Nuestra gasolina fue la fascinación por la idea de eliminar el castrismo y regresar a Cuba para reconstruir nuestras vidas; aunque, pensándolo bien, creo que a esas alturas ya estábamos todos tan marcados que, de haber triunfado, eso de reconstruirnos no hubiese sido posible.

Todo hombre nacido en Cuba en la era de la Revolución fue contagiado por el trastorno que genera un genio del mal como Fidel Castro, pero eso nosotros aún no lo sabíamos. Éramos demasiado jóvenes para entender que para esa enfermedad no existía antídoto.

La Hermandad, nombre con el cual internamente nos bautizamos, fue un grupo de guerreros urbanos que utilizó el territorio del Tío Sam, sin su consentimiento, para atacar al régimen cubano. Como consecuencia, no sólo nos cuidábamos de La Habana y Moscú, sino también de las legiones de alguaciles del Imperio porque, aunque los norteamericanos juraban ser los antimarxistas más virulentos del planeta, en realidad jugaban un doble papel turbio y ambiguo dentro del panorama caribeño. Por un lado, aplicaban con bombo y platillo un embargo económico a la isla, pero por el otro nos prohibían a nosotros, los activistas exiliados, usar su terreno como trampolín para agredir a Castro. Si violábamos sus decretos, nos procesaban imputándonos la famosa Ley de la Neutralidad. Esta política fue parte de los pactos establecidos en el tratado Kennedy-Jruschov de 1962, y convertía toda actividad belicista auspiciada por los comandos anticastristas en crímenes comunes.

Estábamos entre la espada y la pared. El exilio empezaba a ser visto como una pesadilla, no sólo por los comunistas, sino por los americanos. Los dueños de casa, los mismos que nos abrieron la puerta para salvarnos de aquel sistema, pretendían controlarnos de cerca, fichanos, tenernos en la mirilla, espiarnos con la ventaja de que las operaciones se ejecutaban desde el mismísimo patio de su casa.

Siempre he dicho, por mi experiencia y la de mis compañeros de lucha, que los grandes coautores de la Revolución cubana son los sucesivos gobiernos norteamericanos. Sin su invaluable colaboración no hubiese sido posible la obra de Fidel, quien, al "independizarse" del águila a sólo noventa millas de él, se volvió todo un símbolo de la izquierda. "El imperialismo yanqui", por su parte, conocía bien el peligro que implicaba la cercanía geográfica con la isla y se convirtió en el gran enemigo protector.

A pesar del acoso, la amenaza de cárcel y deportación, nosotros seguimos nuestra lucha contrarrevolucionaria, pues si la Revolución era ya un canon, nosotros fundamos el contracanon.

La nueva cuadrilla fortalecida era esta:

Alejandro Grimaldi, quien desempeñaba una excelente función de líder. Su intuición, optimismo y coraje permeaban la atmósfera de positividad.

Los Gemelos, dueto formado por Rodríguez y Negrín, amigos inseparables de gran parecido físico, trigueños, medianos de estatura, ojos de sapo, orejas liliputienses, cejas espesas y facciones malévolas. Ellos formaban un conjunto audaz, dispuestos a perpetrar cualquier atrocidad, delictiva o patriótica.

Miguel Zabala, un verdadero *handsome* de más de dos metros de altura, ojos azules, pelo rubio y una caballerosidad inusual que dejaba extasiada a toda mujer, autoridad superior o enemigo que se cruzara en su camino. Él fue delegado al departamento de demolición bajo la tutela de uno de los veteranos que continuó amparándonos. Todo petardo que la agrupación detonaba fue diseñado por Zabala. Sus colegas, en broma, le llamaban Mr. Pierre Cardin.

Alfredo Ceballos, mulato con pecho de hierro, cuello y hombros anchos, manos y muñecas descomunales, de greñas rizadas, bigote tupido al estilo Fu Manchú y pinta de bandolero mexicano, a quien le encargaron la inteligencia y seguridad de la organización. Su tarea estribaba en escudriñar todo perímetro operacional encontrando rutas de acceso y evasión, también recopilaba cualquier información referente a Cuba.

A Arturo de Córdoba, ladrón imberbe, enjuto, larguirucho, de pelo rubio ondulado con cara de malandrín suntuoso, le fue asignada la tarea de procurador de logística. Si necesitábamos un coche robado, él lo conseguía, pues, aunque poseía virtudes patrióticas, su gran obsesión era mantener una sustanciosa cuenta bancaria. Nosotros lo bautizamos con el apodo de El Ratón.

Yo simplemente llevaba las operaciones, todo plan ideado lo coordinaba. Era la cabeza del clan y no me gustaban ni los cargos ni el exceso de protagonismo.

También militaban Eduardo Navarro, Fernando Ravelo, Ernesto Bared y Sergio Ventura, pero los verdaderos protagonistas fuimos nosotros, los más jóvenes, que no teníamos nada que perder y seguimos empecinados en desafiar esa fuerza extraña que ejercían los americanos en restablecer el orden y la paz en relación con la política cubana.

Para los más veteranos el panorama de protección americana a Cuba fue verdaderamente desconsolador y, poco a poco, se fue diluyendo la insurrección masiva del exilio. Después de la crisis nuclear de octubre, al ver la traición gestada, una gran parte de los viejos luchadores se jubiló, otros acabaron de *yes-man* de la CIA. Algunos fueron capturados tratando de infiltrarse en la isla y terminaron presos indefinidamente o directamente fusilados. También hubo quien arrendó su conciencia endeble para beneficiarse del calvario cubano, recogiendo grandes sumas de dinero con el pretexto de combatir a Castro a sabiendas de que esos fondos sólo servirían para engrosar su alcancía.

Abres el periódico en las apacibles mañanas de Miami y alcanzas a reconocer los nombres de tus viejos compañeros de lucha en los obituarios del día. Caminas por las calles y ves pasar a los sobrevivientes. A simple vista, algunos de mis maestros pueden parecer inofensivos abuelitos que degustan café con pastelitos de guayaba en el Versalles, pero no: muchos de esos ancianos fueron nuestros mejores especialistas en exterminio. Nos entrenaron eficazmente para formar parte de un núcleo de espartanos que empleó el terrorismo como táctica para acabar con un sistema que, hasta hoy, sigue pataleando a unas cuantas brazadas de Miami Beach.

El magnetismo de aquel hombre hablando de su experiencia en Abu Dhabi, de la crisis de octubre, de la estrategia que usaba en América Latina la antigua Unión Soviética, resultaba impresionante.

¿Quién era él?, me preguntaba tranqueando mis dedos nerviosa, rompiéndome la cabeza sin poder orientarme en la avalancha de conflictos en los que este personaje se había involucrado.

Falcón contaba con naturalidad sus aventuras en el Medellín de los setentas, pero mi sorpresa creció al escucharlo citar a Escobar con tanta familiaridad, diciendo que, en realidad, Pablo, para él fue un alguien que, al final de vida, el poder se le subió a la cabeza. Al parecer a Adrián no le gustaba el negocio del narcotráfico, pero el hecho de haber laborado en cobrar lo que le debían a Escobar fue una gran escuela y el modo más contundente de obtener recursos rápidos para intentar hacer un levantamiento en Cuba.

Esa noche, en aquel restaurante, yo constaté que una revolución provoca naturalmente una contrarrevolución, y aunque yo jamás he visto una huelga en las calles de mi país, sí sé que, desde Miami y otros sitios de América Latina, se

organizaban atentados, infiltraciones, subleva-
ciones.

En aquel restaurante de París, escuchando al
coleccionista, conocí, por fin, al enemigo, y en vez
de descargarle en caliente un tiro en la sien, le acepté gustosa una helada copa de champaña.

—¡Rapataparatapaaaa! —gritaba Adrián describiendo cómo salvó su vida cuando una de sus
lanchas rápidas intentó infiltrarse en aguas terri-
toriales.

La operación se abortó cuando fueron descu-
biertos y tiroteados por la guardia fronteriza cubana. Su guardaespaldas se ponía de pie y lo cubría
representando las viejas batallas. Los gestos de
Adrián Falcón, su cuidadoso y tal vez nostálgico
modo de citar ciertos lugares de la isla, su estilo
refinado y diplomático de conducirse, aun hablando de masacre, de sangre, me recordaba a ciertos
personajes de la generación de mis padres. Y yo,
que fui entrenada para no hacer preguntas, caí en
la trampa de sus encantos.

—En serio, Adrián, ¿de verdad que no eres cubano? —pregunté.

—¿Por qué me preguntas eso? —respondió él,
gozando mi debilidad, sin molestarse, cambiando
mi inocencia por una amplia sonrisa.

—No tiene explicación, es como si fueras parte
de nosotros. Pero ya, no me hagas caso.

—Valentina, discúlpame, el problema de Cuba
no es sólo de los cubanos, ese ha sido el gran error
de ustedes. Yo soy nica y moriré siendo nica. Sinceramente creo que ese egocentrismo criollo ha
afectado a toda Latinoamérica, y no quieras saber

lo que el resto del mundo piensa de todo el desastre que han generado. De todos modos, muchas gracias por sentirme parte de ti, eres una mujer muy sensible —explicó con sus ojos sedientos e infantiles.

El guardaespaldas que antes me había conducido hasta el restaurante me miró con mala cara. Paul notó que el aire se estaba cargando y rompió el silencio.

—Bueno, señores, es hora, me llevo a esta señorita al hotel. Ella apenas ha dormido por el viaje, y mañana tenemos cita con los peritos para definir la autenticidad de las obras que se subastarán el jueves. La conversación es fascinante, ya quisiera yo tener unos interlocutores así en mis galerías a la víspera de todas las exposiciones.

—Muchas gracias por la champaña —dije apoyando a Paul, sabiendo que ese era el mejor momento para salir de aquella situación.

—Vamos a pedir la cuenta —comentó con su cantadito el dominicano mientras localizaba con la vista a los camareros.

—La cuenta está pagada, Paul. Nosotros les hemos invitado —explicó Adrián con su acento de ninguna parte, incluyendo a su guardaespaldas, usando el consabido plural de modestia.

—Gracias, hermano —respondió Paul sonriente, levantándose. Intentó atravesar el umbral para abrazarlo, pero el guardaespaldas lo impidió al entregarle oportunamente su abrigo.

—Hasta mañana, Valentina. Aquí me tienes para lo que se te ofrezca, *mija* —dijo Falcón.

—Gracias, Adrián, que duerman bien. Hasta mañana.

Atravesé la puerta enfrentando el severo frío de la madrugada. Estábamos al lado del hotel, pero el galerista al verme temblar decidió brindarme su abrigo y yo lo acepté agradecida. Caminé en la penumbra repasando lo que hablamos. Nunca se mencionó a mi tío, ni su colección, tampoco qué andaban haciendo por París esos días. Era extraño. A pesar de todo, yo tenía ganas de volver atrás, de quedarme charlando con ese hombre toda la madrugada, pero el profundo silencio de Paul indicaba que no era el momento.

Al entrar a la habitación descubrí sobre la mesita de noche una elegante jarra repleta de leche caliente, un pote de miel y dos vasos de cristal. Me serví mecánicamente mi dosis de leche nocturna y, mientras la saboreaba, me pregunté a quién le había pedido yo esa leche. Esto no puede ser casualidad, pensé sintiendo cómo el calor se apoderaba de mi cuerpo, entonces presentí que corría peligro. Un miedo profundo pesaba en mi estómago, necesitaba salir de allí, refugiarme en la habitación de Paul, y así lo hice. Le toqué a la puerta, esperé un minuto que se me hizo un siglo hasta que por fin me abrió medio mojado, apenas cubierto por una elegante bata blanca. Me hizo pasar enseguida y, con cara de asombro, preguntó:

—¿Qué pasa, Valia?

—Es que tengo miedo —expliqué temblorosa.

—¿Miedo a qué? —preguntó extrañado.

—No lo sé. ¿Puedo dormir aquí? —le rogué con mi mejor tono de convencimiento.

—Claro que sí —dijo revisando su cuarto donde sólo había una cama camera—, acomódate.

Esa primera noche en París dormimos juntos, sólo porque yo tenía miedo. ¿Miedo a qué? Miedo a todo.

Diario de campaña número 4
Miami, Florida. Estados Unidos
1972

Todos tenemos un maestro, alguien que encontramos en el camino para hacernos transitar por espacios que se nos aparecen. Sus ideas nos entallan perfectas en el cuerpo y la mente. Las llevamos para siempre en nosotros como el chaleco antibalas que nos defenderá toda la vida.

Mi padre fue mi inspiración, pero lo fusilaron demasiado pronto como para aprender de él. Yo fui el aprendiz de Aurelio Prado Gonzálvez, más conocido como El Profesor. Un hombre blanco, de poco pelo, con cara de búho sabio y vocabulario impecable.

Nació en 1911 en Vizcaya, España. Sus padres, que eran muy ricos, peregrinaron por las Antillas intentando esquivar la primera guerra mundial.

Aurelio creció en Cuba, en un ambiente privilegiado, sin los traumas sentimentales creados por el exilio en otros emigrantes venidos de la Madre Patria. Él se sentía un cubano más. Lo matricularon bajo la rigurosa Orden de la Compañía de Jesús. Sus maestros jesuitas lo adoraban porque resultó ser un estudiante sobresaliente, lo alentaron y apoyaron en todo a pesar de que tenían ciertas reservas con algunos de sus criterios, esos que afloraban durante los frecuentes debates filosóficos sobre derecho social de la época.

Cursó leyes en la Universidad de La Habana y allí cultivó una percepción distinta del universo político y sociológico que lo rodeaba. El fervor heterodoxo de ese periodo le alumbró el intelecto y lo convenció de que todo ser humano tiene un compromiso sagrado, el de ayudar y comulgar con sus semejantes. Dispuesto a cambiar el mundo, abandonó su carrera y decidió lanzarse a la lucha urbana, tramando tácticas que pudiesen erradicar los vicios anticonstitucionales del general Machado.

En octubre de 1932 aparecieron en una cuneta rural los cadáveres mutilados de dos de sus más cercanos colaboradores. A raíz del crimen, un allegado de la policía secreta le advirtió para que se esfumara antes de que sufriera un daño semejante. Siguiendo los preceptos guerrilleros del antiguo estratega oriental Sun Tzu, "si el enemigo ataca, retírate", cambió su identidad, obtuvo un permiso laboral marítimo y abordó un barco mercante rumbo a su país natal.

Desde que desembarcó en España se integró en la CNT, el sindicato anarquista. Al estallar la guerra civil ingresó en las columnas de la República, donde se destacó por su valor, pero la victoria de Franco lo llevó a asilarse en Francia hasta que lo sorprendió el *blitzkrieg* hitleriano.

Resignado, agarró una pistola y se incorporó a una célula comunista de la resistencia francesa y allí combatió hasta el momento en que las tropas aliadas liberaron el país. En París disfrutó entusiasmado un delicioso tiempo de paz que aprovechó para escribir sus aventuras por el mundo, cató todo el vino que encontraba a su paso y se volvió fanático de los quesos. En 1950, mientras gozaba de lo lindo la derrota de los fachas, se dio cuenta de que se estaba quedando sin dinero, y la economía lo obligó a regresar a Cuba para reclamar con urgencia el patrimonio que le dejaron sus padres. Tras una serie de litigios recuperó su herencia y, con ello, decidió abrir una librería progresista en La Habana Vieja, que nucleó a buena parte de la intelectualidad cubana de la época.

Cuando los militares violaron una vez más la Constitución, Prado cerró la tienda y se dedicó a desestabilizar a los golpistas. Desgraciadamente, después de llevar a cabo un puñado de memorables acciones, lo detuvieron y pasó 712 días en una celda subterránea. Fue liberado gracias a una oportuna amnistía general, y enseguida decidió enrolarse en el Movimiento 26 de Julio, encabezado por el joven Fidel Castro Ruz. Su arrojo lo elevó a la posición de regente de operaciones urbanas en el occidente del país.

Al triunfar la Revolución se percató rápidamente del estilo dictatorial de quienes tomaron el poder y rechazó cualquier participación en el recién instaurado gobierno. A Prado le atraía el ejercicio de la rebeldía, pero detestaba la burocracia política. Fue entonces cuando mi padre, al visitarlo en su librería, reabierta en el verano de 1959, lo invitó a luchar contra la epidemia estalinista que atacaba las costas de Cuba. Ilusionado y consciente de que ese era su deber, El Profesor se inscribió en aquel complot trunco que descubrió y desarticuló sin miramientos el gobierno de Castro.

Quizá porque algún dios se divierte experimentando con la humanidad, no siempre el bien prevalece sobre el mal. La historia nos ha mostrado, en diversas épocas, que el mal suele oscurecer las vertientes democráticas.

Prado escapó con suerte del castigo que le esperaba por rebelarse, logró ingresar en la embajada española donde, a pesar de que en su tierra también le pedían la cabeza, fue aceptado como el hijo pródigo que era, y allí vegetó varios meses hasta que, finalmente, le concedieron un salvoconducto para salir.

Ya en la España de Franco, trató de realizar acciones por Cuba, pero desde lejos le resultaba difícil analizar el panorama real. Hastiado de esta otra dictadura, la rigidez católica y el provincianismo gris, optó por emigrar a la sede de la contrarrevolución fidelista en el exterior: Miami.

Al encontrarse en el centro del exilio cubano actuando en "tierras de libertad", analizó cuidadosamente el espectáculo paramilitar, pero no encontró la seriedad que esperaba. Resultaba evidente que la mayoría de los grupos habían sido penetrados por la inteligencia cubana, mientras el resto lo camellaban rufianes manipulando la causa como *modus vivendi*. Desilusionado, asqueado y demasiado triste para enfrentarse a todo aquello, Prado determinó que de nada le serviría sacrificarse y, en consecuencia, alquiló un hermoso apartamento con vista al Atlántico, se compró una máquina de escribir, innumerables botellas de vino francés y decidió llenarse de valor para, por fin, escribir esas memorias que en Europa iniciara sin suerte.

Pasó más de un año borracho, imbuido en el teclado sin completar su obra. Las inquietudes referentes al porvenir de Cuba ocupaban toda su mente, no había modo de concentrarse. Un buen día despertó sobresaltado, lanzó la Smith Corona hacia el agua y se afilió al primer grupúsculo de acción que pudo contactar en aquella ciudad atiborrada de insurgentes.

De esta manera fue que nos reencontramos El Profesor y yo. Al presentarme y escuchar mi nombre, el mismo de mi padre, inmediatamente me reconoció y me nombró su discípulo. A partir de ese encuentro los dos pasamos noches enteras discurriendo sobre clásicos como *El Príncipe* de Maquiavelo, las campañas napoleónicas, *La Guerra Revolucionaria* de Mao, y otras obras. Citaba de memoria los pensamientos de Platón, Gracián, Nietzsche, Bakunin, Camus, Aynn Rand, Octavio Paz, y las biografías de próceres históricos como Alejandro Magno, Fouché, Villa, Zapata, Sandino, Guiteras, Tito de Yugoslavia, y hasta el propio Ernesto Guevara.

—Aprovecha el reloj —solía decir Prado—. La vida es demasiado corta. A tu padre lo lincharon por una indiscreción. Para conspirar tenemos que ser selectivos e infalibles. Un solo descuido significa el fin. Los libros de historia están saturados de mártires que, por confiar en una concubina o en un jinete de cien escaramuzas, terminaron en una fosa común. Memorízate esta máxima en latín: *respice finem*, analiza antes de lanzarte. ¡Ah, y nunca mueras por tu bandera! Mejor extermina al contrario por la suya. ¡Recuerda que los monumentos de los inmolados reposan solitarios, olvidados en los parques! Ahí los ves, apestando a orina de perro y manchados por la mierda de las palomas.

Sin embargo, por mucho que El Profesor me orientara, yo era un romántico, un crédulo y también un poco "mala cabeza". En mis andanzas revolucionarias nunca quedé exento de cometer disparates. Este era el momento de no escuchar o de escuchar a medias. Tal vez por eso perdí mi libertad.

Ella cree que le debe algo a la vida y así va por el mundo, dándose a quien la necesite. Al fin y al cabo, eso es lo único que en verdad le pertenece. El resto, incluyendo sus ideas, forman parte de la propiedad colectiva socialista.

Llegó a nuestra mesa, pero no quería sentarse. Estornudaba sin cesar mientras se disculpaba comentando que estaba allí por casualidad, que se había perdido por el barrio buscando una taza de leche caliente. Fue entonces cuando decidí mandarle una jarra de leche tibia a su habitación para que descansara tranquila. Es curioso, mi madre, sin eso, tampoco lograba dormir. ¡Ay, los rituales!

Cuando Valentina atravesó el umbral, la luz de Cuba me encandiló de golpe. Había olvidado ya que esa luz es chismosa y lo descubre todo. Con cara de bandolera y modales de guajira sofisticada, parecía alguien que tenía mucho que esconder, pero, gracias a su torpeza o tal vez como parte de su estrategia, poco a poco lo va aflojando todo. Sólo es cuestión de saber cómo preguntarle, de verla disfrutar cómo logra sorprender a quien la descifra.

Lo supe desde el primer momento, ese bicho raro me trazaba un camino que yo debía seguir sin preguntar demasiado. Me trae paseando por una ruta que había dejado de interesarme, un pasado que hiede a muerto y que, para mí, ya estaba enterrado.

Esta mujer, dura en apariencia, fue acoplada en un juego de piezas tan frágiles que podría derrumbarse de sólo tocarla. No hace falta empujarla al abismo, porque ella misma elige cada día caminar al borde del peligro, y es evidente que su plan B consiste, justamente, en lanzarse sola a la nada en caso de emergencia. El asunto es ingeniársela para no estallar con ella. Valentina tiene el carácter voluble y el ánimo suicida de un fundamentalista, pero es sólo una cubana con ganas de escapar, de hacerse sentir y lograr así cambiar su vida.

No desconoce su belleza, pero le avergüenza. Su pelo negro cuelga pesado como crin de caballo, de su cara pálida saltan los ojos más azules que he visto en una mujer latina. Tiene clase, ha sido pulida, toma correctamente su copa y no levanta la voz, pero todo eso contrasta con sus movimientos andróginos, violentos. Camina pisando fuerte como una artillera y, mientras habla, va dando órdenes que uno, sin querer, cumple.

Desde que la vi supe que con ella saldaría ciertos asuntos pendientes que tengo con la isla. Cuando uno pasa de los sesenta, los acontecimientos se precipitan de una manera increíble. Todo lo que deseas aparece sin demasiado esfuerzo; sólo debes ser capaz de darte cuenta dónde está la oportunidad. Los mensajeros no siempre son reconocibles.

Esa noche, Fer y yo revisamos las cámaras de seguridad del hotel. Por pura curiosidad o por simple deformación profesional, tenía que estar al tanto de todo. A mí se me había metido en la cabeza que el galerista tenía algo con Valentina. Fer ganó la apuesta, ellos durmieron juntos. Pero no, ahí no pasó nada, porque el destino ya estaba escrito en piedra.

Paul me contó durante el desayuno la situación absurda de aquella mujer durmiendo en su cama. No entendía a qué le tenía miedo ella, pero yo sí, soy experto en identificar miedos, traumas, los oscuros e incomprensibles sentimientos ajenos.

Diario de campaña número 5
MIAMI, FLORIDA. ESTADOS UNIDOS
1972

Maximiliano Quesada y yo estudiamos en la misma escuela, y aunque nunca fuimos grandes amigos, a ratos nos cruzábamos por la ciudad, nos saludábamos y hasta conversábamos de asuntos sin importancia. Un día, Quesada, quien tenía una bien ganada fama de ladronzuelo, me propuso participar de una compra ilícita de pertrechos.

Después de consultar y valorarlo con Alex, decidimos aceptar la propuesta. Lo hicimos porque anteriormente se habían efectuado convenios similares con él y todo había trascurrido sin marañas ni contratiempos. Lo que Alex y yo desconocíamos era que a Quesada lo acababan de detener por posesión de artículos robados y, para librarse de la prisión, divulgó nombres, reveló escondites y hasta me puso en una lista negra. Los policías comunes les pasaron los pormenores a unos detectives encargados de rastrear el terrorismo anticastrista. Ellos sí se interesaron en los detalles del chivato y prometieron cerrarle el proceso con la condición de que los ayudara a montar una artimaña. El cebo fueron dos ametralladoras checas y una caja de granadas. El delincuente se había prestado para tenderme la trampa y yo, ingenuamente, mordí la carnada. En el parqueo de una clínica, mientras examinaba la mercadería con la cabeza metida en el maletero de un automóvil, me arrestaron.

Tan pronto como Alex recibió la noticia llamó a El Profesor, que localizó rápidamente a un abogado judío que realizó los trámites para excarcelarme. Al quinto día me sacaron bajo fianza. Una vez en la calle nos reunimos todos en el bufete de Howard M. Kessler, el mejor criminalista del área en ese momento. Con semblante de mármol y un dispositivo en la oreja derecha, el letrado leyó mi suerte:

—Me entrevisté extraoficialmente con el fiscal y me confesó que te van a crucificar para darle un escarmiento a los demás. De nada nos sirve descubrir algún tecnicismo para intentar absolverte. Inventarán algo, lo que sea. Te van a encerrar, ya está decidido. Como es tu primera causa, el mínimo que tendrás que cumplir serán dieciocho meses y el máximo, de cuatro a siete años. Durante el pleito habrá inexactitudes y estas serán las llaves que emplearé en el ciclo de apelaciones. Quizás puedas permanecer libre mientras presento la demanda, aunque, para serte sincero, lo dudo. Las autoridades te consideran una gran amenaza para la ciudadanía. ¡Ah!, y mis honorarios serán quince mil dólares. Un depósito de cinco mil, y el resto antes del juicio —dijo Kessler sin expresión alguna en su rostro.

La fecha del procedimiento fue fijada para el tercer viernes de enero de 1973. Alegando un clima adverso generado alrededor de mi causa, La

Hermandad canceló momentáneamente toda maniobra, menos una. En Estados Unidos celebran Halloween cada 31 de octubre, el día en que millones de niños y adultos se disfrazan creando un aquelarre nacional. Quesada, el traidor, acompañado por dos chicas disfrazadas de vampiresas, celebraba la ocasión en una discoteca. Embriagado hasta la médula, se esmeraba en manosear a una de las doncellas sin notar que un sujeto con careta de arlequín se acercaba a su mesa.

Súbitamente el enmascarado le susurró al oído:

—*Trick or treat! Happy Halloween!* —y acto seguido añadió—: ¡La Hermandad te desea un viaje feliz hacia la eternidad, maricón!

El arlequín, impávido, sin ansiedad, tranquilamente extrajo una pistola calibre 22 con un supresor de sonido. La sonrisa que adornaba los labios del chivato se desvaneció. Estupefacto, hizo un brusco ademán en señal de protesta, pero ya era tarde. Un proyectil le perforó el ojo izquierdo y el otro la sien. Las chicas berrearon, pero nadie les prestó atención; era Halloween, y en esos días los gritos de horror son parte de la banda sonora de las fiestas. Una canción tumultuosa de los Rolling Stones en los altoparlantes se mezcló con el vagido histérico de las damas que salieron corriendo abandonando al traidor. Quesada murió al instante, en un charco de sangre y ginebra, sin llamar la atención. Como todo aquello parecía parte del decorado festivo, el homicida se esfumó sin dejar rastro, y yo, tal como predijo mi abogado, terminé tras las rejas a pesar de que al informante no le alcanzó la vida para presentarse a declarar en mi contra.

Valentina se despertó tarde, pero llegó a tiempo a su cita en Christie's. Allí revisó, por primera vez y con detenimiento, las obras de su tío. La cubana quedó fascinada con los diez dibujos y las seis telas enormes que se habían puesto en venta. Enseguida entendió que eso era parte de su sangre, autentificó las obras y, junto al galerista, lograron firmar y presentar a tiempo los documentos requeridos para entrar en la subasta.

Ella se preguntaba por qué su madre nunca le habló de él si este hombre era tan especial y había producido una obra tan exquisita. Ese era un misterio sin solución, ya no importaba. La vida le hizo un regalo inusual: ser la albacea de Leonardo Castillo. Ahora el asunto era cómo estar a la altura en un mundo tan complejo para ella.

Esa noche saldríamos todos a cenar a un restaurante ruso, pero Valentina no pudo ir con nosotros. Tuvo una fiebre muy alta. Fue por eso que decidí llevarle yo mismo la leche caliente a su habitación.

—*Mija*, andas muy desabrigada. Eso es lo que pasa —le expliqué al verla tirada como un pollo sobre las sábanas con uno de aquellos shorts cortos que usan las mujeres en los balnearios.

—Quise comprarme un abrigo, pero estaban demasiado caros. Esto ha cambiado mucho desde que yo vivía aquí —dijo temblorosa y con la voz tomada.

—¿Tú viviste aquí? ¿En qué época? —indagué curioso, tratando de enterarme de su pasado.

—Vivía cerca de Francia con mis padres, y veníamos mucho a finales de los años ochenta.

—¿Alguno de tus padres era extranjero o diplomático? Es la única forma de hacerte salir; en esa época los niños en Cuba eran rehenes.

—Diplomáticos los dos. Cuando se me quite el dolor de cabeza te cuento todo. Ahora, por favor, ¿puedes apagarme esa luz y venir un rato conmigo? Tengo frío.

Dejé mi abrigo sobre una silla y apagué la luz para lanzarme a oscuras en la piscina de aquella loquita. Ella me retó. Si titubeaba, estaba perdido: entonces tomaría el control, y eso no podía permitírselo. Me despojé de la cartuchera enganchada en mi cinturón y, al ver sus ojos prendidos, la abracé por primera vez. Era un poco de nada, sentí cómo aquella mujer se deshacía entre mis hombros y, a pesar de su ardor, los escalofríos la hacían temblar de una manera excitante. Una extraña palpitación saltaba de su cuerpo al mío. De repente la escuché cantar. Me dio ternura sentir cómo ella misma se acunaba. Si hubiera buscado en mi primera memoria, habría adivinado la canción, pero no, era demasiado el esfuerzo mental y preferí conservarme fuerte para la cura.

—¡Valentina! ¿Qué pasó? —le susurré tratando de sacarla de los vahídos que iban y venían.

A ratos se me desplomaba haciendo silencios largos, perdiendo el pulso, desconectándose de todo, yo la sacudía y entonces regresaba.

—Hola, hola —decía entreabriendo los ojos para avisarme que todavía estaba allí.

No quería soltarla, porque así, aferrada a mi pecho, lograba sudar, pero fue ella misma quien resbaló por mi cuerpo escurriéndose como un ratón hasta llegar a mis piernas. Me desnudó con agilidad, afirmó sus labios a mi pinga y comenzó a mamar con un hambre fuera de lo común. A pesar de su debilidad no dejaba de calarme los bordes, saborear los entresijos de mis nalgas. Insistía la niña, insistía hasta el cansancio en desquiciarme, porque buscaba tragarse cuanto brebaje salía de mí.

La muy cabrona me pasó la fiebre. Éste no era el primer animal perverso que me topaba en la vida. Se trata de algo recurrente, de una especie que siempre me busca y encuentro por instinto. Me reconocen porque necesitan a alguien como yo para curarse de todas sus enfermedades. Saben bien a qué macho se arriman para corromperlo con su antojo, dónde encontrar sus anticuerpos mientras se retuercen de dolor, con caritas de enferma, limpiándose en tu goce. No buscan a un contrario débil, no: la debilidad les mata la libido. Lo suyo es sacarse el veneno de su piel inoculándose un antídoto superior.

Tiran a matar y andan buscando quien las mate. Estas criaturas, aunque se asfixien en medio del combate, no necesitan ser salvadas. Por sentir dos grados más de placer son capaces de todo. Tienes que darles duro, de tu crueldad depende no decepcionarlas. Necesitan ese sufrimiento, y cada sesión debe ser más y más *heavy*. Padecen las peores torturas, y es ahí que encuentran su verdadero placer. Conozco bien a estos animales, los olfateo en el primer asalto, de sólo escucharlas bufar me tiran rendido a la lona.

A punto de venirme, en medio de un ramalazo que parecía detonar dentro de mí, la detuve, la puse de espaldas y la penetré con furia, una y otra vez. Quería marcarla con mi leche. Este era, sin ninguna duda, un pase de cuentas con mi tierra. Ella tenía que regresar a casa conmigo dentro, coño.

—¡Te vas, pero conmigo, cabrona! —grité desquiciado por el estrecho calor de su sexo.

Una asfixia deliciosa me estrangulaba, su vagina apretaba cerrera, mordía sin soltar y me ajustaba como un guante.

—¡La pistola, la pistola! —gritó.

—¿Qué tú dices? —pregunté llaveándole los brazos, inmovilizándola, sembrando sus dos rodillas y su cara en el colchón para darle palo y cepo hasta desmayarla.

—Apúntame con la pistola. ¡Por favor, apúntameeeeee! —rogó Valentina en medio de la histeria.

—¿Cómo? ¿Qué? —pregunté, porque no creía lo que salía de su boca, de la misma boquita que provocó toda esta cruzada.

Jalé la cartuchera que estaba tirada en el suelo, justo frente a la cama, tomé mi Glock, le extraje la bala en boca, saqué el cargador, la rastrillé para cerciorarme de que no había plomo en el cañón, y le apunté en la sien. Su vagina me mordió con furia por dentro hasta lograr despojarme de mi leche, pero seguí de largo a otro lugar, llegué a un sitio que no tiene final o, si lo tiene, parece eterno. Evito pasar a allí con desconocidos, porque de ese territorio nadie te puede salvar. Ahí radica un peligro mayor que quedarse dormido; bajo ese estado mental nada te despierta y tu voluntad depende sólo del contrario.

Cuando me levanté la vi tendida y feliz con mi Glock G19 Luger 9mm entre sus piernas. El sudor se había llevado las fiebres. Ella sólo necesitaba su vaso de leche caliente.

Diario de campaña número 6
Miami, Florida. Estados Unidos
Enero de 1973-julio de 1976

A pesar de que el fiscal no exhibió pruebas contundentes contra mí, el juez resolvió condenarme a seis años de prisión y me vetó el derecho a permanecer libre mientras apelaba. Howard M. Kessler me lo había advertido, de modo que el veredicto no me tomó por sorpresa. Al final de aquel show con sabido final, le di las gracias al abogado y, sin drama alguno, sin desánimo ni remordimientos, me despedí de mi hermano Aureliano y de mi madre, quien, ahogada en llanto, se preguntaba por qué su hijo tenía que vivir un calvario semejante al de su padre.

Fue en ese momento crítico cuando supe que yo era el propietario absoluto de mis sentimientos. Revelar indicios de cobardía era conjurar un enjambre de dificultades. Viré la espalda a la libertad y me entregué a unos alguaciles que me registraron meticulosamente mientras recitaban las ordenanzas vigentes para escoltarme y abandonarme luego en un cubículo temporal.

Al amanecer siguiente, esposado, me introdujeron a un autobús blindado que transportaba a los condenados de un punto a otro. El vehículo recorrió un centenar de kilómetros hasta llegar a un centro de recepción penal. Allí me bautizaron con un número de identificación, un corte rasante de cabello, una ducha helada y el atuendo reglamentario, sin olvidar el grotesco ritual de agacharse para que examinaran el ojo del ano en busca de contrabando.

En adelante recibí una dosis constante de exámenes para catalogar mi peligrosidad, salud y capacidad cognoscitiva. Una delegación compuesta de celadores, psiquiatras y médicos determinó relegarme a un talego de máxima seguridad situado en un área apartada, rodeada de pantanos, cocodrilos, cañaverales, culebras venenosas y terrenos de cultivo.

Como parte del reglamento inicial trabajé seis meses en la agricultura recogiendo remolachas, frijoles, naranjas y tomates, hasta que un contacto de Alex en la oficina administrativa me facilitó trabajo en la librería del instituto.

Aprovechando el ambiente de retraimiento me consagré a la lectura y repasé las obras de Sócrates, Descartes, Maquiavelo, Pascal, Nietzsche y otros filósofos. Me enrolé en un programa académico que me dio la oportunidad de obtener créditos universitarios mientras cumplía el castigo. Para mantenerme fuerte me incorporé al equipo de boxeo de la cárcel, mi verdadera válvula de escape para mitigar las humillaciones que a diario se toleran en una penitenciaría.

Mientras estuve encarcelado recibí pocas visitas, preferí que mi familia no me viera. Es ese el mejor modo de impedir que fueran sometidos a los ultrajes de los conserjes.

Mis compañeros, anticipando que alguna agencia pudiera vigilar sus vínculos externos, acordaron, antes de que entrara, segar todo contacto que no fuera a través del abogado o por vía de mi madre. Eso sí, siguieron enviándome recursos para eliminar cualquier carencia. Sólo el Profesor Prado violó la medida y, en más de una ocasión, me escribió adoptando un pseudónimo.

El desliz más atroz en que un preso puede caer es vivir consciente del calendario. Si comete este disparate, la sanción se convierte en un infierno. La solución está en hacer actividades que mantengan ocupada su mente y poseer un nivel elevado de fantasía y perseverancia. Yo practicaba este credo fielmente. A las 7:00 despertaba, enseguida arreglaba mi cama y me aseaba. A las 7:30 desayunaba, y luego a trabajar. Al mediodía almorzaba, un poco más tarde tocaba el conteo de presidiarios en las celdas. A las 16:00 cerraba mi sección en la biblioteca y después comía.

Terminada la cena salía al patio para las prácticas de boxeo. Después del entrenamiento tocaba bañarse, y de vuelta al calabozo hasta completar otro conteo.

Al caer la noche todos podían echar un párrafo, leer, mirar televisión, jugar naipes, ajedrez, dominó o damas y, para el ala radical, tomar el estupefaciente disponible, reñir o sodomizarse a escondidas de la guarnición; pero algunos, como yo, asistíamos a las aulas de enseñanza superior.

A las 20:30 era obligatorio estar en cama. Si no había divergencia en el conteo nocturno, enseguida se apagaban las luces y a roncar. Los sábados y domingos se celebraban misas, exhibían películas y había visita familiar. El resto era una zozobra inextinguible de libertad, más un ciclo interminable de sueños horripilantes, recuerdos del ayer y esperanzas inciertas sobre un futuro abstracto visto desde dentro.

A diferencia de la mayoría de los presos, yo sí que no malgasté mi tiempo. No sólo aproveché las horas para evolucionar espiritual y culturalmente, sino que también me dediqué a reclutar adeptos para La Hermandad.

A Marcelo Mondragón lo conocí en medio de una querella. Fui el único testigo del momento en que él le propinaba una puñalada profunda a un chivato. Yo no intervine en la pelea, pero las autoridades insistieron en que les señalara al agresor. Sin titubear, rehusé delatarlo, y mi mutismo me costó un mes de reclusión solitaria. No hay peor condena que aquel encierro dentro del encierro, pero todo pasa. Al final del castigo Mondragón se me arrimó para agradecer mi silencio y ofrecerme su afecto. Yo acepté su amistad, y de ahí nos volvimos inseparables y desandamos juntos los pasillos sombríos del penal. Mondragón estaba recluido por asesinar a un rival a sangre fría. Su especialidad era el contrabando de marihuana en aguas del Caribe y, aunque nació en Cuba, el patriotismo no era lo suyo. De cualquier modo, y como parte de esas grandes y sólidas uniones que se funden en la cárcel, me juró lealtad, y con ello, seguirme a donde fuera necesario. Poco a poco le fui explicando las metas de La Hermandad y el rol que desempeñaría en caso de que diera el paso con nosotros. Por el camino me di cuenta que muchos cubanos saben poco o nada de historia de Cuba, y a eso le dedicamos semanas, a entender lo que nadie ha comprendido. ¿Qué coño ha pasado en esa isla? Al final del proceso, Mondragón estaba listo y con cierto bagaje de la situación a la que se enfrentaría.

—En lo que te pueda servir, ahí estaré —dijo el contrabandista sin mucho alboroto, con su clásica fisonomía de corsario y el claro deseo de recompensar mi silencio.

También allí alisté a James "JJ" McNair, un afroamericano de Chicago, ex sectario de los Black Panther, el partido subversivo de matiz izquierdista que brotó en los *ghettos* y universidades norteamericanas durante los años sesenta. Esa organización de cuadros mayoritariamente negros buscaba la igualdad étnica, se oponía a la guerra de Vietnam y abogaba por agredir al *establishment* norteamericano a través de la lucha armada. McNair fue el responsable de una importante célula de acción, pero a raíz de un asalto fallido a un famoso banco, tuvo que huir a Cuba. Ahí lo educaron militar e ideológicamente y, mientras residía en la isla, vio de cerca las falacias revolucionarias. Desengañado del experimento socialista, decidió escapar, incautó una pequeña embarcación y huyó por mar hacia las Bahamas. Allí permaneció varias semanas hasta que logró entrar ilegalmente a la Florida por Cayo Hueso. Al cabo de los días decidió entregarse a la justicia y, aunque cooperó con los órganos de contrainteligencia en relación con la infiltración castrista en los movimientos estudiantiles, de nada le sirvió: lo premiaron con doce largos años de confinamiento por aquel memorable robo.

McNair era un individuo de estatura mediana, atlético, un poco despiadado y muy ilustrado en Ciencias Políticas. Nos conocimos justamente en la biblioteca del penal. Al principio sentimos recelo —cada preso guarda su historia y uno nunca sabe ante quién puede encontrarse—, pero fuimos poco a poco contando nuestras aventuras y exhibiendo nuestras cicatrices, dolores y asuntos pendientes, hasta llegar a sentir confianza. Siempre rodeados de libros y apuntes, intercambiamos opiniones sobre la discriminación racial, Malcolm X, Martin Luther King, Cuba y otros temas de interés común. Una tarde le propuse que aunáramos fuerzas para intentar hundir a Castro. Para James, habituado al clandestinaje y al peligro, la invitación fue tan tentadora que no dudó en asumir su rol.

Me soltaron a mediados de 1976. Tras las diligencias de Howard Kessler, el tribunal de apelaciones falló a mi favor, pero antes de salir a la calle, el Departamento de Inmigración invalidó mi residencia americana, me clasificó persona *non grata* y, por lo tanto, candidato a una futura deportación.

En el instante que esperaba a que abrieran la puerta de la cárcel para salir definitivamente a la calle pensé en todo lo que había aprendido allí dentro. Me urgía salir, no supe cómo pude aguantar tanto tiempo sin que me moliera la ansiedad, sin volverme loco allá dentro. La literatura, la historia, el saber apreciar el verdadero drama humano, me salvó. El hombre que había entrado se quedaba en la celda, quien salía de allí era uno que me gustaba mucho más, otro Adrián Falcón que me valdría hasta hoy.

Poco antes de abandonar la celda contemplé cuidadoso mi colección de recortes colgados alrededor de la cama, reproducciones de famosas pinturas, dibujos y esculturas de todos los tiempos que me escoltaban noche a noche. Aquellas imágenes creadas por grandes artistas estuvieron allí, acompañándome para evitar que enloqueciera. Entonces lo juré: en cuanto tuviera plata invertiría en obras de arte.

El policía que debía verificar los papeles para la salida se demoraba examinándolos, sentía cierto disfrute dilatando unos minutos mi bien ganada libertad. Mi corazón latía con rapidez. Entonces, giré la cabeza, pensando en los que me fueron leales, rompiendo el juramento de darle la espalda a todo aquello el mismo día de mi partida. Mirando hacia la oscuridad encontré la luz y recordé algo que decía Ho Chi Minh: "La gente que cae en prisión puede levantar el país, la desgracia es una prueba de la fidelidad de la gente, aquellos que protestan contra la injusticia son gente de verdadero mérito. Cuando las puertas de la prisión se abren, el verdadero dragón vuela".

Un hombre puede leer el alma de una criatura a través de su sexo. Rompes la tela con la ansiedad de quien abre un regalo y aparece ese animal antediluviano y carnívoro que promete arrancarte un pedazo para saciarse y perdonarlo todo. Labios abiertos y obvios que muestran su lengua y se derraman, se desbordan malcriados y agridulces, henchidos de un goce descomunal que brama histérico y te engulle mucho antes de ser penetrado.

Ella no, ella es ininteligible. Pertenece a esa dinastía de mujeres que ocultan su deseo como ocultan su clítoris, y lo sacan a pasear de contrabando, discretamente, sabiendo que esconden un corazón estrecho bajo las faldas, de latido apenas perceptible. Si aguzas tu oído de guerrero sordo e intentas bajar al dibujo difuso, blanco y negro, delicado y pequeño, verás el tajo de placer emborronado de pelos plantados como lanzas sobre su intimidad. Si ella cruza o abre las piernas a la luz, volverás a sentir un reflejo rojo y perturbador que te conduce y pierde. Una vez allí, deberás guiarte por los entumecidos golpes del deseo e intentar doblegarla.

Pasamos dos días con sus noches encerrados en mi suite, reconociéndonos entre oleadas de sexo y extrañas alucinaciones producidas por la falta de sueño. Dormíamos poco y abrazados, pretendiendo entender lo incomprensible de este encuentro. No había nada más que nosotros en aquel lugar. Lo aplacé absolutamente todo, regresé a la adolescencia y no paraba de tomarla, de violar supuestas zonas prohibidas. Valentina no tenía límites. Su erotismo era infinito. Mi deber sería llevarlo todo hasta las últimas consecuencias.

Diario de campaña número 7
MIAMI, FLORIDA. ESTADOS UNIDOS
JULIO DE 1976

Esperándome a la salida de la cárcel estaba mi tropa: Alejandro Grimaldi, Miguel Zabala y Arturo de Córdoba. El encuentro fue inolvidable, abrazos, chistes, remembranzas, y hasta alguna que otra lágrima de risa colmaron el primer paso a la independencia. Al atardecer paramos en un restaurante a disfrutar de tremendo banquete: sopa de pescado, frituras de cobo, ceviche, cóctel de camarones, enchilado de langosta y vino rosado.

Concluido el festín, Alex hizo un brindis en mi honor y, bajando el tono, comenzó a ponerme al día de lo sucedido durante mi forzada ausencia:

—Para empezar, te diré que económicamente estamos sólidos. Un amigo tuyo ha empleado nuestros servicios, y a buen precio.

—¿Quién? —pregunté interrumpiéndolo.

—Jorge Vélez —respondió Alex con indolencia—. Sí, es indiscutible que el hombre trafica drogas y que su criterio ideológico gira hacia el comunismo, pero salda muy bien por aliviarle sus jaquecas y, a fin de cuentas, ¿qué más da un criminal menos en Dade County? Sin plata no hay beligerancia. ¿No es así, hermano?

—No lo veo mal —respondí—. Pero, dime, ¿desde cuándo estamos cooperando con Vélez?

—Desde enero —contesto Alex.

—¿Y qué dicen Prado y sus colegas? —averigüé.

—Bueno, nos aconsejan que obremos con moderación para evitar una calamidad, pero mira, Adrián, hemos averiado varias camaroneras criollas por las Antillas en conjunto con militantes de otra agrupación y, además, logramos colocar algunas bombas en lo que va de año gracias a los ingresos que ha proveído Vélez.

Por un instante, un cruce de miradas fijas entre Grimaldi y yo tensó el ambiente. Mis compañeros buscaban una señal de comprensión mutua. Entonces, Arturo, alias El Ratón, rompió el silencio y, con su cara de bribonzuelo, nos recordó:

—¡Además, señores, de no ser así, no podríamos estar masticando sabroso en este sitio!

Ahí mismo se acabó el drama, todos rompimos a reír a carcajadas.

Al anochecer dormí en la habitación de un motel. Tuve una pesadilla terrible en la cual vi a Alex con una mueca malévola en los labios, vestido de negro, tratando de ahorcarme. Me desperté sobresaltado y sudoroso, desorientado porque llevaba demasiado tiempo durmiendo en una celda. Razonando sobre aquella visión con mucha calma, lo atribuí a la mala digestión, pero el episodio me recordó una lección que El Profesor me había impartido en el pasado: el fascismo nace en el seno de la plebe, los revolucionarios se nutren del manjar de los privilegiados, de la mezcla entre las dos tendencias surge el hampón político.

Caminábamos por París, y entre museos, librerías, algún que otro bazar de antigüedades y galerías de arte contemporáneo solíamos refugiarnos en las tiendas y restaurantes más caros. El frío nos terminaba acarreando al interior de aquellos espacios iluminados en ámbar, ocre y rojo flamenco.

Quienes podían vernos pasar imaginarían que aquí se hablaba de arte, de un movimiento pictórico trunco que pudo cambiar la suerte del mundo contemporáneo tras finalizar el Salón de Mayo del 68. Cualquiera pensaría que esta charla entre Adrián y yo repasaba los códigos que hilvanaron la creación artística del pop al post, pero no, atravesamos la puerta del 24 de la Rue du Faubourg en Saint-Honoré buscando algo, cualquier cosa que pudiese aliviarnos, calentarnos. Entramos en Hermès esa mañana mientras sentía la sangre gotear lánguidamente de sus palabras al suelo alfombrado con un excepcional terciopelo azul.

Adrián me mostraba con sus manos suaves y bien cuidadas la seda de las pañoletas de Hermès al tiempo en que recordaba cómo en Miami sucumbía uno de sus mejores hombres y amigos a causa de un mal manejo de una bomba de fabricación casera por estar desequilibrada de pólvora.

Desde las vitrinas de la tienda, sobre los vidrios iluminados, sentía saltar en pedazos al mismo joven que moría en cumplimiento de su deber, un deber contrario al que yo estaba acostumbrada a tratar. Pensaba que, mientras su compañero Juan ensayaba detonar ese local en nombre de esa otra libertad de Cuba, en un pase de cuenta aleccionador a los comunistas que colaboraban desde la Florida, mi madre pudo estar siendo entrenada a esa misma hora y el mismo día para combatir este tipo de agresiones. Cerré los ojos y la imaginé vestida de verde olivo con sus nalgas firmes y sus piernas torneadas, el pelo sujeto con ganchos, hacinado en la calurosa boina forrada de nylon por dentro, y los enormes ojos negros siempre atentos al colimador. Su cuerpo se arrastraba por la hierba mientras un vietnamita le enseñaba con señas a desarmar una mina en lo recóndito de un campo de caña quemada en Camagüey.

—El dispositivo se disparó inesperadamente antes de tiempo. Al portador de la carga, mi amigo Juan Vegas, la detonación lo descuartizó. Su cuerpo se convirtió en un rompecabezas de vértebras, sangre y membranas entremezcladas, un revoltijo de vidrios rotos y astillas de madera. Durante la pesquisa las autoridades encontraron su mano izquierda encorvada y mutilada en un tejado, el resto del cuerpo se desintegró.

Así hablaba Adrián, ordenando a un mismo tiempo a la vendedora, en perfecto francés, que cambiara la croma de las pañoletas. Los tonos debía decidirlos yo, afinarlos yo al acercarlos a mi cuerpo, pero me encontraba tan aturdida que Adrián tomó la iniciativa de colocar delicadamente cada uno de esos pañuelos clásicos sobre mi piel mientras él seguía entonando su balada con naturalidad.

—¡Imagínate! Esa bomba la había confeccionado un viejo veterano de Playa Girón y parece que se equivocó en el montaje eléctrico. Ese muerto era de él, no nuestro.

La tendera no tenía idea de lo surrealista que era nuestro diálogo, y la manera en la que Adrián, con una delicadeza pasmosa, hablaba de masacres. Ella, mientras nos miraba conversar, temía interrumpirnos, él se percató de aquello e hizo un ademán para dejarla introducir su *pitch*.

—Las sedas de Hermès son siempre suaves y flotan en el aire revelando su aroma y su personalidad a donde quiera que va. Hermès lleva décadas acompañando a cada mujer que lo elige como sello —dijo la vendedora orgullosa—. Sólo debo enseñarte a anudar los pañuelos porque cada amarre porta un significado, y no queremos ser mal interpretadas, ¿verdad, hermosa? —suspiró la especialista al sacudir, agitar el finísimo tejido al aire—. Esta colección está dedicada al mundo otomí, a su paisaje mágico de la Sierra Madre en el estado mexicano de Hidalgo. Asidos en un dueto sui géneris con la alta costura parisina de Hermès, el verdadero nudo, la gran alianza se encuentra aquí —nos indicó mostrando el dibujo interior del pañuelo— el secreto lo guarda este "carré" de seda, símbolo imperdible de la casa Hermès que hoy se valora como valiosa obra de arte entre coleccionistas.

No pude disfrutar el momento. No tengo nervio para eso, y es que al mismo tiempo que sentía la seda acariciarme la espalda penetrando mi pelo lacio, fluyendo entretejido por el interior de los dibujos otomíes, también percibía las vísceras que continuaban pegadas a los cristales. Allí estaban, saltaban a la vista. Poco a poco el aroma de la canela y el pachulí de los paños se sustituían por el hedor repugnante de la pólvora ensangrentada, mientras los cuidados dedos de Adrián auxiliaban a la empleada, de manos un poco más rústicas que las del guerrero, a mostrarme la cadencia de la tela "Din Tini" de Hermès.

—"Din tini yä zuë", esas palabras otomíes significan "El encuentro del hombre con la naturaleza" —me tradujo Adrián—. Tengo un traje bordado por uno de los mejores artesanos de esa zona. Lo conocí cuando andaba *camellando* por allá.

Entonces se fue alejando poquito a poquito de nosotras, dando pequeños pasos hacia atrás, para verme de lejos, enfundada en un hermoso pañuelo tono carmesí.

Yo no reaccionaba, sólo veía la caída de Ícaro, Juan estallando en pedazos ante la mirada atónita de Adrián, que lo esperaba en el carro para regresarlo a casa. Intentaba respirar el aroma de la tienda, pero tenía entrecortada la respiración. Parecía estar adormecida por la burundanga, esa droga casera que inhibe tu voluntad, la misma que usan los cuatreros urbanos para entrar en tu casa, vaciándote hasta de ti misma, dejándote ausente de todo para robarte.

Adrián caminaba por la boutique, alegre como un niño con juguete nuevo, entrando y saliendo de mi punto focal. Me miraba como quien detalla un cuadro, a distancia, con sus ojos achinados, sus espejuelos ahumados por el frío de París y una sonrisa siempre bailándole en los labios.

—¡Eh! ¿Qué te pasa, querida mía? ¿No te gustan las pañoletas de Hermès?

—Sí, claro —respondí sacudiéndome de la burundanga—. Es que me he quedado anclada en Juan, tu amigo. ¿Crees que de haber tenido experiencia se hubiese salvado?

—Bueno, estamos hablando de una libra de pentolita sobre su cuerpo —me explicó mientras tomaba la decisión y me colocaba mi primera pañoleta Hermès en el cuello.

—Decididamente es esta. ¿Qué te parece? —dijo anudando la seda de un modo extraño, firme, asfixiante.

Entonces tuve una gran certeza al sentir otra vez la pañoleta de pionera moncadista y José Martí sobre mi cuello.

—Tú eres cubano —le dije, descubriendo su más preciado secreto, mientras Adrián aplicaba toda su fuerza sobre mi cuello, una presión profunda que nunca sabré si me premiaba o me estrangulaba—. ¡Ay, mi cuello! —grité mientras sentía avanzar la seda de Hermès casi hasta mi garganta.

Diario de campaña número 8
Miami, Florida. Estados Unidos
Verano de 1976 - primavera de 1977

Jorge Vélez Marulanda siempre fue uno de mis principales colaboradores. Nació en Cartagena en 1949, y su padre fue uno de los latifundistas más exitosos del Valle del Cauca. Este decidió, a inicios de los sesenta, vender sus tierras y emigrar con la familia a Florida para darle otra vida a su hijo. Le impulsó en el perfeccionamiento del inglés y las bellas artes, ayudándolo a concluir con éxito sus estudios hasta bien entrada la adolescencia.

Esa era la maqueta del mundo que sus padres diseñaron para él, pero mi amigo Vélez no era nada fácil y debutó, desde muy temprano, con agudos problemas disciplinarios. Así y todo, teniendo en cuenta su alta capacidad intelectual, lo galardonaron con una beca en la Universidad de Stanford, pero la desperdició al comprometerse con un movimiento radical, de esos que se reproducían como hongos silvestres en los centros universitarios en aquella turbulenta época. Mientras sus compañeros de generación marchaban con pancartas, vociferaban consignas o lanzaban huevos a las autoridades, a él le fascinaban la contienda, la lucha armada, el combate en serio, y todas aquellas protestas le resultaban verdaderamente aburridas, tontos juegos de niños ricos.

Un día, durante una manifestación donde se denunciaba la injerencia del Pentágono en Vietnam, una turba de fascistas con cadenas y bates los emboscó. Todos huyeron menos Vélez, quien encaró a los agresores como sólo él sabía hacerlo, con valor. Como consecuencia recibió una cruenta tunda que lo inmovilizó por tres días. Desilusionado del amaneramiento político de sus compañeros canceló su matrícula, empacó sus pertenencias y, sin despedirse de sus camaradas, abordó un avión de regreso a casa.

A Jorge le costó recuperarse de aquella deserción que sus padres nunca le perdonaron. Se encerraba en su cuarto para absorber a todo volumen las sinfonías de Beethoven y Mahler, practicar ayunas, leer textos clásicos e inhalar nubes de hachís. Don Vélez, desesperado al ver el deterioro psíquico de su hijo, le regaló un pasaje para que visitara a sus abuelos en su pueblo natal, pero, como predicara Horacio en las Epístolas: *Coelmum non animun mutant qui trams mare currunt*: "Aquellos que atraviesan los mares pueden cambiar de cielo, pero no sus espíritus".

Y así ocurrió con Vélez, quien, en vez de transformar su destino, se enredó más y más en él, usando como guía para estos juegos macabros a un amigo del padre. El cicerone fue quien le introdujo a un círculo de señores ilustres, entre ellos, un cacique local que lo animó a alistarse en una insurgencia de corte marxista que operaba desde las espesuras de Marquetalia. Aunque en realidad Vélez quería empuñar un fusil y adentrarse en la selva, el cabecilla le propuso otra misión, una encomienda que le cambiaría su vida para siempre:

—Para librar una lucha efectiva contra la oligarquía criolla es vital poseer una tubería de divisas. Sin la verraca economía no caminamos. En esta monda de país la marihuana y la coca crecen agreste. ¡Vamos a implantar una distribución internacional! Si deseas integrarte, eres bienvenido, eres el hombre idóneo para estar al frente del mercadeo en Estados Unidos. Te criaste allá y conoces el terreno. De aceptar, tendrías cubiertos tus gastos y un jugoso estipendio personal.

Vélez, temerario al fin, aprobó el reto y creó una empresa ilícita dedicada al tráfico de estupefacientes. En el camino reclutó tripulaciones marinas, pilotos, jueces, fiscales, juristas, economistas, agentes antidrogas y a quienquiera que fuera propenso al soborno.

A partir de entonces se convirtió en uno de los precursores de la narcoguerrilla en el hemisferio occidental y, en ese contexto, a mediados de 1969, en una noche tórrida de verano, fue que nos conocimos.

Mientras Jorge Vélez transportaba muestras de marihuana en su flamante Corvette rojo, distraído por el andar provocativo de una dominicana, se estrelló contra un poste eléctrico en una transitada avenida de Miami, justo donde yo esperaba tranquilamente mi autobús para volver a casa. Me estremecí al escuchar el fuerte leñazo, así que decidí asomarme a curiosear en el carro impactado y, como buen samaritano, intenté auxiliarle. El colombiano sangraba profusamente de la nariz pero, sobre todo, estaba muy nervioso porque temía que le descubrieran "el encargo". Mi presencia y ayuda fue vital en ese punto de inflexión de la historia de Vélez.

—Escúcheme —explicó el herido mientras me escudriñaba el semblante—, estoy vivo. Fue más ruido que otra cosa. La verraquera es que cargo una valija comprometedora. ¿Tendría usted la amabilidad de ocultarla a cambio de una gratificación?

Confiando en mi sexto sentido callejero, agarré una maleta mediana que Vélez me entregó y me retiré un poco aturdido hacia una taberna cercana a esperar el desenlace del drama. De ese inesperado tropiezo nació una hermandad excepcional, insensata para aquellos que nos conocían, pero maravillosa para nosotros, quienes fuimos amigos y colaboradores inseparables por años. ¡Dios nos cría y el diablo nos junta!

El cartagenero era feo, corpulento, de estatura mediana, calvo y de ojos inquietos que escondía detrás de unos espejuelos gruesos. Admiraba a Castro y creía en el mito del Che. Le gustaban el vino, la cocaína, el caviar, los viajes, el arte, autos, libros y doncellas; todos esos detalles formaban parte de su mundo y de sus pasatiempos favoritos. Tenía temple y aires mundanos y, a pesar de nuestras diferencias ideológicas o físicas, supimos remar parejo sobre las disparidades del tiempo que nos tocó vivir.

Jorge siempre estuvo allí, conmigo, antes y después de la cárcel. En los peores y mejores periodos anduvimos siempre entre reencuentros amigables y riesgosos, sin contar los delicados traqueteos para recolectar dinero y encaminar nuestras verdaderas causas, aquellas que sólo advierten los verdaderos revolucionarios. Traquetear para ganar e invertir en nuestras batallas ideológicas.

—Jodido, ¡qué alegría! ¡Se te ve fantástico! ¡Creí que te habías deteriorado allá dentro! —me saludó Jorge emocionado.

—Mira, no había hembras —dije abrazándolo con fuerza— ni manjares de los que te gustan, pero por lo menos no sufría el estrés de pagar el alquiler ni las cuentas cotidianas.

—¡Coño! ¡No cambias, *hijoeputa*! —cacareó el contrabandista.

—Sigo siendo el mismo, estoy entero. Ahora, dime, porque me mata la curiosidad, me informó mi gente que están colaborando contigo, ¿qué hay con eso? —cambié el tema sonriendo.

Vélez se sonrojó e inmediatamente endulzó el ambiente:

—Tranquilo, caballero, no llevas ni una semana libre y ya estás mamando gallo. Oí que te rehabilitaron, pero es obvio que no del todo. Vámonos, te invito a cenar, así te explico un poco.

En El Forge, uno de los mejores restaurantes de Miami Beach de la época, nos hartamos como reyes: ensalada césar, camarones merlín, filete mignon, champán Dom Perignon y expreso con sambuca. Durante la comilona, Jorge me hizo un pormenorizado recuento de lo sucedido durante mi encierro.

—¿Recuerdas que unos días antes de tu condena cenamos con tu gran amigo Alex? Bueno, pues una noche me llamó para que le facilitara un préstamo y le ofrecí trabajo. En ese momento circulaba un Judas que cooperaba con la DEA y un malaleche que se negaba a saldar una deuda. La vaina fue que tu gente liquidó al Judas y le cobró al deudor. En otra ocasión les marqué la caleta de un cartel antioqueño que intentaba sacarme del negocio. Alex creó un plan efectivo y, disfrazados de policías, penetraron y se llevaron ciento treinta y cinco mil Benjamines que dividimos en partes iguales.

—¿Cuántos han sido los ingresos de La Hermandad? —pregunté curioso.

—¡Aproximadamente trescientos mil dólares! —me contestó de golpe.

—¡Increíble! —respondí confuso.

—¿Tu socio no te ha dicho nada? —averiguó un poco extrañado.

—Todavía no he hablado con él a fondo, acabo de salir del tanque —dije para no volverlo loco con mis conjeturas.

—Cuídate, que el *hijoeputa* no me inspira confianza —me alertó Vélez—. Se cree aristócrata y temo que sea capaz de enredarte algún día para salvar su pellejo.

—Confió en él, de verdad, por eso los presenté —le aseguré convencido—, pero siempre hay que poner todo en claro, y preferí preguntarte a ti primero.

—Oye, Adrián, recuerda que Julio César también confió en Brutus —me advirtió suavemente el traqueto.

Por la mañana, Alejandro me llamó para invitarme a una merendona, y así fue como terminó narrándome una historia no igual, pero muy parecida a la que Jorge Vélez ya me había contado. Sólo añadió que entre ellos acordaron que el setenta por ciento se quedaría para financiar las correspondientes acciones subversivas a Cuba y que el remanente se repartiría entre todos nosotros. Con una sonrisa ladina, Alex me entregó un sobre sellado.

—Los tres mil que te guardamos —me confirmó— y, además, las llaves de un Camaro modelo 73. ¡Así que cógelo suave! Báñate en el mar, búscate una guarida, una buena hembra y descansa. Adrián, tienes que aclimatarte, irte acostumbrando poco a poco a la calle. Llevas mucho tiempo fuera de circulación y, antes de comenzar a jugar en serio, debes estar piano.

—¡Gracias! —le respondí realmente agradecido y con muchas ganas de rodar el Camaro hasta llegar a ese lugar donde pudiera encontrarme conmigo mismo, con el Falcón de siempre, ese que ahora daba saltos intentando salir tras tanto encierro y disciplina amordazándome el cuerpo y la voluntad.

—Te lo mereces —exclamó Alex exhibiendo su mayor sonrisa.

Era el momento de volver a mí, pensé, y tras desayunar con Grimaldi ya estaba listo para visitar al Profesor Prado, que era siempre el único lugar donde me sentía verdaderamente Adrián Falcón.

Después de los abrazos y comentarios nostálgicos de rigor, repasamos temas candentes, entre ellos, el de cooperar con Vélez. El Profesor, como siempre, fue claro y me previno de que la actual administración yanqui estaba empecinada en barrer el terrorismo anticastrista de su entorno.

—Te pongo al tanto, Adrián. Ellos han creado un grupo élite de especialistas puntuales en diversas áreas que trabajan cuidadosamente en el solo propósito de desestabilizarnos. Hay que andar al hilo, pues sería un descalabro rotundo si nos arrestaran por cometer actos delictivos. Sin embargo, *auro quaeque ianua panditur!*

—¿Qué dijiste? —le pregunté curioso.

—Que sólo con recursos se abren puertas —tradujo en su estilo El Profesor—. Eso sí, ¡mucho cuidado! ¡Oh!, y un detalle más. He detectado que Alejandro está determinado no sólo a obtener reservas para las operaciones militares, sino que también ahora se enfoca en destinarlas a su beneficio particular. ¡Cuidado! Tengo la impresión de que Alex ha caído en "las aguas heladas del cálculo egoísta" a las que se refería Karl Marx.

Me pareció raro que El Profesor citara a Marx, pero pensé que todo eso era parte de nuestra cultura general, y contesté directo y convencido:

—Mantendré mis ojos abiertos —mientras dentro de mí algo se resistía a pensar que Alex pudiera traicionarnos.

Algo serio estaba pasando. En menos de veinticuatro horas aparecía la segunda persona que intentaba darme luces sobre una situación semejante. Grimaldi bien podría estar sufriendo un cambio que, desde el encierro, para mí resultaba imperceptible. Alex siempre fue sutil y cuidadoso, valía la pena observar, estar atento y no echar en saco roto las advertencias de un posible desvío de fondos, de un cambio de rumbo en su actitud.

Es increíble como en sólo unos meses todo puede alterarse en su esencia; sólo hace falta guardarse un rato entre las sombras y, al salir, la excesiva luz lo expone y lo muestra todo. No hay que buscar demasiado, simplemente mirar a distancia ciertas cosas para que salten al vacío y, sin aspaviento, las verdades más duras, los detalles grotescos y chuecos de esos seres en los que confías avanzan de modo inesperado ante la luz doméstica, la que acompaña las acciones comunes. Todo está allí donde lo dejaste, pero ahora lo percibes con una nitidez que espanta. Aparecen zonas que nunca hemos querido advertir o acariciar por ser demasiado crueles para nuestra ingenua y complaciente perspectiva de la condición humana.

—*El arte moderno ha entrado por un camino errado, porque en nombre de la mera autoafirmación ha abjurado de la búsqueda del sentido de la vida. Así, la llamada tarea creadora se convierte en una rara actividad de excéntricos que buscan tan sólo la justificación del valor singular de su egocéntrica actividad. Pero en el arte no se confirma la individualidad, sino que ésta sirve a otra idea, a una idea más general y más elevada. El artista es un vasallo que tiene que pagar los diezmos por el don que le ha sido concedido casi como un milagro. Pero el hombre moderno no quiere sacrificarse, a pesar de que la verdadera individualidad sólo se alcanza por medio del sacrificio. Nos estamos olvidando de ello y así perdemos también la sensibilidad para nuestra determinación como hombres.*

"El arte como ansia de lo ideal, por Andrei Tarkovsky", me dijo esta mujer cerrando su cuaderno de apuntes.

Yo la miraba citar a los rusos y pensaba: esta gente en realidad ha construido monstruos, han tenido todo el tiempo del mundo para ensamblarlos, pulirlos, ilustrarlos, mantenerlos aislados y, así, con calma, sin injerencia capitalista, adiestrarlos bien. Son monstruos macizos, sin ninguna posibilidad de cambio, porque así han nacido. Transformarse sí, pero cambiar jamás. No conocen otra cosa que el propio ejercicio de vivir como seres colectivos, en camiones, en internados, en planes de enseñanza masivos.

—Todo lo que han hecho con ella —en realidad lo han hecho de un modo casi natural, orgánico o silencioso— es entrenarla, tal como yo entreno a los míos. Es increíble cómo las revoluciones y las contras se parecen. La han convertido en un pequeño animal del socialismo, una persona inservible para otro sistema. Engulle lo que le doy con naturalidad. Está esperando que le pongan los peces en la boca, le curen su patita rota y, sobre todo, que la vigilen para no dejarse, ella misma, cometer otras aberraciones que no sean las permitidas.

—¿Cuáles son las libertades permitidas en ese sistema? —le pregunté tranquilo, sin exaltarme, como un médico que le averigua los síntomas a un paciente.

—Sólo los asuntos que están relacionados con el cuerpo, porque la ideología o las libertades intelectuales, donde yo vivo, no son negociables, simplemente no existen —declaró con sus ojos enormes, casi siempre húmedos, llenos de esa seducción inconsciente que la hacía cada vez más deseable.

Entonces aparecía el miedo como una nube en su cara; miedo a ser descubierta, agarrada en falta. Cuál de las faltas, no sé, pero se le nota hasta en sus sobresaltos cuando duerme, se mueve intranquila en la cama. Ella siempre está prevenida, atenta para que no la atrapen. Es sin duda parte de un escuadrón, de una vida guerrillera que no se acabará nunca. Ella se muere con su estigma, no sabrá nunca ser de otro modo, vivir en libertad podría aniquilarla.

—¿Tienes miedo? —me atreví a preguntarle.

—Siempre tengo miedo y eso es lo que me mantiene viva —dijo firme como un soldado, mirándome con valor, de frente y sin nada que esconder.

—Fíjate tú, qué curioso. El miedo a veces no es un defecto. Los mejores soldados que he tenido son los miedosos —le expliqué paciente—. Las primeras veces que nos infiltramos en Cuba con La Hermandad, intentábamos llevar colaboradores valientes, pero un día me di cuenta de que, en realidad, esos no eran buenos en las infiltraciones.

—¿Estás bromeando? —preguntó riéndose como si aquello fuera un chiste.

—No, te juro que no. Los valientes se acuestan a dormir en la lancha, y hasta te dicen "Cuando se vea tierra, me despiertas". Los cobardes, en cambio, lo van mirando todo, captan una luz, notan cualquier movimiento en el horizonte y, en cuatro oportunidades dentro de esas mismas infiltraciones, nos salvamos gracias a los temerosos que se quedaban custodiando el infinito durante el trayecto mientras los valientes roncaban hasta tocar tierra. Además, los cobardes cobran menos —comenté soltando una carcajada.

—Bah, ¡mercenarios! —soltó Valentina virándose de espaldas y metiéndose entre las sábanas, intentando insultarme con algo de lo que yo estoy orgulloso, pero no, no eran horas ya para empezar las explicaciones pertinentes.

Cada vez que ha aparecido otro cubano en mis tropas, un cubano de la isla que se ha entrenado dentro, he sentido ese mismo desdén de Valentina, ese sentimiento de distancia de "yo allí fui un príncipe", y aunque estoy a tus órdenes toda esta película está al revés.

Ella también posee esa condición grandilocuente. Agradece, sí; ella pide disculpas y permiso de una manera maquinal, como quien repite una consigna, pero en realidad se siente reina, millonaria sin millones, dueña de algo que dejó de existir justo cuando salimos de Cuba mi madre y yo, tirando la puerta a toda esta mierda que ahora yo no sé por qué estoy abriendo de un modo peligroso. Han creado un sistema de vigilancia interna tan cabrón que hasta ella misma se vigila dormida.

—¿Alguna vez has soñado en vivir en otro lugar? ¿Pensaste en desertar de Cuba? —le pregunté mientras servía una copa de champán y se la ofrecía con mis dos manos.

—Sí y no.

—¿Cómo es eso? —le dije intentando aclararme.

—Tengo una pesadilla recurrente. Aparezco frente a un teléfono público, estoy en lo que creo que puede ser un lugar como Nueva York, al menos lo que he visto en las películas que es esa ciudad. Llamo a Cuba, necesito comunicar, necesito saber algo importante que nunca puedo recordar cuando despierto.

—¿Y comunicas?

—Sí, claro que comunico, suena bastante timbre y, al final, me salgo yo misma al número de Cuba.

—¡Ajá! ¿Y qué te dices, loquita?

—Cosas que no quiero escuchar —respondió indolente.

Esa noche no hubo forma de hacer el amor con ella. Tampoco yo podía concentrarme, dije que bajaría a la farmacia, necesitaba salir. Me pregunto dónde están los teléfonos públicos de esta ciudad y me respondo qué clase de personas aún usan estos aparatos antediluvianos.

Bajé a una farmacia pequeña y toqué para que alguien me atendiera. Los franceses son muy suyos, nadie pudo darme un remedio. La farmacia de guardia había cerrado y yo no tenía otro dolor que no fuera esa antigua hincada de Cuba en el estómago que aparece y desaparece como una isla flotante.

Busqué un teléfono público, pero no pude localizar ninguno. Regresé al hotel y me acosté vestido a su lado. Cerré los ojos y la sentí quejarse, como si le doliera algo. Así dormía siempre.

Poco a poco el sueño se fue colando como entra el café a la parte superior de la cafetera. El timbre seguía sonando en mi cabeza, pero no comuniqué. Pocas veces puedo comunicar conmigo, hay mucha gente viva y muerta trabada en esa línea intentando decirme algo.

Diario de campaña número 9
MIAMI, FLORIDA. ESTADOS UNIDOS
VERANO DE 1977

En los años que James McNair vivió en la isla quedó encantado con el pueblo cubano. En el Caribe no se sentía ese denso racismo que campeaba por doquier en los Estados Unidos. Desde que aterrizó en La Habana, James reconoció el aire estalinista de esa revolución socialista y, aunque agradeció el asilo, juró que, llegado el momento, ayudaría a cambiar las imposiciones del castrismo. Cuando nos conocimos en prisión, McNair encontró su otro camino cubano. A mi salida de la cárcel nos citamos en un restaurante de la Calle Ocho, y fue allí donde me corroboró su voluntad de iniciarse en nuestra lucha.

En ese entonces yo llevaba un año libre, doce largos meses de escasa actividad. Por un lado, Alex, consciente de que yo necesitaba oxígeno para acoplarme de nuevo a la sociedad y exorcizar los demonios del cautiverio, evitó presionarme con demasiadas tareas, y, por el otro, el hostigamiento incesante de la Unidad Antiterrorista nos forzó a suspender toda misión contra Cuba.

A través de un contacto de El Profesor, obtuvimos cierta información acerca de las intenciones del FBI para socavar el cabildeo terrorista. Entre la lista de candidatos potenciales aparecíamos Prado, Alex, los Gemelos y yo. Como consecuencia, no nos quedó más remedio que hibernar. Pero en el momento en que McNair cancelaba su deuda con la comunidad, ya tramábamos cómo y dónde encontrar medios económicos para quebrantar el cese al fuego. A mediados de julio, Jorge Vélez nos había dado la solución:

—Tengo un verraco que me debe un millón de cierta mercancía que le entregué. Se llama Danilo Coletti y es un italoamericano que reside en Islamorada. El deudor, al parecer, es parte de una mafia en Chicago, pero con eso me limpio el culo; lo que exijo es que me cancele. Se lo he pedido varias veces de buen modo, pero el *hijoeputa* se niega. Por lo tanto, les ofrezco la mitad si me recuperan el monto —nos pidió el cartagenero.

La oferta fue aprobada unánimemente. Acto seguido, me trasladé a los cayos acompañado de Alfredo para descubrir el patrón de conducta del narcotraficante y, con esos datos, diseñar el plan de acción.

En menos de una semana detecté su talón de Aquiles. El gánster visitaba por las tardes una taberna desde donde impulsaba parte de su negocio. En realidad, se hacía divertido el trabajo, pues pasaba las jornadas entre compinches, tragos y prostitutas.

Un atardecer, mientras vaciaba una botella de Chivas Regal con sus colegas, ingresó al bar una sensual rubia con cara trasnochada, tomó asiento y ordenó una margarita.

Inmediatamente, el capo se le arrimó para convidarla a otra ronda. Ella asintió coqueta y, después de una cena fastuosa, terminaron juntos y enredados en el cuarto del magnate. Allí descorcharon un mágnum de champán, inhalaron cocaína y gozaron de una orgía, hasta que Coletti bajó la guardia y se quedó dormido. Un dolor agudo en el estómago lo despertó al amanecer y fue entonces cuando se vio en cueros, amarrado y cercado por extraños.

—*Hello!* —lo saludé con una amplia sonrisa. A mi derecha, McNair lo apuntaba con su pistola y, a la izquierda, mis queridos Gemelos lo escrudiñaban como caníbales—. Espero que comprenda que esto no es un robo, sino un asunto que usted, lastimosamente, ha dejado pendiente —le expliqué con aires protocolares.

Como el señor no dijo nada, proseguí tranquilo.

—Recordará aquel millón que ha rehusado abonar a un cartel colombiano. Nuestro fin no es lincharlo, porque indiscutiblemente si usted muere, no cobramos, no se salda la deuda pendiente, pero, si finalmente no piensa colaborar, comprenderá que…

Con la misma, McNair se lanzó ante él y le acarició los genitales con un bisturí. El hampón permaneció doce horas atado. Durante el secuestro le giró instrucciones telefónicas a uno de sus asistentes y, en una gasolinera, los Gemelos recogieron seiscientos sesenta y cinco mil dólares. Para el resto pidió una prórroga y prometió saldar la deuda el mes entrante.

Antes de soltarlo, yo mismo le advertí:

—Dudo que lo volvamos a agarrar desprevenido en su alcoba. Usted ya aprendió esta lección. Ahora va la segunda parte de nuestra enseñanza: no importa donde esté, no importa donde vaya, no olvide que es vulnerable.

Al día siguiente, en un parqueo público, Alex y yo le traspasamos a Vélez su parte de los bienes recuperados y le comunicamos debidamente el recado de Coletti.

Terminada la transacción, Grimaldi y yo nos sentamos a discutir el futuro inmediato.

—El Profesor aconseja que internacionalicemos nuestras operaciones —le expliqué a Alex.

—Estoy de acuerdo. Hay que moverse para meternos de cabeza en México —explicó mientras maquinaba algo.

—Tal vez mañana pueda localizar a…

—Mañana es tarde —replicó Grimaldi—. Coordina a Alfredo y Sergio para que crucen el Río Grande. En el Distrito Federal reside un compatriota que los va a orientar. Aquí tienes su número. Dáselo al mulato y ordena a Bared que les entregue la plata suficiente para que realicen una investigación minuciosa. ¡Ah! ¡Casi se me olvida! Me hablaron de una casa donde se guarda dinero. El botín lo custodian tres sudacas artillados. Explora a ver si existen condiciones para una apropiación.

—¿Apropiación? —pregunté reconociendo su humor.

—Es un eufemismo elegante para evitar decir la palabra robar —respondió Alejandro divertido consigo mismo.

A raíz de la charla, McNair y yo comenzamos una vigilancia continua y nos percatamos de que el trío casi no salía a la calle, y si lo hacía, se turnaban para que uno se quedara dentro de la mansión. Analizando los pormenores le solicité a Ceballos que averiguara si alquilaban la caleta y desde cuándo.

Una mañana cálida y nubosa, una camioneta destartalada llegó hasta el objetivo cargado de cortadores de hierba, rastrillos, escobas, canastas y machetes. Del vehículo se bajaron unos tipos a cortar el césped. El ruido despertó al celador peruano que, irritado, abrió una rendija de su ventana y preguntó en mala forma quién había dado permiso para segar el jardín. McNair afablemente le contestó que ellos eran los mismos que siempre se lo desyerbaban a los propietarios. Como el limeño se acababa de mudar, no tuvo más remedio que dar como cierto todo aquel circo y, cuando uno de los jardineros tocó el timbre solicitando sudado una jarra de agua fría, se dejó llevar y no sospechó de la jugarreta hasta que sintió el cañón de una pistola sobre su mejilla. En cuestión de segundos nuestro piquete penetró furtivamente sorprendiendo a los dos centinelas.

Al mediodía, mientras Alex y yo comíamos en el restaurante La Carreta, llegó McNair para ofrecernos, con semblante risueño, las llaves de un auto. Dentro del maletero, envuelto en una funda, nos esperaba medio millón de dólares.

Estos eran los métodos de autoabastecimiento que teníamos dentro de La Hermandad. No había más remedio que "apropiarnos", pues, a estas alturas, ya nadie quería colaborar con la causa cubana. Esa fue la única forma que encontramos para avanzar en nuestro camino por la liberación anticastrista en todo el continente.

Entramos a una curiosa y elegante tienda de armas en París.

—¿De veras te gustaría tener un arma? —pregunté tranquilo, intentando leerle el pensamiento a Valentina, y, a la vez, pensando que ninguno de mis hijos había querido aprender a tirarle ni con un tirapiedras a las lagartijas.

—¿Me regalarías una? —preguntó intrigada, risueña, diría yo que muy interesada en el tema.

—Primero necesitas un permiso. Esto no es el Gabacho, ¿ok? Luego hay que aprender a usarla bien —dejé claro el asunto.

—Mmmmmm. ¿Qué es el Gabacho?

—Los Estados Unidos, así le decimos en la selva. Allí cualquiera tiene un arma —le comenté.

—No me digas… Por primera vez el periódico *Granma* y tú coinciden en algo —me explicó con una ironía desconocida.

—¿De veras quieres un revólver? ¿Te lo llevarías a La Habana? —la emplacé con sarcasmo esperando ver su carita asustada.

Ella tragó en seco, haciendo cierto gesto que usan las cubanas para no contestar, aunque quisieran. En eso también me recordó a mi madre.

—Me gustaría uno pequeñito y discreto, femenino, de esos que en las películas las mujeres llevan en su cartera —respondió Valentina moviendo la cabeza, empujando la puerta con cuidado, atravesando el umbral mientras la campanita nos anunciaba.

En el interior no parecía haber nadie excepto las cámaras de seguridad que nos fichaban.

—Eh. ¿Aquí no hay nadie? —dijo ella.

—Sí, claro. Nos siguen desde arriba —le señalé las cámaras.

Entrando a la tienda se abrieron un montón de posibilidades, le fui comentando las características de las armas que tenían bajo los vidrios.

—Esta semiautomática funciona con un mecanismo corredizo, trae su cargador para almacenar municiones. Cada una es un mundo, mi niña, lo importante aquí es tener las cosas claras. Antes de manipularla hay que conocerla para no correr riesgos. Ya la vida nos acorrala lo suficiente, para qué insistir.

—¿Qué debería llevar alguien como yo? ¿Un revólver o una pistola? —preguntó con una ilusión poco reconocible en una muchacha que no ha vivido una guerra, con la misma cara que pone una mujer frente a una vidriera que exhibe ropa de alta costura.

—*Bonjour* —nos saludó una hermosa francesita de aproximadamente treinta años—. ¿Quieren probar alguna?

—¡Sí! —dijo mi acompañante saltando de felicidad.

La francesita nos llevó a una especie de carpa habilitada al final de la tienda, en un patio interior al final del local. Valentina temblaba, yo pensé que era de miedo, pero ella aclaró que era más bien de emoción y de frío; la temperatura era demasiado baja para estar tan desabrigado. Cuando nos trajeron la caja con aquellas joyitas cuidadosamente seleccionadas por ambos desde la vidriera, me besó en la mejilla. La empleada nos ofreció café o jugo; había de todo menos bebidas alcohólicas, pero ninguno de los dos quería nada. Decidimos disparar a unas dianas que se encontraban a una distancia prudencial a nosotros. Todo estaba rodeado de unas cortinas rojas muy elegantes. En realidad, aquel lugar me parecía tan exótico, tan diferente a mis escenarios de batalla. ¡Ay, ay, ay, los franceses! ¡Cuán peliculeros pueden ser los muy cabrones!

Tomé una pistola antigua muy bien conservada y le expliqué:

—Valia, fíjate bien, esta pistola es un arma corta con cañón rayado, semiautomático, y esta otra es de acción simple, el martillo se monta automáticamente cuando se aprieta el gatillo.

Valentina miraba con interés todos mis movimientos, hacía gestos miméticos a mis palabras con su boca, atendía fijamente cada detalle copiando mi modo de manipulación.

Disparé varias veces. No todas di exactamente en el blanco, pero acerté la mayoría de los disparos. Entonces le ofrecí un revólver de dos pulgadas de Smith & Wesson. Traté de acomodarle el brazo, pero ella, con una destreza sorprendente, mucho antes de explicarle que lo tomara apuntando hacia una dirección segura, o que dejara su dedo fuera del gatillo hasta que estuviera lista para disparar, apuntó al blanco que teníamos de frente, abrió sus piernas y, con un gracioso modo masculino de resaltar sus caderas, se acomodó encontrando el modo exacto de descargar su peso entre las rodillas. Su estilo de disparar me hizo sonreír. Lo intentó una, dos, tres veces y, para mi gran sorpresa, la vi acertar con excepcional puntería al centro de la diana. Esta no era la primera vez que esta loquita tomaba un arma en sus manos. No hice preguntas, me detuve a mirarla mientras hacía su último disparo y, al verla dar en el blanco, lo supe: era mi arma gemela.

Diario de campaña número 10
MIAMI, FLORIDA. ESTADOS UNIDOS
OTOÑO DE 1977

Ernesto Bared nació en la parte occidental de Cuba. Su familia, preocupada por la naturaleza anticastrista del muchacho, lo remitió con urgencia al cuidado de un tío en el sudeste de la Florida. El chico era frágil, reservado, estudioso, discípulo infatigable del apóstol José Martí. Desde que llegó a los Estados Unidos se trazó un objetivo preciso: ganarse una de esas becas universitarias que existen en el programa de enseñanza americana y liberar así a toda su familia del alto costo de su educación. Talentoso y perseverante como era, logró sin dificultades colarse con éxito en el sistema y, de no haberse encontrado con Miguel Zabala, es posible que hoy fuera un eminente abogado dictando justicia en su país de adopción.

Fue durante una plática sobre el panorama nacional en el vestíbulo de un dentista que Zabala captó su espíritu subversivo y lo presentó a Alex, quien no dudó en reclutarlo al notar su gran fanatismo político, su nivel de discernimiento y su impecable porte. Comenzó dibujando consignas en

111

las paredes, acarreando y escondiendo TNT pero, sobre todo, redactando proclamas, hasta que Grimaldi determinó depositar en sus manos la contabilidad de la cofradía.

Pero las tentaciones se nos presentan en las formas más inusuales… A Bared le gustaba el jazz y visitaba asiduamente esas nebulosas tabernas atestadas de bohemios, libertinas y músicos negros. Una noche de luna menguante, mientras escuchaba melancólico la entrañable pieza de Miles Davis *So What!,* en uno de aquellos rincones, conoció a una pelirroja recién divorciada que buscaba descaradamente un orgasmo. La aurora los sorprendió desnudos y trasnochados en el apartamento de la chica.

Enfermo por el tórrido parque de diversiones sexual que encontró bajo sus faldas, continuó una relación que, por su naturaleza atormentada, debió ser cosa de una noche o dos, pero aquello se complicó, al punto de llegar a regalarle un anillo a la hembra, y ella, contenta y sorprendida, le extendió el dedo.

De la unión emanó un romance efímero. La mujer padecía repetitivos ciclos de ninfomanía que no le permitían ser fiel ni a sí misma. Accidentalmente, Bared descubrió una de sus ligeras aventuras y, atormentado, por poco la estrangula, pero las lágrimas y ruegos de la infiel lo apaciguaron y, como el necio enamorado que era, la perdonó. De esa primera infidelidad en adelante, las transgresiones e indultos se volvieron recurrentes, sin embargo, alcanzó a quererla más que a nuestra lucha, y esto lo llevó a desvalijar las cuentas de nuestra hermandad.

Ese era el único modo de mitigar los caprichos que le exigía su libertina esposa.

En medio de un aguacero de verano, Rodríguez la sorprendió besándose apasionadamente con su chulo de turno bajo un paraguas rojo a la entrada de un club de moda en Miami. Alex escuchó el chisme y, al cerciorarse de que no se trataba de una broma, citó al perjudicado para alertarlo sobre el delicado asunto. Visiblemente humillado y sin sorprenderse demasiado, Bared le narró a Grimaldi su calvario amoroso, omitiendo, claro está, el desfalco, que poco a poco se hacía más hondo en las arcas de la organización. Alejandro lo asesoró y le garantizó su total discreción, pero le avisó a Ceballos para que siguiera al matrimonio, pues de estas anomalías pasionales siempre podía esperarse cualquier extravagancia irresponsable.

Así fue. Enseguida comprobamos que el proceder de la pareja era extremadamente dudoso, no sólo por la llamativa impudencia, sino por el derroche de plata. Receloso, Alejandro examinó los libros y descubrió la sucia traición.

Sin pensarlo dos veces, Alex tomó cartas en el asunto. Nos invitó a Barred, Fernando Ravelo, los Gemelos y a mí a una expedición de pesca, de esas que usualmente se organizan los domingos en Miami.

Fletamos una lancha rápida de treinta y ocho pies de eslora y zarpamos a pesar de que por la radio se anunciaba una fuerte marejada. Mientras Negrín capitaneaba la nave en las aguas del Caribe, súbitamente Fernando le propinó un soplamocos al contador y, seguidamente, sin que mediara palabrería alguna, Rodríguez lo sojuzgó.

Bailando al son del maquiavelismo de Grimaldi fue como improvisamos el juicio en alta mar y, en una arenga punzante, Alex lo acusó de desfalcar cincuenta mil dólares. Muy asustado, Bared intentó rebatirlo, hasta que, acorralado ante las claras evidencias, al verse perdido en altamar, llorando y de rodillas, confesó que solamente había hurtado la mitad y que, si lo indultaban, nos regresaría el monto. Grimaldi no tuvo clemencia y, deslizando su mano en una señal imperceptible, impulsó al verdugo elegido para la ocasión. Fernando sonrió, extrajo una Browning 9 mm, le disparó dos tiros en la cabeza y quedó boquiabierto. Hubo un silencio profundo durante el cual sólo se escuchaban las olas pegándole a la embarcación. Fue el mismo Ravelo quien rompió la pausa, eructó, se agachó, recogió los casquillos de bala de la cubierta, desarmó la pistola y le borró sus huellas dactilares para lanzar luego, uno a uno, los pedazos al mar. Enseguida Rafael ató el cadáver a un ancla maciza y herrumbrosa.

—Por favor, Rafa, perfórale los intestinos y los pulmones con aquel punzón; ese cuerpo tiene que bajar —le indicó Fernando mientras se orinaba las manos para desaparecer el rastro de la parafina escurrida durante el disparo—. Hazlo a conciencia, es el único modo de asegurar que los gases no suban el cuerpo a la superficie.

—¡Y limpien bien la sangre! —rugió Alex.

Semanas después de la operación nos encontramos con Ceballos y Ventura, ellos regresaban de su misión en México y necesitaban hacer balance. Todos notamos que, durante la reunión, el jefe evitó mencionar el homicidio. Terminada la presentación, Grimaldi me pidió que me quedara a solas con él.

—Te veo preocupado —sondeó cuidadoso—. ¿Te pasa algo?

—Estoy bien —mentí para no desatar sus demonios.

Desde el incidente en el barco, un sinfín de interrogantes lo irritaban, se ponía loco por cualquier cosa. No entendía por qué Bared aceptó, ante todos, que su responsabilidad en el saqueo sólo recaía en una porción y se negó a admitir la totalidad que se le incriminaba. Murió empecinado, pero, de algún modo, se fue dejando claro, manifestando ante todos que él solo era responsable de esa cifra y no del resto por la que Grimaldi insistía en acusarle.

La pregunta que nos hacíamos era si acaso no habría otro estafador camuflado. Yo preferí no hablar sobre el tema, pero Alex podía reconocer el malestar que me perturbaba e insistió:

—¡Adrián, por favor, no te inquietes! Bared fue un vulgar ladrón. Me apuesto a que después de esta advertencia todo aspirante a renegado lo pensará dos veces antes de traicionarnos. —Y cortando el tema añadió—: Quiero que Sergio, Miguel y tú se relocalicen en México. Un filántropo de apellido Villanueva me ha prometido ayudarlos. De hecho, los espera desde hace un mes. Dile a Arturo que resuelva documentos falsos y salgan cuanto antes.

—Como tú digas —acepté ecuánime—, pero ¿has pensado qué declarará la viuda? Ella vio a su marido salir con nosotros.

—Despreocúpate —me aseguró Alejandro sin darle importancia a la cuestión.

A raíz del crimen, un periódico local reportó que una mujer sin identificar, de cabellos rojos y baja estatura, había sucumbido a una sobredosis de barbitúricos en una posada. La recepcionista atestiguó que la víctima aparecía a menudo por allí y se registraba con un surtido de amantes, y agregó que, la última vez que se hospedó, la escoltaba un mocetón hispano de unos veintiséis años, moreno, bigote ancho, pelo raso, gafas oscuras y una cicatriz repulsiva en el cachete derecho. Sin conocerlo, dibujó con claridad la mismísima estampa de Ravelo. A Alex no le apetecía dejar hilos sueltos y, sin consultarnos, decidió finiquitar el asunto.

Al darme cuenta, recordé que en la cárcel había subrayado y recortado una frase de Albert Camus que luego colgué en mi pared junto a otras que no deseaba olvidar; de tanto releerla la había aprendido de memoria y, en este momento donde la justicia flotaba burlona y descontrolada por los aires, nos venía al dedillo: "Nuestros criminales no son ya esos muchachos desarmados que invocaban la excusa del amor. Por el contrario, son adultos y su coartada es irrefutable: la filosofía puede servir para todo, hasta para convertir a los asesinos en jueces".

—Ya sé, ya sé que ustedes los exiliados nos ven a nosotras como unas Mata Hari, unas traidoras, unas prostitutas políticas, pero yo lo veo de otro modo —se explicó ella vistiéndose sólo con el abrigo nuevo, tapándose un poco, sólo un poco, para bajar a cenar conmigo.

Las apariencias engañan. Valentina se veía muy abrigada, pero en realidad, en su interior, se encontraba completamente desnuda. Si creía que le pelearía por eso estaba equivocada; al contrario, me encanta verla desnuda. Yo selecciono mis batallas y el cuerpo de Valentina no era ya, a estas alturas, un territorio por el cual combatir.

—¿Pero las entrenan o no? ¿Dime la verdad? —le pregunté cerrando la puerta de la habitación camino al elevador.

—¿Te refieres al entrenamiento de mi madre? No quiero hablar de eso ahora —me dijo un poco molesta.

—Además del de tu madre. En el plano oficial te entrenan, te lavan la cabeza…

—Ah, ¿me preguntas sobre las aptitudes ideológicas? ¿Qué tú crees? —me dijo con sorna, metidos dentro del pequeño elevador, descendiendo hacia el lobby.

—¿Hace cuánto tiempo no bajamos a la calle? —le pregunté.

—Dos días, creo, desde que me llevaste a Dior para regalarme este abrigo —dijo Valia soltándose el pelo, aun húmedo de la ducha, modelando para mí su hermoso gabán blanco y avanzando hacia la salida. Siempre esperaba allí, parada como una estaca, a que yo le abriera la puerta en el 7 de la Rue de l'Hôtel Colbert de París.

—Me preguntaba si para recibir a toda esta gente te hacen pasar por algún curso de política interna, política internacional.

—Ay, claro. Yo misma soy un cuadro de la Unión de Jóvenes Comunistas y pasé por la Escuela Ñico López, aunque este lugar sea, generalmente, para miembros del Partido Comunista. En esas clases es donde se reciben orientaciones.

—¿Y eso qué es? —le pregunté sin idea de lo que ella podría responder.

—Da igual. Es una escuela donde te explican lo que debes decir y cómo debes actuar. Cuando llega alguien al país es recibido no por una joven cualquiera, sino por un "cuadro" preparado para eso. Pero los visitantes no lo saben, claro.

—¿Cuadro? Qué curioso, a nuestros capos también les llamamos así.

—Bueno sí, así nos llaman, cuadros —confirmó la valiente Mata Hari tropical.

—¿Y cómo es la preparación? —pregunté tomando la calle que nos lleva a Notre Dame, saludando con gestos a mi escolta, señalándole que doblaríamos rumbo al Sena.

Valentina nunca saluda ni a mi escolta ni a los empleados del hotel, tampoco a los meseros. Un raro complejo de superioridad la hace caminar como pisando cabezas, un extraño sentimiento de princesa sin reino la va guiando a donde va sin desviar su vista del horizonte.

—Después de esas clases tienes marcados los límites en tu cabeza y ya sabes hasta dónde debes ir —me explicó—. Se nace o no con eso, algunas necesitamos más entrenamiento que otras.

—¿Límites sexuales? ¿Límites ideológicos o físicos? —pregunté irónico.

—Bueno, depende —dijo entrando a un pequeño bistró y agarrando del suelo, justo a la entrada, un periódico que alguien abandonó junto a un paraguas verde.

—¿Lees francés? —sondeé sobre algo que ya imaginaba.

—Lo leo y lo escribo. También alemán, inglés, portugués e italiano.

—Te han preparado bien —dije con asombro.

—No seas irónico, chico —gritó pegándome en la cara con el periódico, con esos gestos masculinos que la hacen mucho más atractiva que el resto de las mujeres que conozco.

Entonces pensé en mi escolta y dije en voz alta:

—¿Qué pensará el escolta cuando te ve gritarme, pegarme y sacarme la lengua en plena calle?

Y ella, que tiene respuestas para todo, contestó risueña:

—Pues pensará: se está poniendo viejo, ya las mujeres hacen de él lo que les viene en gana. Un día le dispararán a quemarropa. Hay que cuidarlo.

Entonces nos reímos los dos mirando al nica, que estaba en plena calle, justo en la esquina, saboreando una taza de café en el bar de enfrente sin perdernos ni pies ni pisada.

—Y si te acuestas con alguno de estos visitantes es porque te lo piden o porque tú los deseas —me atreví a responderle con otro golpe frontal, esta vez un golpe directo al mentón.

—Nadie me obliga a acostarme con nadie, eso no es tan así... A nosotras las cubanas si alguien no nos agrada, generalmente se queda en el camino —refunfuñó.

—Y entonces, loquita, ¿por qué lo haces? —averigüé mientras le ofrecía una silla en una zona del restaurante desde donde podíamos disfrutar de la vista a la calle.

—Porque me gusta esa persona, por la situación creada, la noche, la playa, el ambiente, mi aburrimiento... Por ver la leche correr... —dijo soltando una enorme carcajada, sentándose frente a mí.

—¿Y debes informarlo después o no? —la precisé mirándole a los ojos.

—Más me vale decirlo. Ellos al final se enteran de todo.

—Y si les sacas algo de...

—Bueno, yo ya sé lo que ellos quieren saber y se los pregunto "al calor del combate". Así me quito de arriba problemas mayores...

—¿Problemas mayores? —pregunté haciéndome el bobo.

—Sí, mira, si ese jefe de Estado o ese ministro extranjero desea reunirse con un disidente al otro día y no lo ha informado al gobierno cubano, no lo ha puesto en su agenda, yo se los digo. Así tengo permiso para seguir portándome mal o bien, según se vea —y por fin ella admitió todo lo que yo imaginaba.

—¿Y entonces qué le pasa al ministro? —pregunté alarmado.

—Pues lo siguen a todas partes, refuerzan aún más sus movimientos, que son los míos, claro. Lo graban, nos graban y ya, no pasa nada más.

—¿Y te filman haciendo el amor? —dije suavecito, tratando de no molestarla.

—¡Seguro que *yes*! —confirmó muerta de risa.

—¿Y no te importa? ¿No tienes nada de pudor? —tantee paciente.

—El pudor lo perdí en el camino, era verde y se lo comió un chivo —respondió inspeccionando la carta—. ¿Tienes hambre o no? Si sigues mortificándome me quito el abrigo y me quedo desnuda delante de todos —dijo risueña, amenazándome con algo que ella sabía podía volverme loco de lujuria—. Dime, ¿qué vas a comer? —averiguó como si nada, sin levantar los ojos del menú.

Mientras la miraba, volvía a sentir el delicado sonido del Steinway acariciado por las manos de mi abuela en una entrañable pieza de Ernesto Lecuona. Allí, en la luminosa saleta de mi casa y sobre el dulce sonido del piano, se proyectaba siempre la misma pesadilla. Volvía a mi mente la descarga seca y certera que liquidó a mi padre rebotando firme contra los muros de La Cabaña. Ella hablaba, hablaba y hablaba, pero yo sólo escuchaba el sonido de Cuba, piano y disparos.

Diario de campaña número 11
MIAMI, FLORIDA. ESTADOS UNIDOS
ENERO DE 1980

Jorge Vélez empezó a vivir su verdadero dilema cuando la DEA desarticuló a toda una sección de su nómina. Aunque él supo eludir con virtuosismo la redada, en adelante tuvo que hilar fino para cabalgar invisible en medio de la vigilancia. El asedio fue tan hondo que trastornó una importante ofensiva en Medellín. Debido al revés, los insurgentes le exigieron a Vélez que fundara con toda urgencia un nuevo equipo. La encomienda le produjo náuseas, pero en Colombia estimaban el fracaso como una felonía que se pagaba con la vida. Ahí entré yo en la jugada.

—Caballero, ¿quiubo? —me abrazó Vélez—. ¡Qué placer verlo! ¿Qué te brindo? Hay cerveza, Johnny Walker, vino, champiñones, quesos, aceitunas, prosciutto, caviar, lo que apetezcas —dijo perdiéndose por el pasillo camino al bar enchapado en maderas preciosas.

Su penthouse daba la impresión de querer precipitarse hacia la hermosa bahía de Miami. La voluble vista del mar, un día añil, otro gris, un día cortado y otro en calma, competía con su exquisita colección de pintura. El muy cabrón tenía buen gusto y, gracias a él, me introduje en la excelencia de la pintura colombiana. De sus paredes colgaban obras que había heredado de su abuela materna: Ignacio Gómez Jaramillo, Pedro Nel, Débora Arango, Ricardo Acevedo y Carlos Rojas, el padre de la abstracción geométrica, uno de mis preferidos.

Degustar dos whiskies de malta sobrevolando una charla intrascendente llevaron el tiempo justo para que el educado y correcto anfitrión sacara a relucir el punto:

—¿Cómo les va la verraca economía? —indagó cuidadoso.

—Frágil. Hace rato que no entra un buen suero de dólares —francamente esa era la respuesta adecuada en ese minuto de mi vida.

—Puedo brindarles, a ti y a tu gente, un buen empleo —me dijo Vélez de manera clara y puntual.

—¡Ah! ¡Ya sé por qué me invitaste a esta ronda! —jaraneé.

—Escucha —me cortó el traqueto—. La vaina, Adrián, es que estoy en aprietos, y yo sé, desde el día en que nos conocimos, que cuento contigo. Necesito que me lances un salvavidas.

—Si se trata de contrabandear, olvídalo —le aclaré.

—¡Qué moral más pendeja la tuya! En mi país traficamos como una simple vía de obtener pertrechos, ¿por qué lo ves mal? Por favor, no seas ingenuo. ¡Mira la guerra que mantenemos con miles de alzados! ¿Y ustedes? ¡Ni siquiera cuentan con veinte hombres y mucho menos con una franja de territorio liberado!

—Las circunstancias son diferentes y, además, yo no quiero inmiscuirme en el *modus operandi* de ustedes. ¡Recuerda que no somos colombianos! Cada cual en lo suyo, Vélez, hazme caso —respondí exaltado.

—Tranquilo, caballero. Disculpa, tengo la maldita manía que heredé de mi padre, esa de intentar educar al resto de la humanidad. Trataba de hacerme entender, de decirte que sin plata la cosa no camina. Adrián, sin platica no se puede comprar ni una bala. Yo les puedo garantizar millones y, si por el camino ocurriera un descalabro, escúchame bien, si pasara algo fuera de lo normal, les garantizo, les doy mi palabra de varón que va por mí el apoyo legal, la fianza y todos los abogados. Hermano, hasta Cuba está involucrada en el negocio, te lo digo yo que nado adentro. ¡Tú bien sabes lo irrelevante que es la ética en una pelotera como esta!

—Enviciar a inocentes es…

—¡Deja de mamar gallo, verraco! —me interrumpió el cartagenero—. ¡El que nace torpe, maricón o vicioso va a ser maricón, torpe y vicioso la vida entera! Nuestras transacciones no van a perturbar sus fortunas. Tú mismo fumas marihuana de vez en cuando, ¿no?, y eso no te hace ni mal padre ni mal patriota, ¿ok? —me explicó alterado, con las venas del cuello a punto de estallar.

—Hagamos un pacto —sugerí en tono conciliatorio.

—Te escucho —respondió, aliviando, el paisa.

—Facilítame pruebas de que La Habana está metida en el...

—¡Estás loco! —chilló Vélez sin dejarme terminar.

—Hazlo y quedaré endeudado contigo de por vida —le prometí bajando la voz, tratando de convencerlo con mi mejor sonrisa, pues yo sabía que, si tenía esos datos en mis manos, las balas, los pertrechos y las operaciones guerrilleras serían secundarias.

—¿De qué me va a servir? Si te doy la información que pides, lo más seguro es que termine tendido en el panteón familiar de San Pedro.

—Necesito ese dato. Esa es, concretamente, la única manera de acabar de golpe con el estrago que ha causado el "mito Fidel Castro" en nuestros países. El planeta está infestado de idealistas, de fósiles izquierdosos discutiendo estupideces en congresos pagados por la URSS, armados, alistados, entrenados en nombre de la doctrina guevarista. Estamos rodeados de pseudocomunistas delirantes, borrachos, ingenuos, crédulos uniformados de guayabera blanca, boinitas con la estrella solitaria o ropa verde olivo almidonada. Querido Vélez, te aseguro, te juro por mi madre que ellos son verdaderos rehenes del dogma decadente que exporta ese hijo de puta. —Y añadí entusiasmado—. Si desacreditamos esta doctrina, si le desmontamos su imagen de gurú del Caribe, lograremos parar el genocidio... Y te digo más, todo eso sin disparar un tiro. La verdadera bomba es, justamente, usar esa información, esparcirla por todas partes.

Terminé mi discurso, salí de mi euforia y respiré aliviado. Sólo entonces advertí el asombro de Jorge. Él trataba de asimilar mi lógica, pero no era la suya; ya estaba contrarreloj y no parecía la mejor hora para reflexiones altruistas.

—Piénsalo, jodido —me imploró el colombiano—. Ayúdame y así nos podemos salvar mutuamente. Tú eres y serás siempre mi Elegguá. Ábreme el camino, *man*.

—Si meditas sobre mi pedido, te prometo que pondré tu propuesta sobre la mesa y, si el quórum la aprueba, yo me apunto —le dije brindando, chocando violentamente mi vaso con el suyo.

—Listo, así quedamos —afirmó el traqueto sudando como un corredor de fondo que no ve la maldita hora de llegar a su meta.

Acto seguido fui a ver a Grimaldi, nos reunimos en su oficina y, sólo de comentarle la probabilidad de esta colaboración con Vélez, mostró tanto, pero tanto interés, que determinó discutirlo con urgencia en la próxima reunión. Su franca voluntad de aliarse a los narcos me dejó pasmado, pero no era el momento de entrar en controversia. Yo confiaba en que los demás no aceptarían, pero a estas alturas del partido no me atrevía a asegurar nada; todo era posible en el Miami de 1980.

—Y pasando a otro tema —comentó Alex—, nuestra situación en México se ha enmarañado. Ayer recibí un mensaje de Villanueva. ¿Crees que puedas viajar este fin de semana e investigar qué está pasando?

—Claro —confirmé, loco por entrar en acción, aunque en realidad México no era de mis lugares favoritos para operar. Si evito hablar de nuestros episodios en ese país es porque me trae pésimos recuerdos. Soy un poco supersticioso y siempre he pensado que lo que se deja de nombrar deja de existir.

—Te veo raro. ¿Ocurre algo que deba saber? —olfateó Alex.

—Negativo —contesté ocultando el recelo que sentía frente a la retahíla de sucesos descabellados, despropósitos, torpezas e incoherencias que saltaban a la luz con las recientes acciones de Grimaldi.

Empaqué una valija, me despedí de las niñas y partí rumbo a la Ciudad de México.

Durante todo el vuelo ideaba el modo de averiguar los nombres, las jerarquías, el núcleo exacto que operaba como enlace entre la alta jefatura militar de la isla y los carteles establecidos. ¿Cuántas operaciones al año se realizarían desde la posición más privilegiada de América frente a Estados Unidos? ¡No por gusto llaman a Cuba la llave del golfo!

Sabía que Vélez no mentía. En medio de su viacrucis no tenía suficientes nervios, ni imaginación, ni ganas de inventar algo semejante. Ese enero de 1980 yo supe que esta información era la mayor arma que alguien como yo podía tener en sus manos para vencer al gobierno cubano.

—Las cubanas nos bañamos a las cinco de la tarde —dijo con cierto orgullo—. El calor del día nos va macerando y, a esa hora, el agua fría es un consuelo. Cuando mami estaba viva aprovechábamos esos momentos de intimidad para conversar sobre nosotras, como imagino que hacen siempre las madres y las hijas. Sólo que mi madre era una mujer diferente —explicó haciendo gestos que describían locura e inestabilidad con sus manos—. Después de bañarme me tendía a leer sobre la cama, ella se metía en el baño y volvía desnuda, hablando sola, intentando introducirme en aquellas clases de ilustración femenina que empezaron el mismo día en que tuve mi primera menstruación. No olvido su colonia Guerlain destilando una fragancia floral y limpia en mi habitación aun llena de ositos de peluche con letras rosáceas. Nos recuerdo allí, tumbadas sobre la cama, mirando al techo, entalcadas y frescas, escuchando CMBF, la emisora de música clásica, paleando las insoportables tardes de calor habanero. Así fue nuestra vida, pasando siempre del insufrible frío europeo al despiadado calor caribeño. Mi madre me enseñó las claves escondidas, los más antiguos, sofisticados ademanes femeninos. Sus artes para amarrar a los hombres eran infinitas, y no hablo de pócimas, no me refiero a ninguna brujería, ella no creía en nada. Me regaló algunos toques secretos, los más finos resortes para conseguir paralizarlos.

Mientras Valentina contaba todo eso caminábamos entre la gente por Saint-Germain-des-Prés. Eran las seis de la tarde en París y las personas salían del trabajo apurados, mirando a las vidrieras buscando, tal vez, algún que otro regalo de Navidad. Señores con bufanda, gabán y su tradicional baguette comprado para la cena, damas con pieles cargando un perrito faldero entre sus brazos, niños interrumpiendo el paso con sus modernas carriolas; todo parecía ser coherente menos nosotros.

Yo, que siempre he defendido la anomalía como camino a cualquier conquista, estaba pasmado, no daba crédito a lo que escuchaba. Sobre todo porque ella hablaba de "los hombres" como si yo no estuviera allí. Pensaba en alta voz, recapitulaba, desbloqueaba recuerdos sin ser demasiado consciente de lo que compartía. Valentina seguía hablando sin parar. No había como detener a esa loquita. Su intimidad empezaba a airearse en esa calle de París, y yo sólo pensaba en mis hijas.

—Mi madre me ordenaba risueña que abriera las piernas, hacía que me tocara el clítoris con suave cadencia, una y otra vez. Así, así, cuidadosamente, buscando esa sensación acompasada de goce infinito que yo tendría que trasladar al cuerpo del "contrario": el hombre. Ella contaba que ustedes poseen una gran sensibilidad en su punta, es allí, en la mismísima cima del sexo masculino, donde se hallan todas las terminales nerviosas que provocan las grandes erecciones, secreciones y orgasmos. Su teoría se basaba en que era justo en ese lugar donde se ocultaba un diamante de altos quilates que, al pulirlo, brillaría hasta hacerme reinar en el escenario que yo ambicionara. Mami, a través de mi propio cuerpo, me instruyó en romper de gusto esa cápsula de cristal tensa y suculenta para lograr absoluto control.

Ese fue el momento en que comprendí que Valentina era muy versátil, podía hablar como una experta, como una niña buena, como una burguesa relajada de la Rive Gauche o como una rumbera del barrio de San Isidro en La Habana Vieja. ¿Quién coño es esta mujer?, me pregunté caminando en dirección al Sena, intentando encontrar un lugar abierto para poder pensar mejor.

—Primero debía usar mis manos, luego mi boca y más tarde mi sexo. De más está decir que yo debería permanecer húmeda, irme acercando lentamente y juguetear sin ofrecerme demasiado. Nunca te debes regalar —aclaraba ella con cara de preocupación—, el sexo del contrario debe sentir que tu animal le es imprescindible, pero que podría también perderlo en cualquier momento. Es como un juego de abanicos, ¿me entiendes? Se cierra y se abre, se obtiene y se pierde. Él desea poseerte, pero también necesita perderte para reclamarte llorando, como un niño pequeño clama por su madre. Su teoría era que el deseo masculino va en ascenso, como una espiral, y de nosotras depende ensordecerlos, cegarlos, asfixiarlos de placer. ¿Qué piensas tú, Adrián? —preguntó Valentina mirándose en el reflejo de una vidriera, acomodándose el abrigo, acotejando el refajo con el que últimamente solía saltar de la cama a la calle.

Mi corazón empezó a latir con fuerza mientras toda la sangre de mi cuerpo se acumulaba entre mi frente y mis muslos. No tenía la menor intensión de interferir en su historia que, por muy surrealista que fuera, viniendo de ella, era creíble. Al menos yo la tomaba como verosímil.

—¿No me vas a responder? ¿Estás pensando que mi madre y yo estamos locas? ¡Ay, macho! Otra raya más para el tigre —dijo Valentina como queriendo cambiar el tema, y entonces aguanté la respiración intentando no espantarla, dejarla ser en aquella rara, atolondrada manera de organizar sus pensamientos, esa que yo aprendía a leer paso a pasito, a interpretar y disfrutar en medio de su poderoso desorden sentimental.

Estábamos muy cerca de Café de Flore, en la boca del metro, pero ella me jaló por el brazo y me introdujo en el oscuro pasadizo que lleva al interior de una iglesia.

—Tú no crees en Dios, ¿verdad? —dijo mirándome a los ojos.

Yo ni siguiera le contesté, sólo le sostuve la mirada con firmeza.

—Pues yo sí. Ven —dijo tirándome contra la doble puerta interior, arrodillándose ante mí, abriéndome la bragueta y tocando con su boca mi sexo que, a esas alturas, ya había sido vulnerado por su lengua.

He vivido demasiado, he tenido mujeres de varias culturas, tribus, estratos sociales, pero lo que sentí ahí recostado a la puerta de esa iglesia fue muy extraño. Me reconcilió con el asombro, con la capacidad de sorpresa perdida ya no sé en qué selva de América.

Colocó sus manos en mi sexo, empezó a masajear suavemente todo el animal desde mis huevos, pasando por ese puente que comunica con la punta del diamante del que hablaba su madre. Variaba la velocidad, humedecía toda la carne, jugueteaba contaminando su saliva en mi baba, gemía, rotaba sus manos con un ritmo insólito, y parecía que todo su cuerpo endemoniado se había apoderado de mí. Las campanas de la iglesia sonaban desconsoladas llamando a misa, mientras ella seguía arrodillada delante de mí ejerciendo un raro poder que, yo, en cambio, perdía con placer.

Diario de campaña número 12
MIAMI, FLORIDA. ESTADOS UNIDOS
1980

En marzo, algunos miembros de La Hermandad nos reunimos para considerar los pasos a seguir. Alejandro abrió la conferencia cabildeando en pro de la propuesta de Vélez. Prado, James McNair y yo estuvimos en contra. Ravelo, los Gemelos y Arturo de Córdoba apoyaban con firmeza una posible alianza con la narcoguerrilla colombiana. Ceballos y Eddie Navarro prefirieron no opinar. Después de varias horas debatiendo, la iniciativa no fue ratificada, el clima que se creó en torno a todos aquellos puntos de vista, el modo desaforado y poco profundo en que Alex defendía sus conceptos sin un eje, sin el equilibro necesario para el liderazgo, además de la indiferencia de algunos y la disparidad de criterio general, marcaron un punto de giro en nuestra historia.

A la salida de esta reunión ya no fuimos los mismos. Perdimos la simetría de grupo, esa cohesión que nos hacía confiables, entrañables y únicos.

En abril de 1980, la dictadura cubana propició el éxodo del Mariel como parte de su política de válvula de escape a una olla de presión ideológica que estaba a punto de estallar. Alrededor de diez mil ochocientos ciudadanos forzaron las puertas de la embajada del Perú en La Habana y, en menos de cuarenta y ocho horas, solicitaron asilo político. A esa primera ola se sumaron ciento veinticinco mil ciudadanos más. La mayoría pudo llegar a los Estados Unidos por barco, pero otros tantos se quedaron trabados en Perú.

¿Debíamos permanecer quietos, inmóviles ante este episodio de impacto internacional?

La Habana ardía. De todas partes de Cuba llegaban camiones repletos de personas que sólo deseaban escapar de la isla. Estaba claro: necesitábamos actuar al son de los acontecimientos. Alfredo, Eduardo, Alex y yo, desde nuestra trinchera anticomunista en una sauna de Miami Beach, soltábamos toxinas mientras debatíamos la crisis migratoria cubana.

Eddie, audaz como siempre, impulsaba atacar el puerto del Mariel, punto de partida de la migración, foco de miles de periódicos y noticieros del mundo entero.

Ceballos sugirió esperar hasta que se esclareciera el panorama y yo lo secundé.

—Un asalto de ese tipo requiere lanchas rápidas y un cañón de 57 mm, pero estamos bruja, no hay plata. Además, las posibilidades de salir ilesos son remotas. Por un flanco, las torpederas rojas, y por el otro, la naval gringa. ¿Y para qué? ¿Dónde está el provecho? —nos preguntaba Grimaldi, quien últimamente solo citaba la palabra "provecho" ante todo lo que se le planteaba.

—¡Podemos incitar a las masas a una rebelión interna! —explicó Eduardo Navarro, a quien, para entonces, llamábamos El Rápido.

—Lo dudo. Señores, pienso que, en vez de analizar si atacamos o no, debemos revaluar lo de Vélez —dijo Alex volviendo a sacar el tema del narco y, enfocando a Eddie, recalcó: —¡Sin dinero estamos estancados!

—¡No estoy de acuerdo contigo! —le gritó Eduardo—. ¡Debemos lanzarnos! —y aquella cuasi orden estalló como una bomba en el eco de la sauna.

Grimaldi sonrió sarcásticamente y, con toda la mala leche del mundo, lo encaró.

—Los cementerios están llenos de mártires, lánzate tú.

Un silencio sepulcral invadió la atmósfera húmeda del lugar.

—Pasando a otros temas, Sergio proyecta cómo volver a Miami y necesita un colchón discreto. Eddie, encárgate de recogerlo cuando llegue y conseguirle un sitio donde dormir. Te va a hacer falta un número nuevo de beeper exclusivamente para él, ¿ok? —ordenó Grimaldi.

—¿Y la guita? —reclamó El Rápido sudando a mares con cara de preocupación.

—Pasa mañana por mi apartamento y ahí te la entrego. ¿Algo más? —preguntó Alex secando su atlético cuerpo con una toalla blanca y empapada.

—No, nada más. Mañana paso, entonces —contestó Eddie muy parco, pero con obediencia.

—Adrián, mira, me han recomendado a un jamaiquino pudiente a quien le urge sacar del camino ciertos individuos. El sujeto paga los gastos y, de no haber percances, promete obsequiarnos una hacienda en la costa noroeste de Jamaica. Estudié la zona y tiene una posición privilegiada con respecto a Cuba, serviría como una buena base. Alista tus cosas para una nueva expedición, Jamaica te espera.

Normalmente, una nueva misión, un nuevo destino, hubiese provocado en nosotros múltiples bromas, comentarios al margen de nuestras tareas, pero esta vez nos inundó un silencio profundo, sólo acompañado del ruido del agua de las duchas que atravesaba nuestros cuerpos desnudos al final del acostumbrado ejercicio de conspiración y transpiración. Allí estábamos nosotros, sudando todo lo que fuimos, sacando las toxinas y, con ellas, los ideales más puros, expulsando poco a poco el residuo de lo que pudimos ser y nos dejamos arrebatar.

Portando un pasaporte falso, mi maletín de mano, y escoltado solo por McNair, partí rumbo a mi nueva aventura caribeña.

—¿Quieres hablar de lo que pasó antes de anoche? Dime, mírame de frente ¿Quieres enfrentar esto o no? ¿Por qué mi madre y sus métodos te resultan repulsivos? —musitó rompiendo un silencio de horas, tomando aire para empezar un discurso largo, esos que aprendió a decir en Cuba y que yo nunca he querido ni podido interrumpir.

Escucharla es entenderla. Eso me gusta, porque yo, francamente, a esta vida sólo vine de aprendiz.

—¿Quieres hablar de incesto o no? —chilló inquieta tomando lo que resta de la botella de vino.

Pensé decirle, recomendarle más bien, que debería tomar un buen desayuno con huevo y café con leche, pero Valentina, cuando se pone así, no escucha.

—No has podido tocarme. Muy bien, después de dos copas de vino tinto puedo ser yo quien avance sobre ti, pero, por favor, fíame todo lo que escuches en esta conversación. No me respondas, piensa un poco antes de contestarme o salir corriendo. Ya sé que después de tanto cadáver y pólvora hay muy pocas cosas que te harían correr, pero, fíjate, sería justo pensar seriamente en algo como esto, también porque tienes hijas hembras. Yo sé que mi idea de las cosas puede causarte terror. Bajarías las escaleras de este hotel a toda velocidad solo para no quedarte encerrado en mi monstruosidad, pero esos son, precisamente, los modos torcidos de ver la vida que nos unen —y otra vez la loquita se bebió a cun cun una copa de vino tinto, justo a la hora del desayuno—. Siempre he creído que no hay nadie como un padre para enseñar mejor a su hija a hacer el amor. Los guajiros de la Sierra Maestra lo saben bien. Nadie, absolutamente nadie, pudiera tratarla con tanta ternura. Quién puede instruirla mejor, señalarle las zonas de dolor o de placer como un padre a su hija, conducirla, guiarla hasta dónde puede ser tocada y cómo debe ser desvirgada y, luego de esa iniciación, enseñarla a viajar por los límites de lo que otros quieran marcar, violar, preferir para ella. Como no tengo un padre biológico, quizás sea la propia herida drenando por los bordes lo que me ha hecho arder, figurar contigo la maldita situación sin ninguna maldad, sin ningún morbo. Lo digo con transparencia, eh, Adrián. Nadie como una madre que besa en la boca a su hijo varón mostrándole los primeros caminos de su sexualidad. Las madres cubanas podrían alzar monumentos a los falos de sus hijos, podrían rendirse a los pies de sus machitos cabríos, adorándolos hasta la muerte. ¡Así somos las cubanas, adoradoras del pene! —gritó, ahora sí, completamente borracha—. Imagino a una madre joven entrando a la habitación de su hijo adolescente, la veo jugando con su sexo en las primeras horas de la mañana, mostrándole el modo de empezar su vida sexual, como mismo le ha entrenado en usar sus manos o su intelecto. Una cadera tocada por un padre, un sexo adolescente besado por una madre es una iniciación única, valiosa, yo sí lo creo, y aunque nunca lo podré decir fuera de estas cuatro paredes, brindo por eso —dijo alzando su copa—. No hablo de amarse o poseerse, no hablo del deseo entre padre o hija, porque ya sé que eso lo pudre todo. Hablo de algo mucho más simple que el deseo, estoy hablando de aprender noblemente en casa, porque no sabes la cantidad de mujeres y hombres torcidos que toman el metro en la mañana, o llevan tranquilos a sus hijos a la escuela y han sido marcados por un mal primer intento erótico en sus vidas. Pero a una niña que fue debidamente adiestrada por su padre, cuando por fin se para frente a un hombre, no podrán engañarla nunca. Sabría cómo avanzar sobre los cuerpos y nadie osará maltratarla o arrebatarle su dignidad. No me mires así. Aquí el monstruo eres tú. O acaso esto es peor que matar a sangre fría, cobrar por eso, huir hacia delante y seguir con vida comprando arte contemporáneo —dijo tirándose en la cama acorralada por el mareo—. ¡Incesto pedagógico! —gritó con su boca entintada y sus ojos cerrados, tapando con sus manos esa cara asiática e infantil que esconde mucho más de lo que un veterano de mil guerras pueda guardar consigo.

¿De qué está hecha esta criatura?, ¿quiénes fueron sus maestros?, me dije poniéndome el abrigo y, en efecto, bajando las escaleras hasta alcanzar una calle cualquiera que me condujera a una oscuridad más noble, la del Sena.

Diario de campaña número 13
JAMAICA
1980

En el verano de 1980 Jamaica era un hervidero de violentos altercados, confrontaciones confusas entre los partidos políticos tradicionales, los cortadores de caña, los mineros de bauxita, los rastafaris, los especialistas subversivos de las diversas embajadas extranjeras, las gavillas de los guetos y los alguaciles locales.

Negril está situado a unas cincuenta y dos millas al suroeste de Montego Bay. En el siglo XVIII, los bergantines ingleses, repletos de tesoros del Nuevo Mundo, acudían al área para zarpar custodiados hacia Inglaterra. La congregación de veleros atraía a todos aquellos piratas que soñaban con saquear las embarcaciones y, aún en 1980, este sitio continuaba siendo un imán para los traficantes, los fumadores de marihuana y todo tipo de hedonistas.

Claramente este era nuestro terreno, por eso fue allí donde McNair y yo alquilamos nuestra cabaña.

Al día siguiente, mientras escuchábamos reggae y bebíamos cervezas Red Stripe, tocó a la puerta un negro corpulento con facciones de orangután y una dentadura postiza blanca como el marfil:

—*Mon*, me llamo Lawrence. Mi jefe me encargó que los llevara donde él —explicó el señor al que no había Dios que le calculara su edad pero que, por sus ojos, parecía haber vivido más que todos nosotros.

—La ruta de Negril a Savanna-la-Mar es corta y bien peligrosa. El enviado conducía como piloto de un prix; nosotros saltábamos espantados sobre los asientos. No sólo nos desconcertaba su libertinaje con el pedal, sino también la maldita costumbre inglesa de manejar por el carril izquierdo.

Lawrence nos condujo ante Percival Miller, un industrial exitoso con inversiones multimillonarias a lo largo de las Antillas. El empresario odiaba bárbaramente el marxismo. Fidel y sus lacayos le resultaban un tumor maligno que había que extirpar para que la región se estabilizara. Por eso apadrinaba al Partido Laborista; si estos ganaban las elecciones presidenciales, la influencia castrista en su patria, junto al gabinete del primer ministro Michael Manley, desaparecerían. Pero para afianzar el triunfo era vital ablandar el entorno un poco antes de que el pueblo eligiera al próximo presidente.

Llegamos milagrosamente vivos hasta la enorme mansión del magnate. Allí estaba James, por fin, velado por una lluvia de luz que cubría como un manto la severidad de su cuerpo moreno. Ansioso por convencernos de todo lo que nosotros ya estábamos convencidos, comenzó a hablar sin descanso.

—En Kingston todavía respiran algunos sicarios de la pandilla de Claudie Massop. Ellos han colaborado conmigo en otras ocasiones; sin embargo, esta intriga requiere un hermetismo tajante y gatillos externos, por si ocurre un desliz. Yo me cuido, porque entre los objetivos hay tres técnicos de la DGI y no quisiera jamás que estos hijos de perra se den cuenta que estoy detrás del complot. Aparte, quiero neutralizar a un compatriota mío que sirve de enlace con el movimiento estudiantil y los cubiches, al igual que un británico que trabaja como espía para La Habana. Todo suministro, inteligencia y, claro, billete que deseen, lo tendrán. El chofer que los trajo hasta aquí está encargado de resolverles lo que exijan. Si completan la misión, además de lo que le ofrecí a su jefatura en Miami, también les prometo una recompensa en efectivo. Después de hoy no van a tener más contacto conmigo. ¿Alguna pregunta?

Esa noche, descansamos en la oficina de una planta procesadora de pescado en la que Miller tenía intereses, y antes de que saliera el primer rayo de sol arrancamos hacia la capital.

Kingston posee una arquitectura de profundos contrastes, con rasgos coloniales fastuosos y sectores muy pobres donde pueden verse paisajes de casuchas de madera construidos con chatarra y miserables techos de zinc. Trenchtown era una foto fiel de ese Caribe a la deriva, desvencijado, pobre y ahogado por el subdesarrollo. En ese barrio fue donde Lawrence creció y donde mantenía una turba de amistades que lo acompañaban desde su niñez. Allí estaba además su fuente de armamentos, juguetes mortales de diversos calibres y poderosos explosivos. Sin ningún inconveniente, fue en busca de todo lo que solicitamos y lo encontró justo en la guarida de un universitario radical.

A finales de julio, el cadáver de un estudiante jamaiquino apareció entre unos matorrales aledaños a la Universidad de las Indias Occidentales con dos orificios de bala en el cráneo. El forense determinó que al militante lo ejecutaron a bocajarro y, aunque el asesinato se desenvolvió sin tropiezos, yo percibí la desventaja en el color de su piel. Así era Jamaica, llena de desigualdades y racismo.

La gestión adjunta también se ejecutó sin complicaciones. Al anochecer, en la carretera montañosa que atraviesa la ciudad de Mandeville, un súbdito inglés al servicio del espionaje castrista detuvo su flamante Mercedes Benz debido a que una enorme rama recién caída de un árbol obstruía la calzada. Malhumorado por el contratiempo, se bajó de su carro sin echar un vistazo a sus alrededores y, mientras se agachaba para remover la traba, dos balas de plomo de 9 mm le perforaron la mollera. El asesino lo despojó de sus pertenencias. Cuando llegaron, los inspectores concluyeron que había muerto a causa de un atraco.

Al oficial mayor de la embajada cubana en la ex colonia inglesa, el homicidio le revolvió la memoria trayéndole al presente una experiencia semejante. Recordó que, en 1977, mientras cumplía una diligencia en México, a un colega cubano lo habían abatido de modo similar. Consciente de que las entidades terroristas que operaban por el hemisferio tenían casi siempre un origen común,

alertó al personal que le atendía como diplomático. Inmediatamente aumentaron la seguridad y
tomaron medidas preventivas. Todo pudo ser casualidad, pero ¿y si aquello no era una simple coin-
cidencia?

Lógicamente, nosotros no fuimos prevenidos y
continuamos trabajando sin saber que podíamos
estar bajo una campana de cristal. Viajando horas
y horas por una superficie escabrosa y de poco tu-
rismo al sudeste de Boston Bay, Lawrence parpa-
deó extenuado y se durmió del cansancio mientras
conducía. Eran demasiados los kilómetros recorri-
dos sin parar, se salió del asfalto y, del golpe, reven-
taron los neumáticos laterales. Sólo teníamos uno
de repuesto; ¿dónde encontrar otro a esas horas de
la noche?

—*Mon*, el coche no debe quedarse desamparado —advirtió el chofer.

—Vayan ustedes a reparar las Michelines —dije agotado—. Yo los espero aquí.

Me encerré con pestillo mientras McNair y
el jamaiquino caminaban hasta la gasolinera más
cercana. Me rendí sobre el asiento trasero; llevaba días sin dormir lo necesario, estaba muerto.
Horas más tarde me despertó un violento golpe
propinado contra la ventana seguido por una luz
cegadora.

—¡Bájese! —rugió la tenebrosa silueta rodeada
de otras que me apuntaban con sus carabinas.

Aturdido por el repentino ruido, más la potente claridad de una linterna que me alumbraba
directamente los ojos, no logré agarrar mi pistola,
que estaba acomodada debajo de un abrigo. Resig-

nado, acaté la orden y salí del carro para iniciar un tenso diálogo en inglés.

—¿Qué hace aquí? —vociferó con arrogancia una de las sombras.

—Se me desinflaron ambas cámaras y estaba esperando a que me socorrieran —contesté.

Los maleantes comenzaron hablar en patois. Súbitamente, y sin aparente razón, un sujeto vestido con uniforme verde olivo y un casco de la Segunda Guerra Mundial me propinó un culatazo en el pecho y caí doblado al suelo.

Luego continuaron sazonándome a golpes y patadas. Terminada la paliza, y para cerrar con broche de oro, uno de aquellos energúmenos que me pegaba decidió orinarme.

—¡Maten a esta crápula! —ladró la autoridad superior de la escuadra.

Pero entre la oscuridad y el alboroto, los verdugos no captaron el regreso silencioso de Lawrence y McNair, quienes, resueltos a rescatarme, se escondieron cuidadosamente entre los bejucos y sorprendieron con una galerna de disparos que derribó de cuajo al tipo que estaba a punto de apretar el gatillo para liquidarme. Al sentir el plomo desde un ángulo desconocido, el pánico se apoderó de los sobrevivientes, quienes, pensando que estaban rodeados, huyeron despavoridos.

Me acostaron en el asiento trasero para intentar reanimarme, pero ya estaba inconsciente; los golpes habían sido demasiado traumáticos. Cambiaron las llantas y, a toda velocidad, llegamos hasta Puerto Antonio, donde un doctor amigo de Lawrence determinó que, aparte de las laceraciones faciales, yo había sufrido una contusión cerebral, lesiones en dos costillas, fracturas de la nariz y del dedo meñique.

Cuando por fin desperté, McNair y Lawrence estaban a mi lado. Este último enseguida me comentó:

—*Mon*, tuvimos suerte. Habían montado una emboscada. Nos salvó el percance de las llantas; si no, olvídalo, es muy posible que nos hubieran calcinado juntos.

Con mucho dolor alcancé a mascullar una frase:

—Si aún es factible, dígale a su capataz que quisiera terminar el proyecto.

Así fue. Quince días estuve rehabilitándome en una residencia en West Negril. Al cuarto domingo una camioneta explotó en Claremont y cinco personas perecieron; entre los pasajeros, tres eran cubanos y pertenecían a la Dirección General de Inteligencia. Concluida la operación, McNair y yo nos refugiamos por una semana y media en un centro turístico a tomar aguardiente y sentir como el reggae se enredaba con las olas del mar. Cuando creímos estar fuera de peligro sacamos un pasaje de último minuto y, sin avisar a nadie, regresamos victoriosos a Miami.

—Claro que tengo miedo. Si no tuviera miedo ya estaría en otra parte.

—¿En qué parte, por ejemplo? —le pregunté para obligarle a dar detalles, a explicarse mejor. Incluso lo hice como un ejercicio para que pudiera escucharse ella misma.

—Yo pude hacer maniobras para casarme con un presidente, con un ministro, hasta con alguien de la realeza, pero no. Mi pecado, si existe, es lo que gozo cumpliendo mi función, pero luego salgo pitando a lo mío, escapando. Creo que estar conmigo misma es mi mayor problema, porque luego me ganan sentimientos de culpa, pero si logro calmar las voces de mi cabeza, me siento bien y me acomodo. Unas veces me tengo y a veces no. Me empastillo y duermo muchas horas, pierdo el sentido del tiempo, escucho música bien alta, baldeo la casa y eso me hace feliz.

—¿Te empastillas? ¿Y eso te parece bien? —pregunté risueño.

—Ay, macho, ¿qué cubana no se empastilla? Esa realidad es muy fuerte, si no es así, no duermes, los nervios revientan. Sobre todo con las visitas de protocolo, donde siempre sospechan de ti —me explicó con una cara de enfado que daba pánico, los cachetes rojos como tomates y su boca marcando un rictus feo y anodino, algo que no había visto nunca en una mujer de su edad.

Esta era otro tipo de guerra, una batalla ciega y muda, oscura, a la que se enfrentan las mujeres en Cuba. Pensé en seguirle averiguando la vida, pincharla para ahondar un poco más, porque sabía que ella guardaba la otra parte de la historia, la que yo me perdí por estar del otro lado del campo, pero no, por ese camino me volvería un verdadero torturador, un "seguroso" más de guayabera blanca como tantos otros que la habían acosado en La Habana para lograr de ella sabrá Dios cuántas cosas.

Hice silencio, y la verdad es que nada pone más nerviosa a una mujer extrovertida que el silencio.

Primero se tiró el abrigo sobre el corpiño para bajar a la calle, y luego se arrepintió diciendo algo disparatado:

—Si estuviera en La Habana ahora, al menos podría aliviarme caminando hasta la playa.

Pidió un desayuno al servicio de habitaciones. Más tarde, en medio del mutismo del cuarto, de aquellas paredes forradas de cortinas y tapices aislantes del ruido exterior, rompió a llorar como una niña. Tenía las manos llenas de mantequilla y entre los puños el rastro de mil hojas del croissant que no pudo tragarse por la angustia.

—Todo empieza por mi madre. Es un mal sino, eso me dijo una cartomántica del pueblo más brujero que hay en Cuba y donde no sé por qué carajos les da por llevar a todos los visitantes, turistas de alto rango o jefes de Estado que pasan por la isla. ¡Guanabacoa no es fácil! Allí siempre estaba

148

la cabrona cartomántica que me detectaba desde que se abría la *salá* puerta del Mercedes Benz negro que nos habilitaban para llegar al museo afrocubano, ese lugar lleno de santería y mala vibra. Te juro por mi madre que me daban ganas de esperar en la carretera y dejarlos llegar solos, aunque me sacaran del trabajo. Oye, Adrián, esa mujer me caía atrás y hasta que no soltaba la cantaleta no paraba. Yo incluso aprendí a traducir una versión distinta a los visitantes de otras lenguas, porque lo que le soplaba a la gente era *mambo chambo*. Les cantaba las cuarenta, les decía hasta cuánto les quedaba de vida. Si se les podía morir un hijo, si la esposa o el marido les era infiel, todo. Había que darle una bofetada para que se callara, y eso es maltrato, un tema de género complicado.

—¿Tan fuerte era la cosa? —pregunté muerto de risa porque ella tiene una cubanía diferente a la que yo conocía.

Valentina mueve sus manos y su cabeza como La Lupe, aquella cantante loca, criollísima de los años cincuenta. Sus modales viajan de lo delicado y sofisticado a lo chusma y gregario, de lo culto a lo popular, de Beethoven al reggaetón de un solo golpe. Sus análisis van de las más disparatadas versiones de política exterior latinoamericana a la marginalidad más profunda salida de cualquier barrio bajo de esa isla que ya me es desconocida. ¡Qué raros especímenes de cubanas han logrado sacar estos hijos de puta!, pensé dejándola ser, dándole hilo a su papalote.

—Imagínate tú que a un ex presidente mexicano, de cuyo nombre prefiero no acordarme la cartomántica le dijo que por su culpa había mucha gente en la cárcel cumpliendo su condena, y hasta le dio una cifra aproximada de la cantidad de muertos que tenía a sus espaldas. Los escoltas, dos negros de seis pies que también son practicantes y tienen hecho santo se empezaron a reír y no la detuvieron. Yo quería desaparecer, porque ese hombre estaba escondido en Cuba, todo aquello era un secreto. En fin, cada vez que esa mujer me venía pa' arriba yo quería salir corriendo y no parar hasta llegar al túnel. Te lo juro —aseguró la loquita besando la cruz de oro blanco con brillantes que colgaba de su cuello.

—Bueno, pero dime, ¿por qué lo de tu madre y tú es un mal sino? —le pregunté entre carcajadas imaginando la escena de la cartomántica con el bandido mexicano.

—Invítame a tomar un vino blanco allá abajo. Anda, chico —me pidió tirando de las sábanas para que me levantara.

—Pero, muchacha, si son las diez treinta de la mañana —le expliqué.

—¿Y qué? Necesito un trago y salir de aquí —dijo con su voz ronca, con su registro masculino de siempre y esa mala costumbre de dar órdenes que adquieren algunas cubanas con pasado militar.

—Vamos, te acompaño —asentí vistiéndome para complacerla y bajar a un París frío y húmedo por el aguacero nocturno y el *chin chin* de la mañana.

Diario de campaña número 14
Miami, Florida. Estados Unidos
Septiembre - diciembre de 1980

Cuando McNair y yo volvimos de Jamaica, en los bulevares de Miami florecían todo tipo de especímenes, pero lo más común era sentir detrás de uno el paso firme de los pistoleros. El éxodo del Mariel y los conflictos raciales entre los afrocubanos y las nuevas generaciones de sus antiguos patronos desencadenaron una nueva oleada de salvajismo en una ciudad marcada por las refriegas sanguinarias de los carteles de la droga, los policías corruptos, los asaltantes mezquinos y el terrorismo anticastrista.

Nuestro grupo no estaba exento de todos esos combates cotidianos, y justamente esa era la preocupación de Arturo de Córdoba, quien, mientras recogía a sus colegas en un parqueo del aeropuerto, aguzaba su sentido callejero. Algo le decía que, si se descuidaban, tendrían asegurado la oscura celda o un triste sepelio. El estrés que padecíamos todos era evidente. Mientras que Córdoba narraba lacónicamente toda esa novedad, sus ojos de gaviota asustada no cesaban de escudriñar el retrovisor para detectar cualquier anomalía en el patrón del tránsito.

—¡Miami está ardiendo! Recién nos comentaron sobre un escondite en Homestead donde se especula que guardan más de un millón de dólares. Ravelo, los Gemelos y Sergio se disfrazaron de Dick Tracy para confundir a los centinelas de la caleta, pero la bienvenida fue catastrófica. Hubo perra balacera, y uno de esos tiros le atravesó la rodilla a Negrín. Un médico amigo de El Profesor lo atendió y ahora está recuperándose.

—¿Hubo arrestos? —indagó el ex Pantera Negra.

—No —aclaró el Ratón manejando concentrado.

—¿Y qué encontraron? —averigüé estudiando el asunto.

—Cinco kilos de cocaína y los restos de uno de los vigías.

—¿Qué pasó con el polvo? —investigó el prieto mirando preocupado por la ventanilla.

—Se lo entregamos a Vélez para que lo vendiera —respondió Arturo con naturalidad.

Esa noche Alex nos recibió en su hermoso apartamento de la playa. En el despacho seguía expuesta la misma acuarela de Emiliano Zapata y en la sala algunos cuadros de pintores cubanos, casi todos vanguardistas de los años treinta y cuarenta. Portocarrero, Roberto Diago, Cundo Bermúdez y dos hermosos Carreño relucían con las bombillas que él mantenía encendidas a toda hora. ¿Dónde estarán los vitrales de Amelia Peláez que teníamos en el comedor? ¿Quiénes tendrán en su casa nuestros bodegones, los apuntes con la cara de mi abuela, el paisaje de Viñales firmado por algún desconocido? Alguna vez yo tendré mi propia colección, pensé mientras esperábamos a Grimaldi, quien, al llegar, nos abrazó efusivamente, soltando una cadena de halagos y adulaciones bastante fingida:

—¡Los felicito! ¡Ustedes son grandes, muy grandes! Hablé con Miller y está complacido con la obra que hicieron. Les manda saludos. De hecho, anteayer recibí una propina de cincuenta mil dólares que me entregó un intermediario —susurró.

Luego hizo silencio, caminó taciturno por su oficina y, un poco preocupado, indagó hasta dónde sabíamos cómo andaba el ambiente:

—¿Arturo ya les contó? —dijo más ansioso de lo común.

Yo asentí y, cuando intentaba pedir más información, Grimaldi me interrumpió.

—Con la plata de Miller, más la apropiación que realizamos, tenemos para operar por largo rato.

—Con la coca nos estamos involucrando en un área peligrosa —le dije marcando territorio, haciéndole saber que ya había llegado, que estaba allí nuevamente, al tanto de todo—. Si Marion o la DEA nos pescan en una movida de narcóticos, el escándalo va a ser titular de primera página —le recalqué para ver si abría los ojos sobre el tema.

—No te hagas el santo —me interrumpió Alex con una contorsión grosera en sus labios—. Tú bien sabes que hace rato estamos metidos de lleno en el narcotráfico. Por Dios, Adrián, tú fuiste quien me introdujo a Vélez. ¿O acaso se te olvidó cómo lo conocimos? Sin riesgo no hay ganancia.

Por eso sé que es un disparate no cooperar con los colombianos. De todas maneras, el día que el Buró nos agarre, nos vamos a pudrir en prisión. Entonces, hermano ¿qué más da que nos sorprendan con un fardo de perico? —me dijo con total indolencia.

Al verlo así, tan descompuesto, yo decidí no abrir la boca, dejarlo ir para saber hasta dónde estaba dispuesto a llegar.

—No te quería ver para discutir sobre este tema. Lo hecho, hecho está y punto. Necesito hablarte de la actitud de Miguel, desde que regresó de México no hace más que delirar, vive pregonando que necesita retornar a Cuba con o sin Fidel, que el Espíritu Santo como castigo por sus pecados le envió un mensaje, que quiere jubilarse y confesarle todas las fechorías al FBI. ¡Creo que se nos ha trastornado! Tienes que asesorarlo, Adrián. Él a ti te respeta y quizás logres encontrar alguna solución.

Pero Miguel Zabala no deseaba platicar ni escuchar sermones o consejos. Su semblante de granito desmoronado me recordó a esas esculturas expuestas aún sin restaurar del todo, maltratadas esfinges o depauperados dioses griegos que escoltan los pasillos de los museos. Miguel se había desfigurado por la explosión, pero su mayor deterioro ocurría en su mente.

Sentía una gran impotencia por la pérdida de su mano, no comía y casi no se aseaba. Prefería estar solo, no necesitaba ver a nadie porque el mundo lo había decepcionado.

Cuando abrió la puerta para recibirme, saltó hacia mí la repugnante peste de su pocilga.

—¡Miguel! —le dije saludándolo con un fuerte abrazo.

La reacción de mi amigo fue bien estéril. Desanimado, me extendió su muñeca mutilada en un gesto carente de sensibilidad. Ni siquiera me invitó a entrar, pero lo hice. La casa se había convertido en un verdadero muladar.

—¿Cómo estás, hermano? —le pregunté con el cariño de siempre.

—Quiero morirme —soltó el lisiado de inmediato y sin ningún brío.

—¿Por qué? —le dije sorprendido.

—¿Qué carajo importa la razón? ¿No crees que sobran los ejemplos de la mierda que somos? Deberías estar harto de todo. ¿A cuántos comunistas mataste en las Antillas? ¡No jodas, chico! Así no hay quien logre nada, nada de nada. No estoy dispuesto a fabricar una bomba más. ¡Mírame la cara! Espanta, ¿eh? ¡El cielo me está castigando por todas las barbaridades que he cometido en la tierra!

Yo mantuve un silencio prudencial antes de intentar animarlo. A mi alrededor todo parecía listo para una mudanza, la basura y los objetos parecían haberse empaquetado juntos para un posible viaje.

—Vamos, no permitas que este incidente te venza, todos hemos sentido eso alguna vez. Eres joven y tienes una vida por delante —le dije, verdaderamente convencido.

Pero Miguel me contestó algo que no comprendí. Un verbo extraño estalló dentro de una riada de lágrimas, luego un murmullo sollozante acalló una frase ininteligible.

—¿Qué dijiste? —pregunté tiernamente, intentando no asustarlo.

—Vete... Prefiero estar... estar solo —articuló entrecortado, cuidándome, intentando no estallar en un ataque de pánico.

Permanecí a su lado unos minutos. Entonces, le apreté el hombro, pasé mis dedos por su cabello sucio y, como no había nada más que hacer, me despedí. Era mucho mejor dejarlo, no era momento para llevarle la contraria.

¿Cuántas veces nos visitan estos pases de cuentas? Algunos somos más fuertes que otros, lo sé, pero siempre asoma a tu memoria el repertorio de muertos, la lista de batallas, los ríos de sangre donde nos lavamos las manos, y allí nos vemos, desfilando dentro de un raro carnaval de salvajismos.

Entonces aparece algo que nunca debió ocurrir o que no logramos comprender a pesar de ser protagonistas. Todo eso puede visitarnos alguna vez, sobrevenir durante la aparente paz entre combates, pero debemos estar preparados, porque lo que no se puede ser es un criminal a medias.

Yo mismo, que no me arrepiento de nada, he tenido instantes en que un documento, un símbolo, la voz de una de mis hijas, me ha removido el alma. No hacerse demasiadas preguntas es una buena receta para avanzar. Estas son, sin dudas, las batallas más difíciles de ganar en la guerra, las peleas contra nuestros propios demonios.

Al día siguiente, el abuelo de Miguel lo halló inerte en un sofá con un tiro en la sien. Los investigadores clasificaron el caso como un suicidio. Descubrieron las huellas del difunto en su revólver y una carta dirigida a la novia que años atrás abandonó en la isla:

Amor mío:

Decidí quitarme el sufrimiento que mi alma lleva. Nunca debí haberte dejado desamparada. Te pido perdón. Suficiente angustia he causado ya en este mundo. La lucha por la libertad de Cuba movilizó mis fuerzas durante mucho tiempo, pero he acabado sintiéndome como un desalmado. El exilio ha deshumanizado a muchos. Los combatientes verdaderos hemos sido pocos. La causa anticastrista se ha vuelto un negocio del cual viven miles en Miami. Cada día hay menos prestigio político de este lado; en cambio la hipocresía y la demagogia florecen salvajes. Al dejar la Patria no sólo te perdí a ti, sino que me fui perdiendo a mí mismo en un laberinto de desilusiones. Me miro en el espejo y veo a un monstruo. Ya no encuentro razones para vivir. Ojalá Dios me perdone.

Te adoro.

Eternamente,

Miguel

Deprimido por lo que no fui capaz de impedir, compré un litro de whisky y me emborraché. Al despertar, aún intoxicado por el alcohol, salí a coordinar la despedida de Miguel. Existía un pacto interno según el cual a todo integrante que cayera había que incinerarlo, y allá fui yo a cumplir esa dura misión, la de convertir los ideales y el cuerpo de un hermano en partículas volátiles.

Llegamos por fin a un restaurante frente a la Fundación Ages B. Adrián quería, de todas formas, lograr ver salir a la hija del coronel cubano fusilado en la Causa Número 1, Antonio de la Guardia. Yo podía mostrársela, la conocía de niña; no era una mujer común, podía reconocerla en la multitud. Él había localizado la tienda donde ella trabajaba y, luego de muchas averiguaciones, supo que ahora se había cambiado a la fundación de esa misma marca. Falcón controlaba sus horarios y necesitaba que yo le confirmara que era ella. A mí todo eso me parecía un poco monstruoso y, aunque Ileana no me reconocería, pensé que espiarla, sólo para saber cómo era hoy, resultaba algo torcido a lo que no quería prestarme, pero tanta fue la insistencia que terminó persuadiéndome.

—En el Hotel Rojo, ahí vivían ellas —dijo citando uno de los sitios donde vivió mi madre en Luanda—. Yo conocí a algunas de las que huyeron a Nicaragua como damas de compañía de los oficiales, que luego, a la larga, terminaron en Miami. Muchas de ellas no se callaron e hicieron denuncias ante la comunidad internacional. Pero, lamentablemente, Valentina, eso a quién le importa, ya da igual. Lo que pasa en la guerra se queda en la guerra, porque en ese terreno todo vale —me explicó buscando una zona estratégica, una mesa en la parte de afuera del restaurante cuyo campo visual diera directamente a la salida de empleados.

Nadie, absolutamente nadie, quería tomar o comer afuera ese día en París. Era invierno profundo y todos se refugiaban en el calorcito interior que proporcionan los restaurantes.

—¿En el Hotel Rojo? —le pregunté tiritando.

De pronto se me metió en la cabeza que tal vez como los hermanos de la Guardia fueron sus enemigos jerárquicos, él traería algún arma para... No, no, no, me estaba volviendo loca. Adrián no haría eso. Además, esto es la vida real, no una película de acción.

—Bueno, así le llamaban ellas a ese hotel —dijo él interrumpiendo mi delirio—. Al parecer, en principio la mayoría de estas hermosas damas eran llevadas allí para trabajar como médicos, cocineras o militares, pero la verdadera pregunta es si fueron engañadas o no. ¿Tu madre sabía a lo que se enfrentaba cuando la reclutaron en La Habana? ¿Cómo lo supiste tú?

—Primero por los rumores y, luego de su muerte, por personas que sí han tenido el valor de contarme. Mi madre formó parte de ese grupo de mujeres, casi un destacamento seleccionado para vivir con generales o altos oficiales que lideraron esa guerra. No fue como arquitecta, como ella siempre dijo. Allí, más que construir, la cosa era detonar, destruir, destrozar todo lo que oliera a enemigo. Mami era una dama de compañía, simplemente eso. Fue pasando de coroneles a generales hasta encontrar a mi padre, quien, francamente, le salvó la vida.

—¿Y la afectó? Porque…

—Creo que eso la volvió loca —lo interrumpí—, porque ella misma nunca se lo perdonó y no paraba de pensar en eso. Haber estado en Angola era su peor pesadilla, y créeme que apenas escuchó disparos, no participó en ataques ni arriesgó la vida en una trinchera. No mató ni vio matar.

—Y entonces, ¿qué era lo que no se perdonaba? —me preguntó revisando la carta de vinos que se divisaba a través del cristal.

—Ser una "dama de compañía" de guerra —le expliqué poniendo comillas sobre la frase.

—¿Y así se veía ella? —me preguntó mirando las pocas sillas acumuladas a un lado de la calle.

—Creo que sí, pero lo que en realidad la angustiaba era el modo en que la veían los viejos oficiales, los que sobrevivieron a la Causa Número 1, la de Ochoa. Cuando se la cruzaban en un acto o en una embajada, la desnudaban con los ojos, la observaban con sorna. Toda esa etapa le causaba repulsión. Caía en ataques depresivos y se bañaba varias veces al día; se frotaba la piel hasta lastimarse. Se sentía sucia.

—Y no te parece contradictorio haberte preparado para la vida que llevas en Cuba cuando a ella misma le causaba repulsión todo eso —me preguntó de espaldas, con cierto ensañamiento.

—Sí —le contesté firme—. Mi madre era una mujer llena de contradicciones. Su cabeza vivía en un choque de trenes contantes. Muchas veces me dijo que debíamos asilarnos en cualquier aeropuerto, que luego alguien en Nueva York nos recibiría. Todos estos días me he preguntado si ese "alguien" no sería su hermano Leonardo, el pintor que tú coleccionas. Sinceramente creo que lo de Angola fue demasiado fuerte, y no solo la enloqueció a ella. A muchas de sus amistades les pegó duro esa guerra que no sé ni cuánto duró.

—Esa intervención duró más de trece años. Por allí pasaron más de trescientos cincuenta mil cubanos. Angola es once veces mayor que la isla y queda como a once mil kilómetros de distancia —dijo Falcón tratando de hacerle señas a un camarero para que saliera a atendernos.

—Tú también pasaste por Angola. Me lo dicen tus ojos y esa cantidad de cifras que te sabes de memoria.

—Bueno, sí. Yo estuve allí sólo unas semanas, y te digo, hay que estar muy loco para ser un país del tercer mundo y meterle mano a aquello. Claro, los rusos pusieron el armamento y los cubanos la carne de cañón. Allí pasó de todo. Como en todas las guerras. Sólo los que sufrieron eso pueden hacer el cuento —explicó Adrián vigilando la calle y mirando su reloj con cierta ansiedad.

—Mi madre decía que los hombres no veían a sus mujeres en años, tenían el océano Atlántico de por medio. Parte de la estrategia para sostener la guerra fue crear un clima casero, confortable para ciertos oficiales que fueron verdaderos genios de táctica. Yo he buscado y buscado sobre el tema, pero, aunque en Cuba esto se sabe, nadie ha escrito o se ha atrevido a hablar de lo que en verdad pasó allí con la gente. Muchos soldados regresaron en cajitas de madera sellada, hechos polvo y cenizas; otros regresaron locos o decepcionados.

—¿En cajitas? Te tienen bien adoctrinada. ¿Tú crees de verdad que esa guerra pudo ser tan organizada para que esas cajitas contengan las verdaderas cenizas del cuerpo que dicen? Hazme el favor, loquita. Angola es el peor error de los cubanos, empezando porque los angolanos no los querían allí —explicó Adrián habilitando él mismo una silla que habían recostado contra la pared, haciéndome señas para que me sentara, y arrastrando otra, más grande y un poco chueca para sentarse él.

—¿No? ¿Y por qué dices eso? —dije sentándome a su lado a esperar que algún camarero se dignara, por fin, a atendernos bajo aquel frío espantoso de las siete de la noche, ya sin sol, ese momento donde la humedad se mete en tus huesos, el viento aúlla y el aire sube en espiral hasta hacerte llorar de la alergia.

—Ese, para mí, fue el episodio final de la Guerra Fría. La URSS apoyaba al MPLA y Estados Unidos, Sudáfrica y China ayudaron a la UNITA. Cuba entró allí apuntalando a los marxistas del MPLA. El problema es que ellos solos no podían sobrevivir y, para que ese gobierno resistiera en Luanda, tuvieron que estar allí, disparando por más de diez años. Los cubanos no eran populares, la realidad es que los angolanos no los querían ni de un lado ni del otro. ¿Qué hacían unos caribeños metidos en líos entre africanos? Las FAPLA intentaban con mucho esfuerzo e infinitos recursos controlar el área. Las guerrillas de la UNITA, que tenían a Jonás Savimbi al frente, fueron "el coco" para los amiguitos de tu

162

madre. Cada vez que un soldado u oficial cubano desertaba, se preguntaba qué coño hacían ellos allí metidos. Eso era, también, una guerra entre etnias africanas, por eso cambiaban de ejército constantemente, y a los cubanos todo aquello les resultaba incomprensible. Por fin, después de Cuito Cuanavale, una batalla dura de verdad, en julio del 88, las tropas cubanas sacaron a los sudafricanos del sur de Angola y *calabaza calabaza cada uno pa' su casa*. En el mismo 88 se firmaron los acuerdos de paz entre la Unión Soviética, Sudáfrica, los americanos y Cuba y, entonces, como en todas estas guerras, nadie piensa en las consecuencias, en qué carajo hacer con los veteranos. Por eso yo ya no creo en ideales y, si peleo, lo hago por dinero —explicó Adrián, delante del camarero que estaba parado allí, tieso, un poco desconcertado por la idea de atender a dos personas en la parte de afuera del restaurante en pleno invierno.

El señor se negaba y Adrián le pedía, en inglés, que, por favor, nos sirviera allí, que era necesario y, mostrándole unos euros, le explicó que le daría una buena propina si lo hacía. El garçon se sintió ofendido y entró al restaurante negando con la cabeza. ¿Cuántos grados habría? No lo sé. El caso es que teníamos que entrar o no comeríamos allí.

De momento empezó a llover, y entonces no quedó más remedio que levantar el campamento y entrar al restaurante. Adrián me abrió la puerta amablemente. La verdad, no entiendo cómo unas manos acostumbradas a retorcerle el pescuezo a alguien pueden empujar tan delicadamente un cristal, sostenerlo en el aire con sus dedos finísimos

163

para dejar que mi cuerpo traspase el estrecho límite entre el frío exterior de París y el calor de una coqueta *brasserie*. Tampoco entiendo cómo Adrián puede amar la ópera, adorar a Caravaggio o escribir poesía. Estamos hechos de clichés, de fórmulas vacías que nos llevan a pensar que un poeta no puede quemar a tiros a alguien, o que un bandido no es capaz de escribir un buen poema de amor.

Adrián separó una silla en la zona más pegada a la calle. Allí, junto al enorme ventanal de cristal, nos acomodamos y, mientras servían el vino que él había pedido para degustar, sus ojos siguieron a una mujer estilizada, alta, con boina azul que dejaba al aire su pelo claro. La dama atravesaba la avenida con elegancia caminando deprisa debajo de un paraguas de lunares blancos y negros. Era ella, pensé, era la hermosa Ileana, quien se apuraba por encontrar un taxi para llegar quién sabe a qué otra zona de esta inmensa ciudad. Mi corazón latió con fuerza, mis manos apretaron la copa de vino para evitar que se me resbalara y cayera sobre el mantel. Cambié la vista intentando distraer a Adrián para evitar que advirtiera la silueta cercana, esa que claramente pertenecía a la hija del coronel. Cuando alcancé su copa para brindar y despistarle, él solo dijo, con cierta ternura, señalando con el mentón a la mujer bajo la lluvia:

—Por ella, que ha sabido llevar su luto con dignidad y belleza.

La siguió con la mirada hasta ver cómo se escondía en un taxi en movimiento. Al perderle de vista, Adrián apuró su vino tinto con cuerpo, denso como la situación, hecho para ser saboreado suave y lentamente. Hicimos un silencio largo, espeso, complejo, hasta que, tras mi tercera copa, decidí romperlo pasara lo que pasara.

—¿Conociste a Tony o a Ochoa? —pregunté sin que me quedara nada por dentro.

—Hay cosas de las que no hablo, loquita, pero es de hombre y muy legal admirar a los enemigos excepcionales. Sinceramente, creo que ellos hubiesen preferido caer en un combate conmigo que morir de ese modo, fusilados. Escúchame bien, Valentina Villalba —dijo centrando mis ojos con una mirada extraña—, hay disparos que uno no debe evitar porque es el único modo de salvar y, de paso, salvarse.

Puso un billete de cien euros sobre la mesa, me tomó de la mano y salimos de allí a padecer el frío, con los pesados abrigos en las manos, caminando como dos locos desabrigados por París.

Diario de campaña número 15
MIAMI, FLORIDA. ESTADOS UNIDOS
SEPTIEMBRE - DICIEMBRE DE 1980

Nuestro primer mártir fue, sin dudas, Juan Vegas. A él no hubo necesidad de carbonizarlo, su cuerpo se desintegró solo cuando la bomba que acarreaba detonó prematuramente.

Al traidor Bared las aguas profundas del Caribe lo sumergieron sin ritual alguno. Miguel sería entonces el primero de nosotros en incinerar según el juramento corporativo, aquel que establecía la voluntad de ser cremado ante cualquier tipo de fallecimiento.

Al concluir el rito en la funeraria, me monté en una Chevy Blazer y, antes de que pudiera prender el motor, me vi acorralado por los esbirros de la Unidad Antiterrorista.

—¡Su licencia de conducir y los papeles del carro! —ladró con soberbia un varón esculpido en gimnasio, disfrazado de traje y corbata, con gafas oscuras, gestos de sádico, corte de pelo nazi y prestancia de caballero templario.

Entregué los documentos que el oficial requería y, sin precipitarme, agarré el volante con ambas manos, lo miré calmado y, respetuosamente, averigüé:

—¿He cometido alguna infracción, señor?

—¡Demasiadas! —refunfuñó una voz ronca y pedante.

Fue entonces cuando aproveché para examinar minuciosamente al perro sabueso, pues, aunque jamás me lo había topado, deduje que detrás de los lentes se hallaban los ojos de Edward Marion, el gran perseguidor, un rastreador profesional.

—Cuéntame, ¿por qué se mató tu colega? —ordenó.

Respiré profundo y, haciendo acopio de toda mi paciencia, le respondí:

—Disculpe, pero no veo la obligación.

—¿Por qué? Nos interesaría estar al tanto de qué le ocurrió a él y al otro —susurró pegando su mentón a la ventanilla de mi auto.

—¿Al otro? No sé de qué habla —dije verdaderamente confundido.

—¿Cómo murió Ernesto Bared? ¿En qué fecha? ¿Dónde lo sepultaron? —soltó golpeando tres veces con su mano izquierda el techo del auto.

—Quisiera tener a mi abogado presente —declaré en voz baja.

—¡No sueñes que el judío te va a auxiliar esta vez! ¿Ya se te olvidó la temporada que te pasaste enjaulado?

—Tengo derecho a un abogado —repetí sin emoción alguna, respondiendo como un autómata.

—¿Derechos? —chilló el agente encolerizado—. ¿Quién ha visto un bandolero con derechos? ¡No me hagas reír, cacho de mierda! Ni siquiera eres residente de mi país, te tenemos en la lista de indeseables y todavía me hablas a mí de derechos. Te juro por mi santa madre que voy a regalarte una estadía prolongada en una penitenciaría federal —soltó persignándose y besando su mano derecha—. ¡De eso puedes estar seguro!

—Requiero la presencia de mi... —repetí como un zombi.

—¡Cállate! Entrégame tu cédula y bájate ligerito del vehículo —ordenó endemoniado, a punto de propinarme un sopapo.

Los detectives inspeccionaron meticulosamente la camioneta y, por más que buscaron, no hallaron evidencia alguna. No tenía conmigo ninguna señal que me incriminara, así que esta vez forzosamente tuvieron que abortar la operación. Decepcionado, Marion me advirtió con rabia:

—¡Les voy a partir el culo, hijos de puta, y ni la Virgen María los podrá socorrer! —gritó el oficial en plena avenida para asombro de quienes esperaban atentos en los semáforos.

A pesar de la amenaza, y más allá de toda vigilancia, La Hermandad siguió fiel a su doctrina. Muy poco después del suicidio del militante, un poderoso petardo destruyó una tienda de libros cuyo propietario enarbolaba la bandera del libre albedrío para dialogar con La Habana.

Las autoridades no anticiparon allí la presencia de Ceballos días antes del siniestro mientras estudiaba minuciosamente el perímetro, y tampoco descubrieron el momento en que Arturo robaba dos automóviles para movilizarse durante la operación. Eduardo no fue sorprendido en el instante preciso de preparar el dispositivo, tal vez por eso, durante el mismísimo estallido, nadie impidió a Negrín estacionar uno de aquellos autos a solo metros del comercio, esperando ansioso la llegada su compinche.

Sin embargo, el destino tuerce los eventos arrasando impunemente a los espíritus más intrépidos. Alejandro Grimaldi, sin nuestro conocimiento, había sustraído ocho onzas de la mercancía que poco antes nosotros nos habíamos apropiado en Homestead, y todo esto para mantener contenta a una venezolana que, aparte de devota al pene del revolucionario, le rendía tributo al narcótico. Una madrugada, mientras disfrutaba el punto más alto de su euforia, ella insistió en que su amante probara la sustancia. Él se opuso con firmeza, pero ella tenía sus armas para persuadirlo, y allí, en la curva que viaja de sus piernas a su vagina, lo obligó a respirar profundo una traza del polvo mágico.

Alex gozó desmesuradamente por varias semanas y, creyéndose a salvo del juego, perdió la perspectiva. No pudo darse cuenta de que era esa frivolidad, no otro suceso de su peligrosa carrera, lo que lo arrastraría al fracaso.

Una madrugada, al agotársele el estimulante, ubicó frenéticamente a Vélez, quien, sin cobrarle un centavo ni tener en cuenta la hora, le despachó unos gramos. Alex le relató un cuento muy enredado sobre una supuesta chica que estaba cortejando y a la que le fascinaba la coca. El colombiano, enojado por el desvelo, no le prestó atención. El obsequio no le rindió. Cuando ya no tenía nada más que aspirar, volvió a contactar al contrabandista, quien le vendió unas cuantas onzas más. Grimaldi le liquidó el monto con plata de La Hermandad y ahí empezó a ganarle el vicio. Zambullido en el embrujo de los nuevos placeres, bajó la guardia y dejó de razonar. Se engañó al creer que la adicción no lo arruinaría y que nosotros, sus seguidores, jamás cuestionaríamos su honradez. El mayor traspié, el trascendental, lo dio a mediados de diciembre.

Edward Marion, consciente del hermetismo total de nuestros movimientos y de lo complejo que resultaba la idea de infiltrarnos, cambió la estrategia.

Hacía rato se cotorreaba que era un familiar cercano de Alex quien le proveía datos sobre posibles robos. Con mucha prudencia Marion investigó el chisme y, cuando se cercioró de la validez del runrún, pidió autorización para intervenir la línea telefónica de su primo hermano, Bobby Grimaldi. Durante uno de los diálogos interceptados salió a relucir el nombre de un ex convicto que, discretamente, contribuía con el poder judicial como soplón.

Marion lo conocía de procesos anteriores y lo citó con urgencia. Al comprobar que Bobby y él salían a menudo, se entusiasmó con el caso y, sin rodeos, le detalló el plan. El informante confidencial le respondió que no le apetecía involucrarse, pero Marion lo coaccionó. Explicó claramente que si no colaboraba lo iba a encarcelar partiendo de cualquier causa anteriormente archivada y, claro, el traidor asintió. Subyugado y sin opciones, Marion lo instruyó en cómo hilar la confabulación.

—Imagínate, Bobby, que vi en un almacén más de doscientos kilos de cocaína. Sólo hay un par de celadores custodiando la carga. Es tentador colarse y robársela, pero sin infantería, ¿qué puedo hacer? Yo no tengo experiencia en estos asuntos —se lamentó el chivato mientras se bebían varias cervezas en una cantina local.

Sin titubear, Bobby mordió el anzuelo:

—¡Compadre, estás de suerte! Conozco a unos especialistas que se dedican a eso. Te garantizan un diez por ciento del botín. ¿Quieres que les hable?

Siguiendo las instrucciones explícitas de Marion, el judas meditó un poco, repasó la situación y le pidió que esperara su respuesta.

—Dame unos días para pensarlo. Están dando muy poco. Si me decido, me tienen que aflojar más —comentó tajante.

—La glotonería es mala —le reprochó Bobby—. Confórmate con un diez. Acuérdate que yo también tengo que ganar algo aquí. Piénsalo bien y no dejes de llamarme.

Al mediodía siguiente el traidor volvió a entrevistarse con Bobby en el restaurante La Carreta de la Calle Ocho y repitió que, sin una porción mayor del pastel, no señalaba el lugar. Al atardecer, Bobby se reunió con Alex en un parque. A unos trescientos metros, un dúo de agentes federales escoltaba el encuentro.

—¿Confías en este cristiano? —lo interrogó Alejandro con su tensión de siempre, esa rigidez que le acompañaba desde que empezó a intoxicarse.

—Pongo mi pellejo en el fuego por él —confirmó el primo, ahora despistado por la situación.

—¿Qué porcentaje pide? —indagó pensativo nuestro jefe.

—Un veinte por ciento. Le hice una contra propuesta, pero *nanay*. Está plantado y no cede.

—¡Dáselo! —soltó Alex casi desesperado por obtener ya la mercancía.

—¿Y mi tajada? —indagó el primo cuidadoso, con cierta timidez.

—Te beneficiarás como siempre —respondió urgido su pariente.

Tan pronto obtuvieron la dirección, Alex envió a Ceballos a estudiar el objetivo, pero sin notificarme, sin prevenirme de la operación. Él sabía que, si yo conocía las bizarras características del atraco, me opondría. Ese no era, para nada, el estilo de nuestra organización, por eso tejió sus hilos a distancia y, de esta manera, logró marginarme de aquel circo.

—Adrián, están alquilando una casa en Islamorada con salida al mar y quiero que la estudies bien, revísala por dentro y por fuera. Mandaría a Alfredo, pero no me arriesgo, prefiero tu opinión. Si puedes, ve pasado mañana. En caso de que te guste la vamos a arrendar.

En un viejo discurso del dirigente sandinista Humberto Ortega Saavedra hay una advertencia meridiana: "Debe mantenerse en todo momento el cuidado necesario ante el peligro de la infiltración enemiga". ¡Tenía razón el hombre!

Durante un triste y nublado amanecer, Fernando y los Gemelos madrugaron vistiendo los mismos uniformes que usan los empleados de la compañía de electricidad, armados hasta los dientes tomaron una colada de café cubano en un *bakery* cercano a la calle donde se encontraba el botín y, cuando se dirigían a penetrar el objetivo, estalló un vendaval de disparos. Al final del tiroteo, Rodríguez colgaba ensangrentado de un muro, mientras que Ravelo se ahogaba mortalmente en su propia sangre. Negrín, por su parte, huyó bajo un diluvio de balas, sobrevivió gracias a que Arturo lo recogió en un auto robado y, milagrosamente, pudieron escapar juntos del cerco.

Horas más tarde apresaron al primo Bobby, entraron a su apartamento y se lo llevaron sin mucha diplomacia. Ravelo murió en la ambulancia camino al hospital. Su madre reclamó el cadáver y fue así como nosotros logramos consumar su cremación. Los doctores conservaron vivo a uno de los Gemelos por algunas semanas, pero desgraciadamente se nos fue en medio de la Nochebuena. Me contaron que, antes de sucumbir, Marion quiso intimidarlo para que incriminara a sus compañeros y dicen que el moribundo soltó una sonrisa vivaracha, hizo un ademán para que el funcionario se aproximara a la cama donde yacía moribundo y, maliciosamente, le sopló al oído:

—¿Sabías que tu santísima madre… me… me chupaba… la pinga como un pirulí? —y le escupió en la oreja.

Esa medianoche la eternidad se lo llevó alevosamente, empujado por las manos del policía, quien, en un frenesí de furia, le apretó una almohada sobre su rostro. Tres días después, sólo quedaban sus cenizas.

Padecimos un entierro tras otro, vimos partir a nuestros hombres reducidos en polvo, se fueron flotando en un mar de lágrimas y plomo. Así comenzaron las despedidas, los desengaños y la sospecha. Ése fue el peor momento, el que desató la inevitable desarticulación de nuestro equipo, un grupo valioso de jóvenes con ganas de cambiar las cosas. Pero era tarde. Nos quedamos huérfanos por la pérdida de un líder que cayó en decadencia y, como tantos, se extravió en su oscuro laberinto de poder.

Para los miembros de La Hermandad, para nuestro grupo, sería esta la peor Navidad de nuestras vidas. Yo debía seguir solo. Todo este mundo ya me quedaba pequeño. Gironella dijo una vez que la vida no vale la pena si no es para quemarla en una empresa grande.

Después de ver pasar a la hija de su enemigo, Tony de La Guardia, bajo un paraguas de lunares blancos y negros, Adrián Falcón, o El Parse, como el mismo se hacía llamar de vez en cuando, por fin mencionó a su descendencia.

Cada época, cada momento político o histórico complicado, en medio de la selva o bajo un tiroteo urbano, se le aparecía una nueva mujer que se convertía en madre de sus hijos. La nacionalidad, el dialecto o el acento, los olores, la etnia o la textura de la piel formaban parte del lugar en que se libraba en ese instante la cruzada.

Con la llegada de los hijos, la guerra se hacía más que necesaria para él. No había otro remedio que salir a cortar cabezas en nombre de la libertad, cualquiera que esta fuese, y, por supuesto, en el peligroso camino de los ideales era necesario buscar platica. Durante ese trayecto se pisaban cadáveres y se perdían compañeros que, un día, tal vez, le salvaron la vida.

Metidos en la bañera, desnudos, con una espumeante sombra azul destilando sobre nuestros cuerpos, Adrián decidió contarme sobre su familia. En realidad, siempre hablaba en abstracto de su vida, no dejaba claro jamás en qué parte del mundo se encontraban, cuántos eran y de qué modo se relacionaban con él. Simplemente mencionaba que existían y, para mí, a estas alturas, eso significaba un regalo. Lo dejaba ir, lo impulsaba con mi profundo silencio como quien empina un papalote y fluye, asciende y vuela con él.

Ese día accedí a fumar marihuana, cosa que no hacía desde que estaba en la secundaria básica, en una de aquellas interminables escuelas al campo. Aspiré tranquila y me sentí en el aire. Era el momento de hacerle los masajes que me enseñó mi madre. Nadie lo entiende, pero dando placer, yo siento aún más placer.

—Ha pasado el tiempo y los hijos han crecido, los ideales desaparecieron en una aguada de colores donde los próceres se volvieron verdugos, los héroes dictadores y la utopía una trampa peligrosa que puede transformarte en una caricatura de lo que quisiste ser. Si te descuidas, si no te observas, puedes convertirte en el carnicero de tu propia sombra —me explicó Adrián con los ojos cerrados, flotando sobre la espuma del jabón de Marsella acumulado a los extremos de la bañera—. El ejercicio, *mija*, es el siguiente —dijo jalando un poco de hierba hacia sus pulmones—: cuando la sombra se burla de ti, se queda retrasada en una emboscada, se desvía o coquetea con la muerte, acariciando la idea de renunciar a la única vida que has tenido, pues ese es el momento de arrancarla de tu cuerpo y de esperar a que aparezca tu nueva sombra, otra que se parezca al próximo Adrián Falcón, o como se llame el individuo que se está gestando en tu cabeza.

El Parse sabía que, para sobrevivir y entrar en la próxima vida, se necesita la suficiente sangre fría que te ayude a matar sin miramientos al hombre que has sido y, con él, casi siempre mueren personas queridas que ya no nos sirven en la próxima experiencia, simplemente no clasifican en el casting de esa nueva identidad; saben tanto de ti, de tu pasado, que hasta estorban. Por eso cada vez que le avisan de que ha causado baja un hermano, que ha aparecido en su cementerio personal un muerto grande, un compañero de lucha, él reconstruye un fragmento de infierno repleto de fantasmas y balbucea:

—Bueno, es doloroso perderlo, pero al menos ahí se va un testigo de una época dura, un espectador del horror que ya no podrá delatarme en caso de ser presionado. Hay noches en que no puedo conciliar el sueño y me percato de que la realidad es más difícil de digerir que la ficción. Visualizo ciertas experiencias rotas en mil pedazos por los tiros y los gritos, las revivo nítidamente y, paso a paso, avanzo en ellas intentando no traicionar o edulcorar lo vivido —explicó deteniéndose solo para fumar un poco más—. Entonces, todos aquellos episodios, todo el conjunto de vivencias de las que yo puedo dar fe porque fui protagonista, me parecen puras alucinaciones —cerró los ojos, como dejándose ir, reclinando la cabeza sobre una toalla enrollada, mientras del otro lado de la bañera yo le hacía un masaje en los pies, tal como mi madre me había enseñado. Rozándolo solo con las puntas de los dedos, en un juego donde apretar fuerte o cubrir demasiado su piel con mis manos no es bueno, rompería el equilibrio nervioso. Es el sabio juego de golpes y delicadezas lo que desquicia al guerrero tendido.

Adrián siempre contaba escenas cortas que titilaban como fragmentos de largometrajes, las sacaba del fondo de su memoria tratando de ser exacto, y sólo abría los ojos para preguntarme si yo creía que eso, en efecto, le había sucedido. Yo le decía que sí, que su vida era inusual, pero él volvía a descargar su cuerpo al fondo de la bañera, se quedaba un rato abajo y, al subir, me contaba que tenía la sensación de que todo había sido una quimera.

—¿Por qué nunca hablas de tus mujeres? ¿Ellas no son importantes para ti?

—Lo son, me han dado a mis hijos, imagínate. La madre de las dos mayores fue mi gran amor. Supuse que su cariño era insustituible y, sin embargo, ¡qué frágiles y de poca duración son las ilusiones de la juventud! Respiraba el aire rancio e invernal del 89. ¿Quién hubiera augurado que iba a sobrevivir a un sinnúmero de encerronas? ¡Aún estaba en pie, a pesar de sentirme vapuleado! ¿Todo había sido un espejismo? Ya era demasiado tarde para descifrar ese enigma. Era obvio que se aproximaba la medianoche de la muerte —dijo El Parse, relajado y ebrio, inspirado en sus batallas, hablando como quien narrara una novela de radio.

Yo, por mi parte, seguía mi labor activando los puntos eróticos de sus pies, y esto generaba más y más delirios de su parte. Ahora sólo quedaban los residuos de las batallas, las marcas, las cicatrices y un legado extenso de vanidades surrealistas.

—Ay, verraquita, ¡qué desencanto era admitir que habíamos fracasado! Pero no claudiques, me susurraba la voluntad. ¡Lucha, que la utopía democrática triunfará! Teníamos que estar desquiciados para continuar. Era evidente que la victoria no le correspondería a mi generación, ni a la próxima…

—¡Adrián! —un berrido familiar me regresó al campamento.

Resignado, respiré profundamente y volví al jardín de la quinta.

—¡Zurdo, aquí estoy, hermano! —le avisé.

El Zurdo era el jefe de mis guardaespaldas, un nica leal, disciplinado, con una puntería mortal a pesar de que un proyectil le había cegado su ojo izquierdo durante una emboscada.

—¡Adrián, acaba de llegar Ulises! ¡Viene del apartado postal! ¡Tienes correspondencia! —explicó sofocado, mientras me entregaba unos sobres. De sus hombros bailaba una Remington calibre 12 con el cañón recortado.

—¿Algo más? —le pregunté al verlo parado allí en atención.

—Están sirviendo el almuerzo —avisó para que me apurara.

—Ya voy —le aseguré.

El Zurdo hizo un ademán de entendimiento, me dio la espalda y se marchó. Siempre respetó y aceptó mi adicción a la soledad. Creo que mi tropa, después de tanto tiempo, ya estaba acostumbrada a mi forma de ser.

Con pereza procedí a catalogar a los autores de las cartas. El primer sobre traía carta de Tatiana, la madre de mis hijas mayores. No tenía necesidad de abrirlo para saber su contenido: "Adrián, las niñas se están desarrollando y se han quedado sin ropa. Envía plata lo antes posible. Te extrañamos mucho. Cuídate. Te amo siempre, Tati."

También me escribían mis hijas, Eddie el Rápido y mi hermano Aureliano. Apresuradamente abrí la de las niñas. Era una postal navideña. La vista se me nubló. ¡Coño, qué padre más pelagatos había sido! Y todo por querer vengar una sarta de perjuicios. Me ahogué en sollozos, una de mis lágrimas se deslizó por mi mejilla y cayó sobre un Santa Claus montado en un trineo que adornaba la tarjeta.

Estaba exhausto sentimentalmente. Guardé el resto del correo y salí a ubicar más whisky para anestesiar el dolor.

Era la primera vez que Adrián mencionaba el nombre de una mujer que amó, pero me contaba todo aquello en un tono muy grave, demasiado grave para un tipo tan desprejuiciado como él. ¿Dónde quedó el tipo duro? Ahí estaba ahora, flotando ante mí, totalmente debilitado, con los ojos humedecidos, tomando una copa de champaña rosada y fumándose una pequeña breva de marihuana que se encendía y apagaba salpicada por la espuma. Intenté incorporarme para iniciar un masaje en sus hombros, pero él, con una ruda amabilidad, declinó mi ofrecimiento y musitó:

—Ahora no, quizás otro día.

¿Será posible? Era la primera vez que un hombre me decía que no al ofrecimiento de un masaje. Fue entonces cuando entendí que el asunto de la relación con los hijos no estaba solucionado ni entre los revolucionarios ni entre los contrarrevolucionarios. Todos, o casi todos los padres de mi generación, tenían algo mejor que hacer en sus vidas, nos habían aplazado, y en esta bañera se ahogaba un asunto suficientemente grave.

A partir de ese momento me convertiría en su hija, una amante hecha de pequeñas partículas infantiles, una adopción suculenta y lujuriosa, pero adopción al fin. Será mi única posibilidad de llegar hasta el fondo del cuerpo que guarda el alma de este tipo de padre, el mejor modo de catar los genes de un guerrero vencido.

Diario de campaña número 16
Estados Unidos - Centroamérica
Enero - octubre de 1983

Decidí ingresar en una base paramilitar administrada por una fraternidad que prefería adiestrarnos en un cenagal. Ellos estimaban que era necesario aclimatarse a las inclemencias de la naturaleza y recibir un entrenamiento básico para tiempos de conflicto o catástrofe. El asunto era que los pantanos floridanos no se asemejarían nunca al suelo nicaragüense, ni las clases impartidas serían esenciales en el ámbito guerrillero. No obstante, me sirvió para entablar una relación inquebrantable con el compatriota que me acompañaría en la odisea.

Julián Vladimiro Reboredo nació en Santiago de Cuba en 1958 y llegó a Miami durante la emigración masiva del Mariel. Era el prototipo del "hombre nuevo" guevariano, erudito en historia y materialismo dialéctico, cooperante internacionalista en África, nacionalista, martiano y antiimperialista, fanático de Pablo Milanés y Silvio Rodríguez, bastante haragán y poco partidario del culto a Fidel.

Ni negro, ni blanco, ni mulato, Reboredo sustentaba su raza en esas tres tendencias. Tenía abuelos de una piel negra azabache, quizá descendientes de esclavos, madre de tez morena, y un padre incógnito que bien pudo ser nieto de cosacos. De la mulata heredó sus greñas, la nariz chata y los labios gruesos, la constitución alta y el andar refinado era seguramente del misterioso padre, también sus enormes, opacos ojos verdes.

Fue educado en una de esas escuelas militares que llevaban el nombre del martirizado comandante Camilo Cienfuegos. A los niños que allí se entrenaban les llaman en Cuba "Camilitos". Fue, además, militante de la Unión de Jóvenes Comunista y, con todo lo que he dicho, resulta natural que a la edad del servicio obligatorio lo enviaran de combatiente a las guerras de Angola y Etiopía.

En 1979 regresó a la isla y, mientras cenaba con unos compañeros, confesó sus deseos de vivir fuera del país. Un soplón lo denunció y lo apresaron por "desviación ideológica", término con que el sistema discriminaba, y aún hoy señala, a los que se inclinan por el modo de vida capitalista. A partir de entonces Julián sufrió discriminación y ultraje hasta que, por fin, lo deportaron a Estados Unidos, durante el famoso proceso de emigración masiva del Mariel. Al desembarcar, lo confinaron a una cuarentena para definir si era un espía o un ciudadano común con ansias de libertad.

Una vez en la calle, consiguió empleo como pintor, pero un fatídico amanecer atropelló borracho a una anciana ciega que cruzaba con su perro un boulevard y enseguida cayó preso. Cuando salió se consagró al vodka intentando despejar su culpabilidad. Un día, revisando sobras en un basurero, encontró el afiche de una organización anticastrista que pedía voluntarios para derrocar al régimen. Ya sin nada que perder, se alistó, y entre ellos halló cama, comida, ropa, respeto y, de vez en cuando, una Budweiser.

¡Pero a todo veterano se le queda latente el vicio de la acción! Cuando puse sobre la mesa la iniciativa de irnos a Centroamérica, enseguida se alistó en la naciente Brigada Bolivariana, llamada así en honor al gran Simón Bolívar, ánima que nos debía acompañar en nuestra ruta por toda América Latina.

A mediados de enero nos reunimos El Profesor, Ceballos, Parrales, Navarro, Iturrey, Ventura y Marcelo Mondragón.

—El mes entrante estamos partiendo —les confirmé—. Conmigo se van Kike, Sergio, Renato y Julián. Alfredo y Eduardo se encargarán de que los furgones salgan. ¡Oh! Y tengan cuidado: traten de que el FBI no los sorprenda cargando armas —les advertí a sabiendas de la vigilancia que teníamos encima—. Gracias a una expropiación que realizó Eddie y a la generosidad de Marcelo, Vélez y otros filántropos, tenemos suficiente para operar en el exterior y dejarle plata a la familia, pero, señores, es indispensable que la retaguardia se siga esmerando en buscar fondos, porque los vamos a necesitar. Hay que encontrar voluntarios dispuestos a unirse a nosotros. Esas tareas se las relego a Prado y a los que se quedan atrás, ¿ok? Luego de dar estas instrucciones dejamos unos días libres para las despedidas familiares. Sabía que pasaríamos tiempo sin ellos e, incluso, que existía la posibilidad de que la vida no nos alcanzara para volver a verles.

A finales de febrero, nuestro quinteto viajó a Costa Rica. Menos Kike, todos llevábamos pasaportes falsos y simulábamos ser enfermos que venían a curarse en el instituto caritativo. Ramón nos recibió en las escalinatas de la aeronave con un colaborador, el coronel Mario Calderón, quien nos ayudó a esquivar los retenes aduaneros. En las valijas cargamos, como artículos personales, *walkie-talkies*, pistolas, brújulas, uniformes y otras provisiones.

Al salir del aeropuerto, Villanueva nos condujo a una guarida segura, pero de transición. Enseguida nos puso en contacto con una interesante red de colaboradores, entre ellos el mismo coronel que nos dio la bienvenida, camarada de "Don Pepe" Figueres durante la Revolución de 1948 y, en ese momento, funcionario del Ministerio de Seguridad Pública; Rolando Campos, un empresario millonario y conservador que también participó de la revuelta del 48; el cubano Camilo Berrios, dueño de una flota camaronera, enemigo acérrimo del comunismo, y el tejano Frank McClintock, latifundista prominente, que sería nuestro enlace secreto entre Langley y el ARDE (Alianza Revolucionaria Democrática).

Durante la primera semana exploramos la ciudad, nos cambiamos a una casa mejor ubicada, alquilamos un par de apartados postales y, a través de un contacto de Campos, un vehículo seguro con los respectivos permisos para circular legalmente artillados.

Al octavo día el coronel Calderón me condujo, junto a Ramón y Sergio, hasta un poblado fronterizo con Nicaragua. Allí nos entrevistamos con McClintock y un lugarteniente de Edén Pastora. Discutimos la entrega del contenedor que venía en camino y la autorización para matricularnos en el ejército rebelde. ARDE permanecía renuente a aprobar nuestra asimilación en sus filas, tanto la mía como la de mi séquito. Sospechaban que podíamos ser agentes norteamericanos y que, además, confundiríamos a sus tropas con nuestras distinciones en las complejas vertientes ideológicas cubanas. Unos éramos desterrados y otros desertores de la dictadura castrista, así que decidimos renegociar un acuerdo lo antes posible. Nuestra presencia allí tenía que estar ubicada en algún estatus.

El 21 de marzo llegó el primer furgón y el siguiente se extravió. Se rumoraba que la ley lo había intervenido, pero inesperadamente Don Campos descifró el enigma.

Mauricio Salazar era uno de los licenciados más prestigiosos del país. El abogado tenía cuarenta y tres años, era barrigón, de estatura mediana y pelo rubio ondulado a punto de quedarse calvo. Se decía que podía ser nominado a candidato presidencial de su partido en las próximas elecciones. Se le conocía además como el conducto clave para sobornar a fiscales y jueces nacionales. Por todas esas razones, Ramón lo contrató, pero la avaricia le nublaba la razón. Desde que supo de nosotros creyó erróneamente que podía manipular la situación y comenzó a presionarnos con movidas raras, marañas de todo tipo para beneficiarse, hasta que tuvo la idea de apropiarse de nuestro segundo cargamento. De no ser por Campos, a quien le ofreció la piratería, lo hubiera logrado, pero como diría El Profesor Prado, lo agarraron *in flagrante delicto*, y a mí no me quedó otra alternativa que confrontarlo. Apropiándome del modus operandi que utilizábamos en Miami, averigüé cuál era la debilidad del sujeto y, una vez que supimos dónde estaba su talón de Aquiles, llamé a Eddie y le pedí que me enviara una buena hembra, un ejemplar irresistible. Así fue. Mandaron a una trigueña dulce y exuberante en su sensualidad. Yo mismo la entrené para lograr el éxito en la operación.

Salazar frecuentaba un café en el área de Escazú. Un día se encontró sentada en una de las banquetas del bar a una mujerona coqueta y risueña hecha a la medida de su lujuria, vestida con una falda corta y con los labios pintados de carmesí. Mauricio, quien a pesar de estar casado con una mujer de familia adinerada, una dama de la alta sociedad costarricense, era, en el fondo, un mujeriego recalcitrante, tan pronto vio a la doncella se le acercó. Luego de una charla disoluta y tópicos superficiales, la invitó a comer. Cuando terminaron la chica lo besó con frenesí y lo masturbó en el parqueo del restaurante. Por la rendija de un muro, Renato y Sergio filmaron toda la escena. Al día siguiente, mi equipo en pleno, conmigo a la cabeza, le realizó una oportuna visita en su oficina.

La secretaria nos recibió con su usual inflexión lasciva:

—¡Hola, muchachos! ¿Me vinieron a visitar a mí o al patrón?

Pero nosotros no le prestamos atención y, en vez de esperar a que nos anunciara, entramos sin mucho aspaviento directo al despacho. El abogado se sorprendió y brincó en el asiento de tal modo que derramó un tintero sobre sus papeles.

—Licenciado, ni se atreva a abrir la boca. ¡Sólo escuche! Tenemos grabado en video su tope amistoso de ayer, y no creo que a su esposa le vayan a agradar sus lances pornográficos —le expliqué con agilidad.

—¡Maricas, los voy a matar! —rugió el bribón, encolerizado.

—¡Vamos, hombre, no seas ridículo! —le expliqué—. Por ahora esto es sólo un llamado de atención, te estamos perdonando la vida. Si intentas robarnos de nuevo le hacemos llegar la cinta a tu doña y, de paso, una copia a cada uno de los miembros de tu familia. Por el momento, devuélvenos la mercancía que te apropiaste o, si saliste de ella, su valor en dólares —le ordené amablemente, sin someterlo a más disgustos que el propio y justo reclamo de la devolución.

—¡No puedo creerlo! ¡No tienen nada! —gritaba incrédulo el desgraciado.

—Sí, claro que sí —dije riendo—. ¡Ah!, y por las dudas, aquí te dejamos una copia. ¡Disfrútala!

Amilanado y sin nada más que hacer en el caso, Mauricio se aconsejó y resolvió nuestras demandas.

Zanjada esa crisis, me enfrasqué con McClintock en el tema de que nos permitieran el peaje en la montaña, hasta que por fin la jefatura del ARDE cedió con dos condiciones: esperar hasta octubre y fingir que éramos borinqueños.

Consecuentes con la disciplina que adoptamos desde la llegada, no detuvimos nuestros entrenamientos de rutina. Caminábamos doce kilómetros al día, estudiábamos y debatíamos todo el material político-militar, así como textos relacionados con el conflicto nicaragüense. Practicábamos con armas realizando ejercicios de simulación, sin disparos y dentro de nuestros predios.

Ramón y yo nos encargamos de alistar más filántropos locales. Nos turnábamos la limpieza, la cocina, el pasar por el correo y demás quehaceres cotidianos. Todo parecía perfecto, pero un acontecimiento inesperado irrumpió en el programa. Iturrey y Ventura fueron una noche, bastante temprano, a una taberna local y, mientras bebían, una pandilla de malhechores los confundió con turistas e intentaron asaltarlos. Naturalmente, ambos ofrecieron resistencia con sus Brownings 9 mm escupiendo plomo sin distinción. Tres de los bandidos salieron heridos y el resto huyó, pero durante la bronca a Renato se le extravió su pasaporte y la policía lo halló en un rincón. En el último noticiero de la noche apareció su cara, a toda pantalla, señalándolo como protagonista del hecho. Villanueva lo trasladó con urgencia a una hacienda de McClintock en la región de Guanacaste. De haberse quedado donde pernoctaba lo hubieran atrapado, pues un vecino que lo veía entrar y salir a su guarida, al reconocerlo por televisión, lo delató. Esa misma noche el coronel Calderón me explicó que Iturrey era persona *non grata* en Costa Rica.

Sin más recursos a que acudir, le consiguieron una cédula de marinero venezolano, y un contacto de Campos lo llevó hasta Panamá.

Este hecho inauguró una verdadera cadena de desgracias:

Desde Miami me informaron que al Profesor Prado le habían detectado un cáncer fulminante, que a Eddie Navarro lo procesaron por tenencia ilegal de explosivos y que Ceballos se había retirado de la organización porque ya no soportaba ese ritmo de vida. Por si fuera poco, en Costa Rica Enrique Parrales había sacado lo peor de sí. Yo siempre consideré a Kike un oportunista. El Profesor, quien nos lo presentó, me aconsejó desde el primer encuentro que tuviera cuidado porque, aunque Parrales aspiraba a un puesto de gobierno en una Cuba sin Fidel, manejaba la causa como su *modus vivendi*, sin manchar de sangre su levita blanca. Cuando se fue aproximando la hora de marcharse a la montaña con la mochila y la metralleta, Kike empezó a padecer de "achaques" y logró desembarazarse del proyecto para dedicarse a transacciones muy convenientes a su bolsillo. Yo, que estaba al tanto de su forma de ser, de su tendencia manipuladora y estilo de vida por encima de sus posibilidades reales, lo llamé a cuentas, pero la verdad sea dicha, él no estaba interesado en cambiar.

Resignado, me reuní con Sergio y Julián. Con las pruebas en la mano de que Kike se había descarrilado sin remedio, planteé ajusticiarlo como única opción posible; de lo contrario, acabaría con nuestros fondos. Sergio se opuso y Julián secundó mi idea. La falta de unanimidad, de acción irreversible, la mala decisión de no actuar con mano dura ante la postura de un traidor fue catastrófica y torció nuestros destinos. Nos debilitó como organización en el transcurso de los meses.

En medio de aquello, El Profesor nos avisó que unos compatriotas estaban por llegar para afiliarse al movimiento, traían suministros y la voluntad de involucrarse con deseo en la causa. Además, informó que Kessler, nuestro abogado de cabecera, había desquilatado el proceso contra Eduardo, pero Prado nunca nos mencionó su lamentable estado.

Enseguida empezaron a llegar los cuadros cubanos. Militantes expatriados como René Corbo, Francisco Hernández y Pedro Gil, pertenecientes a diversas sectas anticastristas que, al oír que existían posibilidades de enfrentar a los comunistas a tiros y no con discursos radiales miamenses, y frustrados por el embuste y el ocio recurrente en la Florida, se ofrecieron como voluntarios dispuestos a participar en la gestión. Me entrevisté con cada uno y todos acordaron cooperar, aunque manteniendo su grado de independencia.

Justamente en esta coyuntura fue cuando la dirigencia insurgente por fin nos dio luz verde para ingresar en la guerrilla. Yo traté de intervenir para que admitieran también a los recién llegados, pero lamentablemente la reserva con los repatriados cubanos se mantenía latente, y fue ahí, en ese instante, que empecé a adoptar consciente e inconscientemente todos los acentos, gestos, costumbres, dicharachos y formas de actuar de cualquier latinoamericano común. Todos me fueron útiles menos los modismos cubanos, que complejizaban sobremanera el camino hacia la acción.

A mediados de octubre, el coronel Calderón nos recogió en un jeep para conducirnos a la finca de un hacendado en la frontera norte. Allí desayunamos y almorzamos tranquilos, un empleado de McClintock que manejaba una camioneta Toyota vino por nosotros y nos acarreó por una vereda de fango hasta que la barrera silvestre le cerró el camino. Escondidos entre el matorral y sus perros guardianes nos esperaban los efectivos del Frente Revolucionario Sandino, la mayor rama armada del ARDE. Después de intercambiar contraseñas y saludos caminamos por una trocha hasta toparnos con una tropa acampada bajo un manto natural de árboles que velaba la poca claridad del atardecer. Conmovido y feliz por haber llegado vivo a mi sueño, miré hacia el cielo, suspiré orgulloso y, para mi asombro, le di gracias a Dios.

—¿Dónde estabas el día que murió Castro? —le pregunté a esta loquita mientras abría la botella de Burdeos.

—Primero que nada, yo le digo Fidel. Generalmente los que vivimos allí, hasta para cagarnos en su madre, le decimos así: Fidel.

—¿Dónde estabas? ¿Qué pensaste? —exploré sirviendo el vino tinto sobre las copas y, a su vez, registrando, metiendo la mano en el cartucho de sus ojos azules mientras ella se empinaba a cun cun su vaso de leche caliente poco antes de empezar con el vino.

—Me despertó el teléfono. Era mi tía Emma, la hermana de mi padre, que siempre ha estado fuera de Cuba y del mundo. Ahora se mudó a Viena y las noticias de América Latina las recibe en alemán. ¡Ya tú sabes! Cuando ella me lo dijo pensé que, como siempre, se trataba de una falsa alarma, de un malentendido o de una bola. El teléfono empezó a sonar, eran amigos de mis padres, ya retirados, que preguntaban si yo sabía algo del tema, pero no, no tenía idea. En Tarará, donde yo vivo, apenas veo gente, hay muy pocos vecinos. Salí al portal, todo estaba igual de muerto que siempre. Una bruma salobre cubría las casas cincuentonas. La posta de la esquina permanecía allí, de guardia. Nada parecía fuera de lo normal. Volví a la cama, pero no podía dormir. Puse la televisión y, sólo entonces, cuando apareció Raúl con su comunicado, pensé: esto sí es en serio.

—¿Pero qué te pasó por la cabeza? —insistí curioso.

—Vivimos en muchos lugares de Europa. Mis padres estaban siempre esperando a que les cambiaran de país en cualquier momento. No comprábamos demasiados objetos de decoración, las maletas estaban siempre dispuestas. Fui educada en la férrea conciencia de no encariñarme, de no crear lazos afectivos con amiguitos, profesores, vecinos que conocía en estos años. Me fui endureciendo en esa vida nómada a la que mi madre le llamaba "símada".

—¿Y por qué vivían rodando? —le pregunté algo que ya creía saber, pero necesitaba confirmar.

—Era un momento en el que el tema Cuba estaba siempre sobre la mesa en la agenda internacional. Si un funcionario cubano con síndrome de posguerra, borracho y delirante disparaba en plena calle a un disidente refugiado en Madrid, allá corría papi a poner orden, a buscar abogados o renovar el personal de turno. El problema de las embajadas cubanas es que casi todo el mundo es militar, incluso hasta algunos de los agregados culturales. Se alteran, disparan por cualquier cosa, toman la justicia por su mano sin pensar en las consecuencias. Mi padrastro sí era diplomático de carrera, estudió en Londres antes del triunfo de la Revolución y, por eso, cada vez que se formaba una rebambaramba política con Cuba, allí llegaba él, a intentar apagar el fuego que otros encendían. El problema de la política cubana siempre ha sido la improvisación. Nada conecta con nada. Todo es en nombre de una idea, pero en realidad no hay tácticas, sino caprichos y corazonadas de un solo hombre que de diplomacia sabía bien poco. Vivimos largas temporadas, muchos veranos o fines de año sin poder regresar a Cuba de vacaciones.

—Pero por otra parte ustedes eran unos privilegiados, ¿no crees? —la sacudí con una pregunta que ya era hora que ella misma se hiciera.

—Muy por el contrario de lo que la gente cree, los diplomáticos cubanos no la pasan bien, no tienen ninguna libertad para moverse, y de dinero ni hablar —se justificó acercándose a la copa de vino que yo le había servido junto a su vaso de leche ahora vacío.

Esta niña va del azafrán al lirio, del vasito de leche antes de dormir a tomarse de golpe las bebidas que uno le pone sobre la mesa. ¿Quién la entiende?

—Todavía recuerdo olores. A veces me vienen sensaciones muy contrastantes de esa etapa —explicó la loquita empezando con el vino.

—¿Como cuáles? —le pregunté, tratando de encontrarle las costuras a su discurso, el que seguramente le han pedido que recite de memoria sus padres y, a su vez, los jefes de sus padres que, en definitiva, han sido hasta hoy sus verdaderos dueños.

—Mira, si pienso ahora mismo en nuestra casa de Ámsterdam puedo sentir la olla de presión pitando desde las ocho y media de la mañana. Mi madre conseguía frijoles en un mercado africano, y hasta los pedía a Cuba a quien viniera o hiciera una escala técnica en ese aeropuerto. Fue una etapa dura, de mucho nervio. Ella se comía las uñas, y recuerdo incluso como le sangraban los dedos cuando estaba muy nerviosa. Le tenía miedo al teléfono, a las malas noticias. Era una mujer vencida, siempre le temblaban las manos y tomaba pastillas para todo. Ah, las pastillas también se las mandaban de Cuba. Ella me decía que, si en medio de aquel loquero político un día a mí me pasaba algo, nunca se lo perdonaría. Antes de morir mencionó que no había sido una buena madre porque permitió que la política intermediara entre nosotras.

Es que en realidad Fidel fue la máxima autoridad en nuestras determinaciones, nunca sabíamos lo que planeaba, lo que se le podía ocurrir a las tres de la mañana. Él llamaba a deshora por cualquier barbaridad. Siempre que lo hacía era porque andaba madurando una idea nueva y mi padre colgaba comentando: "Si no logro convencerlo de que desista, mañana saldremos en todos los periódicos europeos, y a ver quién nos saca de esta. Mi capacidad tiene un límite".

Entonces me eché a reír. ¿Ella, todos los que viven en Cuba, eran conscientes o inconscientes de pertenecer a un dueño, Fidel? ¿Y si eran conscientes, por qué lo permitían?

—¿De qué te ríes? —preguntó Valentina, sorprendida.

—No, de nada, es que a veces ya sé lo que vas a decir. Continúa, dale, te escucho —expliqué, temeroso de cortarle su *speech*.

—Recuerdo la voz ronca de Fidel en el teléfono, hablando en una larga distancia desde La Habana. Siempre tuve un sueño frágil. Me despertaba el timbre sonando insistente desde la sala y, de sólo escucharlo dar las buenas noches, le reconocía la voz. Era él, por teléfono no hablaba demasiado, creo que no escuchaba bien o que siempre andaba apurado. Ya sabía lo que tenía que hacer, entraba al cuarto, los despertaba, y enseguida papi se tiraba medio desnudo de la cama y tomaba el aparado diciendo: "Sí, mi comandante".

Una mañana, cuando salía para la escuela, apareció el mismísimo Fidel en la puerta de mi casa. Estábamos congelados porque no teníamos dinero para encender la calefacción. Era invierno en Ámsterdam y nadie, absolutamente nadie, sabía que el comandante en jefe andaba por allí. Sonó el timbre de la puerta; yo abrí pensando que era alguien de la embajada. No, era él, tocó mi cabeza revolcando mis motonetas recién peinadas y entró rápidamente con sus escoltas buscando a mis padres. ¿Qué pasaba esos días? Nunca lo sabré. Lo que tenía bien claro es que desde aquella casa se cocinaban asuntos que luego veíamos en la televisión y nadie podía creer que tuviesen que ver con cubanos. Escondimos guerrilleros, albergamos jeques, cenamos con príncipes africanos, trasladamos monjes, conocimos personas que en la televisión decían estar muertas o desparecidas y que, en ese mismo momento, yo las estaba viendo dormir en el garaje o entrar a mi baño. Mi madre vivió siempre con una presión psicológica muy grande. En fin, cuando supe que murió Fidel lo primero que pensé fue que, si mis padres vivieran, se sentirían liberados. De hecho, te confieso que escuché el comunicado varias veces porque, como he vivido todo esto de cerca, siempre creo que dentro de esos párrafos se esconde algo. Cuando me di cuenta de que no descifraría nada más allá de lo oficial, me acosté pensando que a mis padres esa noche seguro les llegaba Fidel, entraría naturalmente dando órdenes, empujaría la puerta del cielo y ya.

—¿De verdad crees que tus padres y Fidel estarán en el cielo? —la presioné para que pensara un poco—. No lo creo, eh.

Ella sonrió nerviosa y no me respondió, lo que en alguien tan vehemente significaba que me estaba dando la razón.

—Apagué la televisión, me tapé la cabeza para no pensar en nada más y tratar de dormir unas horas antes de que me llamaran del Minrex. Ya sabía que al funeral lo que vendría era mambo, y que en los próximos días me tocaba llorar y disfrazarme de negro.

Diario de campaña número 17
CENTROAMÉRICA - ESTADOS UNIDOS
OCTUBRE DE 1984 - SEPTIEMBRE DE 1985

Ya me había acomodado a la idea de colaborar con la CIA realizando trabajos puntales por intermedio de McClintock. El vínculo me resultaba oportuno en la medida de su utilidad para el futuro en la causa cubana. Era un recurso más, una nueva acción que nos ayudaría a consumar los planes de liberar la isla.

En octubre de 1984, también a través de McClintock, y por sugerencia de los americanos, me reuní con el doctor Hugo Spadafora en el McDonald's de La Sabana. En ese momento, el médico rumiaba la idea de forjar otra falange de internacionalistas.

En 1978, con la aprobación del General Omar Torrijos, Spadafora había organizado la Brigada Victoriano Lorenzo, compuesta por voluntarios panameños, quienes después de un breve entrenamiento se sumaron a las filas del FSLN durante la última etapa de la sedición anti somocista. Aunque la existencia del grupo fue efímera, el impacto político y militar que tuvo en la región fue positivo. Tras desmantelar la dictadura, Spadafora retornó a su patria, donde fue recibido como un héroe, con vítores y honores.

Defensor incansable de la democracia global, siguió dedicándose a causas afines a su camino ideológico. Fue por eso que, cuando el sandinismo exteriorizó su semblante represivo, él lo denunció públicamente y junto a su camarada Edén Pastora hicieron estallar un interesante plan guerrillero. El tiempo suele corromper ciertas alianzas, asociaciones que pueden parecer eternas, pero se debilitan al contacto con la acción. El doctor era disciplinado, intrépido, místico e íntegro. Si percibía torpeza, lo cantaba sin reservas. Cuando advirtió las aberraciones y la rapacidad que reinaba en el ARDE, llamó la atención de Pastora, quien quizás no palpaba la desfachatez o simplemente no deseaba destaparla. Spadafora, consciente del fracaso inminente, se separó del caudillo y pactó con las etnias insurgentes de la costa atlántica. El Comandante Cero jamás se lo perdonó.

El 7 de junio de 1984 el periódico costarricense *La Nación Internacional* publicó un escrito controversial del Dr. Hugo Spadafora Franco titulado: "Los errores político militares del Comandante Edén Pastora". En él Spadafora expuso el desorden que existía dentro de la directiva del ARDE, describiendo claramente una alarmante retahíla de deficiencias, empezando por la falta de diálogo entre la base y los cuadros intermedios, la carencia de adoctrinamiento ideológico de las filas revolucionarias, la corrupción rampante y el cáncer que creaban los egos y rivalidades internas. Esta sobreexposición crítica irritó aún más a Edén Pastora y, desde ese momento, se cortaron los lazos de cooperación, así como la profunda amistad que les unía.

Enseguida se engendró una componenda siniestra entre ciertos tenientes de Pastora y el G-2 panameño, el objetivo esencial era aniquilar a Hugo.

Spadafora nació y creció en la ciudad de Chitré. Su familia, de un origen italiano bien humilde, escaló hacia la clase media de Panamá gracias a la dedicación que profesaban hacia el trabajo. Sus padres se sintieron orgullosos cuando lograron enviar a su brillante hijo a la Facultad de Medicina de la Universidad de Boloña. Mientras se educaba en Italia, ensanchó su vocación por la justicia social en el Tercer Mundo y, como todo activista que anhela transitar más allá de las latitudes ortodoxas, se afilió a las tropas como estratega revolucionario.

Al graduarse sirvió como médico y guerrillero en Guinea-Bisáu, allí conoció a su gran amigo y colaborador Amílcar Cabral, y a su lado luchó contra el colonialismo portugués.

Años más tarde, Hugo volvió a Panamá, donde se topó con una usurpación gubernamental orquestada por los militares. Rápidamente empezó a conspirar, pero el destino le tenía reservado un capítulo totalmente diferente al trazado. Una indiscreción lo llevó directamente a la DENI, seguridad secreta de su país. Lo apresaron, pero, en vez de liquidarlo, el líder de la asonada, el General Omar Torrijos, lo invitó a dialogar sobre los problemas de la nación y, tras una sanción superficial por su rebeldía, ingresó en la corriente torrijista.

Desde hacía rato yo venía escuchando anécdotas sobre Spadafora y leía con interés los diferentes artículos que él había escrito. Es difícil intelectualizar en medio de un combate, y él lo hacía coherentemente, con buen tino. Me fascinaba el lenguaje democrático, no alineado y latinoamericanista que el panameño difundía. Cuando se presentó la oportunidad de conocerlo, consulté a distancia con el Profesor Prado, y mi sabio consejero se mostró a favor de que no la desechara. Después de escuchar personalmente la filosofía del doctor, quedé persuadido. Desde el momento en que Hugo resolvió fundar una nueva brigada, lo seguí y volqué todas mis energías en respaldarlo. Entre los que se alzaron conmigo estaban los comandantes panameños Victoriano Morales, veterano del conjunto anterior, y Víctor Montero, quienes contaban con un regimiento de combatientes nicaragüenses leales a ellos. También se inscribieron el boricua Ric Dávila y varios colaboradores de toda Latinoamérica.

El ambicioso plan consistía en concretar un ejército permanente basado en ideales bolivarianos, no sólo para intervenir y destronar a los Ortega, sino también al general Noriega, quien para entonces estaba al frente de la nación y ya se destapaba como satélite del castrocomunismo. Si coronábamos nuestras aspiraciones, seguiríamos con Haití y, claro, finalmente con Cuba. Ese era sin dudas mi gran objetivo.

Para lograr esto creamos un conciso piquete de especialistas dedicados a abastecer sin intermediarios a los guerrilleros ubicados en el interior. Simultáneamente se les ofrecía servicios médicos, los adiestramientos más avanzados y una dosis moderada de adoctrinamiento político. Spadafora especulaba que, si se extendía la lucha antisandinista, podría reclutar más militantes y desviar una fracción minúscula de la logística hacia su tierra para fomentar allí, en el momento preciso, una revuelta armada. En cuanto me interné en las profundidades de la selva nicaragüense me di cuenta de las carencias y particular idiosincrasia de la guerrilla. Regresé convencido de que todo rebelde estaba dispuesto a pelear con o sin Edén y a obedecer al primero que les proporcionara los suministros, no importaba quién o qué tipo de ideología los moviera.

Dentro de la administración Reagan, algunos de los regentes que supervisaban la guerra favorecían a Hugo en lo que concernía a Nicaragua. A la CIA le intranquilizaba el camino insurreccional del ARDE. Observaban alarmados la infiltración masiva de espías, el robo y venta de pertrechos, el vaivén ideológico, la falta de doctrina castrense entre los alzados y la lentitud con que se desenvolvía el conflicto.

Convencidos de que Edén era un estorbo para el progreso, se empecinaron en jubilarlo.

Entre los encargados del programa de La Contra, el teniente coronel Oliver North era entonces una de las fichas claves de la Casa Blanca. Hacía rato que él venía recibiendo reportes sobre los bolivarianos y los veía como el aparejo ideal para agilizar la lucha en el sur. Comprendía la necesidad básica de abastecer directamente a los soldados y simpatizaba con la tesis de que Pastora era un estorbo, y que sería beneficioso sacarlo del juego lo más rápido posible.

En el primer trimestre de 1985, North envió a un emisario a Costa Rica para entrevistarse con nosotros. Basándose en los antecedentes que el delegado recopiló, dispuso que nos patrocinaría, pero como siempre sucede en los pabellones burocráticos de la CIA, se filtró la información y los detractores del proyecto se alarmaron de que los americanos secundaran a una legión de extranjeros. Hugo comprendía el temor y me lo explicó cuidadosamente.

—Ni a la izquierda ni a la derecha les conviene que surja una coalición como la que proponemos. Van a impedir por todos los medios que nazca un ente centrista. Tenemos que prepararnos para lo peor. Lo que me preocupa es la vida de ustedes. Mantén tus ojos abiertos —advirtió con seriedad Spadafora.

—Me he estado escribiendo con Prado, mi mentor en Miami, ya te hablado de él. Me ha dicho que tú, más que nadie, debes tener cuidado, especialmente de Noriega. Dice que si te asesinan, todo se viene abajo, y yo estoy de acuerdo.

—Adrián —contestó Hugo—, no creo que Noriega sea capaz de agredirme y, si lo hiciera, sería una burrada política de su parte.

—Prado especula que, como el hijo de puta es un gánster, así debe maquinar y actuar; en consecuencia, no es fiable seguir el protocolo.

—Es posible que tu amigo tenga razón, pero hay que continuar. Cuídense ustedes.

En el transcurso de las semanas, Hugo diseñó minuciosamente la tarea operativa de cada uno. A Morales le encargó que preparara una escuadra para ingresar a la montaña. A Víctor le entregó la preparación del terreno en la zona atlántica costarricense para ejecutar operaciones marítimas, a Ric buscar medicinas y cualquier provisión para salvar vidas, y a mí me asignó como enlace entre los miskitos y los cubanos anticastristas. Mi experiencia con los nativos fue intensa. Amo su filosofía de vida y, durante toda esta etapa de convivencia, pude comprender lo heterogéneo de este continente donde se discute y pelea sin darles la palabra a los verdaderos fundadores de la tierra.

Una tarde, cuando conducíamos hacia la frontera norte con una carga para ellos, una patrulla judicial tica nos detuvo a Víctor y a mí. A mi compañero le propinaron una tremenda zurra, nos apresaron y confiscaron todo el cargamento. Horas más tarde, nos soltaron en un camino desconocido del que, con suerte, logramos salir sin mayores contratiempos.

Los ataques llovían por doquier, pero no podíamos rendirlos. Spadafora nos exhortaba a obtener recursos del modo que fuera; eso era indispensable para continuar la lucha.

Días después, nuevamente nos emboscaron en una vereda bananera en el litoral atlántico y, aunque el volumen de plomo fue extenso y la Toyota que manejaba salió agujereada por los tiros, salimos con vida del trance. A raíz del incidente recibí una llamada anónima en medio de la madrugada en el albergue donde nos alojábamos. La voz desconocida me avisaba que mis hijas habían sufrido un grave accidente automovilístico. Algún enemigo invisible calculó que yo solía usar teléfonos públicos, pues el aparato de la guarida era solo para llamadas locales, así que el plan era atraparme en la calle. Después de pensarlo varias veces decidí esperar a que amaneciera para comunicarme y no caer en la trampa. Una vez más mi intuición me salvó el pellejo. Las niñas y el resto de la familia se encontraban bien, era yo quien estaba en peligro.

Entre mayo y julio intentamos seguir poniendo en práctica el esquema ingeniado por Hugo, pero los problemas se triplicaban. Todo se conjuraba contra nosotros.

Ya en pleno verano, mientras realizaba una misión a orillas del río San Juan, fui capturado por un contingente de Edén Pastora. Me mantuvieron en cautiverio hasta que una cuadrilla miskita me rescató después de dar un simple ultimátum de que, si no me soltaban, correría la sangre. De no ser por aquella intervención es probable que me hubieran asesinado. No obstante, Edén aprovechó la coyuntura para enviarle un recado a Hugo a través mí.

—¡No te atrevas a abastecer mis tropas sin mi permiso!

Hugo ni se dignó en rebatirle aquello y, aunque la presión se palpaba en las calles de San José, ningún bolivariano desertó del barco. Por el contrario, nos concentramos más en sus objetivos.

A finales de julio viajé a Ciudad Quesada acompañado por Darío y el Zurdo para visitar a McClintock en una de sus fincas.

—¡Adrián! ¡Qué bien te ves! Hacía rato que no hablábamos. ¿Cómo te trata la vida? —preguntó el ranchero, que a pesar de sus sesenta años, se movía con agilidad y exhibía la energía de un mocetón de veinte.

—No me puedo quejar, aunque, pensándolo bien, prefería estar ahora mismo acostado sobre la arena de la Riviera francesa —confesé en jarana, mientras confirmaba el increíble parecido que existía entre McClintock y el actor John Wayne. Ambos eran fornidos y con ese rostro curtido por el sol que tienen los vaqueros clásicos, los que aparecen desde siempre en el cine norteamericano.

—No naciste para eso. Aquí es donde tú te sientes a gusto —insistió McClintock.

—¿Tú crees? —pregunté muerto de risa.

—Positivo. ¿Qué sería de tu vida sin aventura? Ese es tu hábitat natural. Bueno, quería verte para darte un mensaje del norte —dijo variando el tono de su voz.

—¿Me necesitan? —indagué tranquilo.

—No, es sobre los cheles. Querían notificarte que hasta octubre no pueden desembolsar el billete que les prometieron para afianzar el sector naval. Lo siento, eh —me explicó cuidadoso.

—*C'est la vie!* —exclamé un poco descorazonado.

Sin esa tubería de dólares era imposible montar la operación. Necesitábamos pangas, motores, repuestos, gasolina, artillería, vehículos, casas de seguridad. Conociendo el temperamento de Hugo, sabía que se enojaría por la demora.

—Me piden también que te ponga al tanto de otro asunto. La agencia tiene información de que se teje un plan para eliminarlos uno por uno —advirtió McClintock—. ¿Te acuerdas de Ariel Fuentes, el chileno? Anda merodeando por aquí, lo han visto mis trabajadores. Parece que fue a él a quien le encomendaron los rojos sacarlos a ustedes del juego. A cuidarse, Falcón —ordenó el viejo con una expresión noble, pero a la vez preocupada.

Esa misma noche me entrevisté con Hugo en un escondite de la capital. Él no le dio demasiada importancia a la advertencia del vaquero, pero sí se molestó por el atraso de las divisas.

—Esto nos pasa por no tener plata. Aquí hay guerra para largo, pero cada día aplazado significa una baja más, alguien que cae por la carestía de municiones, botas, medicamentos y alguna que otra miseria.

Hugo y yo pasamos parte del verano intentando conseguir recursos a través de la red de benefactores que nos apoyaban. Yo hablé personalmente con Villanueva, Campos, Berrios, y ellos, a su vez, con varios filántropos y, a pesar de que se recolectó un buen monto, qué va, no era suficiente.

—Adrián, ¿tú crees que en el norte puedas recaudar un poco más de dólares? —indagó Spadafora durante una caminata por el centro de San José en un hermoso atardecer anaranjado que me invitaba a extrañar el resto de los atardeceres extraviados en mi vida, el sentimental y soberbio crepúsculo ante el malecón habanero y la poderosa puesta de sol con sus reflejos violetas en los *everglades* de Miami.

—No sé. Puedo tratar —dije volviendo allí y a nuestras preocupaciones—. Tengo entendido que los exiliados han invertido todos sus esfuerzos ayudando a los suyos, a los que están en la Florida. Piensan que la dirigencia del sur está poblada de comunistas.

—Amerita la pena que intentes —insistió Hugo con el ímpetu que da la supervivencia.

—Realmente no tengo ganas de viajar —le dije con toda sinceridad—. Pienso que, si lo hago, me puedo perder cosas importantes.

—No te preocupes, Adrián, que aquí hay guerra para rato —insistió tratando de convencerme.

—Visita a tu gente, intenta recaudar algo. Si es preciso, consíguete una dama acomodada, hazle un trabajo político vaginal y convéncela de que nos financie. Bolívar lo hizo en épocas de aprietos, ¿no? —señaló risueño, pero con aires de historiador.

—¡Ay, Hugo! No me hagas reír —respondí entre carcajadas. Bueno, no te prometo seguir al pie de la letra el método de El Libertador, pero haré todo lo posible por regresar con recursos.

Preparé condiciones para partir y, antes de esfumarme, recibí las instrucciones de última hora. Spadafora me entregó una lista de utensilios que se podían comprar en la Florida y me deseó suerte en la empresa.

—Hugo, ¡cuídate! No andes solo. ¡Y échate una pistola arriba! —insistí tratando de persuadirlo.

—Sería contraproducente que los ticos me detengan portando un arma; mejor seguir así, desarmado. ¡No te preocupes, que no me va a pasar nada! —me aseguró tranquilo.

De vuelta a Miami visité a mis hijas y llamé a mi madre jurándole que, antes de regresar, la iría a ver a California. Me cité con El Profesor en un restaurante de la Calle Ocho, y ahí le hice una síntesis concisa de los últimos meses en campaña.

—Me parece que Spadafora está mal aconsejado, hijo, sobre todo en lo que respecta a su propia defensa. Si presume que es intocable se equivoca.

—Se lo he repetido varias veces, pero no hace caso —le expliqué con inquietud.

—¡Ojalá que no lo toquen! —respondió Prado, un poco escéptico.

—¡Sí! ¡Ojalá que no! —conjuré mirando al cielo.

—¿Y qué me dices de Miami? ¿Los muchachos cómo están?

El Profesor comenzó a contarme el destino de todos los compañeros. Uno en la cárcel, el otro retirado completamente de la lucha. En fin, la vida de todos se había desperdigado sin remedio. La mayoría de ellos decidieron casarse y llevar una existencia normal, cómoda, parecida a la vida de cualquier exiliado en la Florida. Cuba, para muchos, ya no era más que una triste referencia en las noticias de los canales de televisión y la radio de Miami.

—Necesito recaudar dinero para la Brigada. ¿Crees que haya posibilidad de encontrar mecenas? —pregunté a El Profesor mirándole a los ojos.

—Intentemos, pero yo creo que, en este caso, si no haces una "expropiación", no veo mucha perspectiva.

Tal como El Profesor vaticinó y, a pesar de una infinidad de diligencias realizadas por ambos, nunca pudimos llegar, ni siquiera, a una cantidad mínima. La comunidad cubana en Miami prefería enviar dinero directamente a los guerrilleros del FDN, en una actitud de desentendimiento y hasta de rechazo hacia nosotros, sus paisanos alzados en las trincheras anticomunistas. Ese era, después de todo, un mecanismo de amarga respuesta y de recelo por nosotros, quienes decidimos validar el título de patriotas en las selvas centroamericanas.

Había un frente de batalla abierto en Centroamérica contra la ideología enemiga convidando voluntarios, pidiendo ayuda, pero se pensaba que Miami era un reducto mucho más cómodo y directo desde donde combatir a Fidel Castro. Para ellos resultaba demasiado quijotesco andar jugándosela entre balas ajenas, perdido en una selva desconocida. Todo aquello tenía cierto tufo a la guerrilla del Che Guevara. ¿Qué se esperaba entonces de nosotros? Pues asumir los riesgos de una lucha tangible desde los cayos de la Florida. Desembarcar, intervenir y triunfar. El resto era pura abstracción en medio de la practicidad del cubano residente en Miami.

Desalentado, le envié un telegrama a Spadafora dibujándole en clave el negro panorama. Hugo ordenó que siguiera insistiendo y, si no encontraba resultados, que me regresara en septiembre.

Consciente de la sequía económica por la que atravesábamos determiné realizar una "expropiación". Desde que aterricé estaba viviendo con McNair, mi entrañable compañero en los años de la cárcel. Él residía en un apartamento hermoso pero humilde, de esos que el gobierno le facilita a las personas deshabilitadas. Yo dormía en un sofá bastante incómodo y lo ayudaba un poco en los quehaceres. El prieto estaba paralítico, pero tenía muchísimo ánimo y seguía activo en sus andadas. Fue él mismo quien me consiguió un trío de asaltantes profesionales afroamericanos perfectos para el golpe, pero, un poco antes de darlo, recibí una de las peores noticias de mi vida. En ese instante recordé las palabras de Esteban Villegas y Quevedo: "Donde hay poca justicia es un peligro tener razón".

En el ajedrez, si hostigas los flancos y atrapas al rey, el juego se termina, y esto mismo fue lo que sucedió. Noriega sabía que, si lograba guillotinar a su adversario, este nunca alcanzaría el sueño de atacarlo en su propio tablero. Sabiendo lo incrédulo que podía llegar a ser, le tendió una celada sucia siguiendo los preceptos de don Nicolás Maquiavelo: "Un príncipe debe saber comportarse como bestia".

A mediados de septiembre, confiado ilusamente en que nadie jamás se atrevería a matarlo en su país, Hugo cruzó la frontera, entró a Paso Canoas montado en un autobús rumbo a la muerte. Por la carretera, unos maniáticos asalariados del régimen militar interceptaron el ómnibus, lo torturaron con odio y, aún respirando, lo decapitaron. Apareció mutilado en el interior de una bolsa de correo en el lado costarricense. Su cabeza nunca fue encontrada. Noriega y sus testaferros pensaron, equivocadamente, que ajusticiando al más preciado de sus enemigos se quitarían de encima una carga mayor. Aunque en el proceso desactivaron una gran parte de nuestros proyectos, este sadismo imperdonable llevó de cabeza y sin remedio al general panameño al final de su tragedia.

—La muerte de Fidel, al parecer, no dejaba dormir a nadie. Decidí descolgar el teléfono porque, a partir de la medianoche, mis amigos, los que quedan en Cuba, llamaron para comentar, bromear o descargar sus problemas. Cada cual lo asumió como pudo, pero lo cierto era que la mayoría estaba en shock. Mientras buscaba el sueño repasé mentalmente el enorme vestuario de mi madre. Pensé que necesitaba probar opciones para llegar elegante al velorio. Decidí levantarme y abrir la zona luctuosa del vestidor. Un fuerte olor a naftalina me remitió a la casa de Bruselas, hecha de piedras y madera, donde todo olía a guardado. Inspeccioné el departamento de abrigos. Era noviembre, pero en Cuba nunca habrá frío como para abrigarse con pieles, capas o sobretodos. Fui clasificando despacio, haciendo memoria: este traje negro de chaqueta lo llevó ella al entierro de Yasser Arafat en la Mukataa de Ramallah. Creo que fue el último sepelio al que asistieron, porque luego vino el retiro forzado. No debo usarlo aún. Tomé en mis manos un sari negruzco de raso, muy sobrio, con unas palmeras color cobre bordadas a los extremos de la tela. ¡Me encanta! Lo llevó puesto al funeral de Indira Gandhi. Se veía tan bella, así simple, sin maquillaje ni joyas. Sus sandalias las manejaba de tal forma que parecía andar descalza. Luego busqué un camisero gris, de cuello alto y lazos azul oscuro en las mangas. Por fin lo encontré, pero no recordaba que era de lana tupida. Claro, porque ese lo usó mami cuando mataron a Olof Palme en la primavera del 86. Vivíamos en Suecia y, lógicamente, mi padre, como embajador, debía ir junto a mi madre a presentar sus condolencias. Yo los vi en la televisión, tan elegantes y afligidos. Ellos hacían una hermosa pareja, la verdad. Los diplomáticos de ahora no tienen esa clase, pensaba mientras me probaba conjuntos de falda y chaqueta, pantalones oscuros, camisas azul ministro, collar de perlas. En fin, ninguna de esas prendas me quedaría igual, porque yo soy, como ella misma diría, una de esas mujeres que se ve mejor en cueros que vestida. ¿Qué podría llevar a ese funeral? ¿Qué se hubiese puesto ella? Segurito que ya lo tendría planeado, pero, en fin, mis padres se le adelantaron —como siempre— para abrirle camino al comandante. Tenía un bulto de ropa en el suelo y, sin embargo, no se me ocurría nada. Lo que de verdad me gustaría, pensé, sería entrar desnuda al mausoleo. Eso sería un escándalo. Solté una carcajada, pero, a la vez, me asusté tanto que decidí tomarme una de las pastillas de mi madre. Creo que a esas alturas yo estaba delirando. Menos mal que lo que sí no pueden hacer en Cuba es leernos la mente.

—¿El de Castro fue tu primer gran funeral de Estado? —pregunté entusiasmado por sus descripciones.

—¡No vas a creer cuál fue mi primer funeral de alto rango!

—Tú y yo siempre nos vamos a creer todo lo que digamos, ese será nuestro pacto. ¿Te parece, loquita? —le exigí sobresaltado.

—Pues sí —asintió dándome la mano con gracia y continuando apurada su historia—. Escucha esto, mi primer entierro de alto rango diplomático fue ¡tararararán, tarán! ¿Adivina, adivinador? —vociferó subiéndose a la cama, haciendo como si tocara un tambor de hojalata—. ¡Tararararararán! A ver, 12 de diciembre de 2006. Dime qué fecha es, pero sin mirar el teléfono, por favor —insistió sondando su instrumento imaginario y brincando como una niña pequeña sobre la cama.

—Ni idea. Me doy por vencido —declaré completamente en blanco porque la verdad, que yo sepa, en esa fecha no se había muerto ningún aliado célebre de la izquierda.

—Nada más y nada menos que al velorio de Augusto José Ramón Pinochet Ugarte.

—¿Cómo? ¡No! No, eso sí que no te lo creo.

—Bueno, Adrián, hicimos un pacto ¿no? Ahora debes creerme —gritó tumbándose como desmayada en la cama.

—Sí, es cierto, pero explícamelo mejor, por favor —insistí un poco aturdido, besándola en el cuello para endulzarla y garantizar así el final de su anécdota.

Ella me pidió que la acompañara a orinar. Supongo que así hacía con sus compañeros del internado. Caminamos juntos hasta el baño, se bajó sus calzones y se sentó a contarme con toda naturalidad cómo fueron las cosas, mientras una hebra de agua corría de entre sus muslos a los bien trazados desagües de París. Yo la escuchaba sentado en el suelo, recostado a la puerta.

—En la política todo no es lo que parece —explicó con cara de experta en conflictos y estrategia internacional—. Lo que parece negro es blanco y viceversa. Cuba le debía "un favor" al general, uno muy grande que hasta hoy yo misma no sé de qué se trataba, pero debió ser potente para que me enviaran al entierro de Pinochet con una tarjeta de crédito abierta. Podía gastarlo todo con tal de hacerme pasar por una hija de exiliados de Miami. Hasta un vestido nuevo y de marca me aconsejaron comprar.

—¿Pero de verdad no sabes nada de nada? —tanteé un poco más, mirándola a los ojos.

—Sólo supe por mi madre que de ese favor dependió que mucha gente regresara viva a Cuba, cubanos y chilenos relacionados con Allende. Entonces, sin darme mucha explicación, me mandaron a los funerales. No podía ir nadie reconocible. De hecho, yo entré en escena con una peluca rubia.

—¡No puede ser! ¿Rubia tú? —dije riendo con aquel otro capítulo contradictorio y disparatado de la historia cubana.

—Sí, debía deslizarme entre las cámaras y el gentío, llegar hasta los hijos y los nietos para darles un recado que venía dentro de una carta que yo nunca abrí. Había tal confusión que no se sabía qué estaba pasando. Me infiltré en la multitud. Los que gritaban en contra y los que lloraban se mezclaban en plena ceremonia mortuoria dentro de la Escuela Militar. Entré tranquila manteniendo la calma. Tal y como mi madre me aconsejara, practiqué mi *spanglish* con las personas que se me acercaron, y luego, a la salida, tras entregar la carta y ofrecer mis condolencias a su familia, pues nada, me detuve a llorar por los ausentes —dijo con sorna citando aquella canción de Pablo Milanés.

—¿Pero no te picó la curiosidad? ¿Por qué no la abriste? —le grité escuchando mi propia voz repetida con el eco del baño.

—Sí y no. Sí, porque me hubiese gustado saber por qué estaba allí en realidad, pero no, porque por mi madre siempre supe que la política es una gata en celo, que se va con cualquiera por los tejados. Así que mira, me encasqueté mi peluca rubia, me compré el vestido negro más caro y elegante que encontré en Chile, entré a esa Escuela Militar con la frente en alto, y hasta logré hacerme amiga de los hijos. Figúrate que dos días después estaba yo, esta habanera que tienes delante, desayunando con ellos en una casa de la Dehesa, en Santiago. ¿Qué te parece?

Salí del baño. Abrí el balcón de la habitación para tratar de respirar un aire menos cargado. No sé si tenía hambre o sed. No sabía la hora o el día que era. Necesitaba cambiar el tema porque ya esto era demasiado. ¿Debía o no creerle a la chiquilla? ¿Qué necesidad tendría de mentirme? Si mi biografía era compleja e inexplicable, la de ella iba por buen camino. "Todo ángel es terrible". Pensé en Rilke, tomé la botella de vino y la liquidé empinándomela, bebiéndola toda de golpe.

El ángel salió del baño, se tiró en la cama y editó el cuento de Chile con el velorio de Castro sin pausa, sin miramientos, sin darle demasiada importancia a su presencia allí, entre las flores y el cuerpo de Pinochet, porque ella avanzaba en cumplimiento de su misión vestida de impecable Chanel.

Al final creo que eso no es más que una buena noticia. Por lo visto a esta generación le da lo mismo Castro que Pinochet. ¿Quién lo diría?, pensé al mirarla examinar la botella, ahora vacía, sobre la alfombra.

—¿Pedimos algo de comer? —dijo la loquita con cara inocente.

—Lo pido yo —le contesté tomando el teléfono para ordenar dos sopas de cebolla y unos filetes de atún, otra botella de vino tinto y algún postre francés, el que fuera menos complicado de subir.

Tenía ganas de quedarme solo y en silencio, pero Valentina siguió hablando de velorios y yo me tendí en la cama, a su lado, para seguirla escuchando.

—La madrugada que siguió a la muerte de Fidel dormí muy poco —me explicó metida de lleno en su historia—. Al amanecer el barrio ya estaba lleno de fotos suyas. De un día para otro la zona se llenó de fotografías del Comandante y no se vendía alcohol. Tampoco podíamos escuchar música bailable. La televisión únicamente trasmitía biografías y anécdotas del muerto. Con mi bicicleta recorrí todo el barrio y, poco a poco, descubrí que durante las últimas horas fueron colocando muchísima propaganda por el camino a la playa: Fidel joven, viejo, niño, el barbudo que bajó de la Sierra, el estadista uniformado en la ONU, el prócer en medio del ciclón envuelto en un mar de pueblo, el

Fifo pescando, El Caballo bateando, el guerrillero con su fusil al hombro y, las del final, completamente solo, vestido con un patético chándal Adidas. Como en el mismo Tarará no hay bodega o mercado, decidí ir hasta la tienda de Santa María. Mientras pedaleaba por un litoral desierto no podía creer que ese nombre, a partir de ahora, sería solo historia, nada más que eso, cenizas e historia. Cuando los héroes no mueren jóvenes se vuelven tediosos, aburridos.

—Eso dijo Emerson, loquita —le expliqué interrumpiendo su discurso—. Ralph Waldo Emerson dijo que al final de su carrera todo héroe se aburre.

—Claro —me explicó—, no saben qué hacer con ellos mismos, ya no eligen sus batallas, ya no hay lucidez para mandar o decidir, pierden la cabeza y empiezan a ser un estorbo para el pueblo. En nombre de sus glorias se aferran al poder creyendo tener toda la verdad que los seres comunes no tienen.

Me la imaginaba pedaleando sobre una bicicleta blanca con cesta del mismo color al borde de una carretera femenina, llena de curvas, por donde siempre se divisa el mar. Yo no recuerdo cuándo, pero alguna vez visité esa playa en mi infancia. Luego, me dicen, se volvió un reparto exclusivo al que sólo podían entrar sus habitantes. Hace poco incluso vi ciertas fotos de la casa de Ernesto Guevara y familia en ese reparto cuando aún los niños eran muy pequeños.

—Al amanecer todo había quedado atrás. Ya ese país no sería el mismo —dijo ella con una extraña melancolía.

Yo me incorporé haciendo un gesto, un ademán de quien no entiende nada de nada, y ella prosiguió, tratando de explicarme lo que siempre he tenido claro.

—Si los hijos y nietos de quienes hicieron la Revolución aguantaron fue por sus padres, que, a su vez, adoraban la imagen de Fidel. Lo siguiente, lo que vendrá después, nadie lo sabe, pero, eso sí, será sin compromiso. ¡Nadie quiere a nadie, se acabó el querer! —cantó y bailó ella mientras buscaba algo por la habitación.— ¿Te queda un poco de marihuana? —preguntó la loquita con cara de cansancio.

—¿Cuándo empezaste a fumar? —pregunté curioso.

—Muy joven, en la beca. Allí uno aprende de todo, y el que no se anime muere estrangulado socialmente por el resto.

—Define todo —le precisé.

—Aprendes a robar para comer, a hacer el amor en colectivo, a fugarte cuando te castigan, a hacer fraude para aprobar, lo que implica comprar exámenes. En fin, aprendes o te rajas en el intento. Te preparas para vivir en el salvajismo que te espera luego en la calle.

—¿Salvajismo? —dije buscando un poco de hierba para ofrecerle a la loquita.

Entonces sonó el timbre de la habitación. Era la señora del *room service*. ¿Qué traía? ¿Almuerzo, desayuno, cena? Ya habíamos perdido la noción del tiempo.

Diario de campaña número 18
Estados Unidos - Centroamérica
Octubre de 1985 - diciembre de 1986

Nos reunimos en lo que fuera el bar de un viejo hotel a las afueras, hoy una ruina atiborrada de desechos y humedad, un cascarón recién adquirido por un nuevo dueño con ansias de levantar el inmueble. Los helechos arborescentes se subían por las paredes invadiendo los restos del edificio. Reconocí al americano sólo de verlo llegar. ¡Claro! Era el mismo oficial de la CIA que estuvo al lado de McClintock durante la ofensiva del 84. Lo recuerdo perfectamente, apareció justo en el momento de reagrupar a los rebeldes que andaban rezagados por la frontera. El tipo era un cuarentón de mediana estatura, robusto, de pelo corto ceniciento, ojos de cañón castaños y esa sonrisa acartonada que adoptan muchos de ellos. Su vestimenta siempre fue conservadora, como para no llamar la atención. Eso sí, seguía calzando unas exóticas botas de lagarto parecidas a las de entonces.

—Me puedes llamar Santiago —se presentó en castellano con acento neoyorquino.

—Adrián Falcón —dije extendiéndole mi mano derecha.

—Hacía meses que deseábamos hablar contigo —se explicó en plural a pesar de que estábamos solos—. De ti hemos oído buenas anécdotas...

—Y me imagino que malas también —respondí con cierta jovialidad, mientras pensaba, mirando el hotel en ruinas, que en realidad a esta conversación le hubiera asentando un trago bien fuerte.

Santiago me miró circunspecto, desató una mueca estreñida que no supe leer y comentó:

—El pasado no tiene reparación. Conocemos tu historial. Es por eso que nos interesa establecer nexos contigo. Confiamos en que nos serías muy útil para ampliar la guerra en el sur.

—¿Condiciones? —requerí con seriedad.

—Muerto Spadafora, la Brigada murió como entidad política. Ni tú ni los otros internacionalistas disfrutan de su prestigio; por lo tanto, les va a ser difícil poner en marcha las ideas que concibieron. No creo que encuentren un padrino que los subvencione como organización. Nosotros sí estamos dispuestos a patrocinarlos como individuos mientras sigan tres reglas básicas.

—¿Cuáles serían? —averigüé imperturbable.

—La primera sería que no divulguen a nadie la procedencia del patrocinio —contestó el oficial—. La segunda, que abandonen la meta de agredir al régimen de Manuel Antonio Noriega.

—Ese punto sí que no es negociable —salté interrumpiéndolo de golpe.

—Por favor, déjeme terminar —intercaló Santiago con elegancia diplomática—. En la actualidad no queremos roces con el general panameño. ¡Mañana será otro asunto! Por eso toda provisión que les brindemos no se puede desviar para Panamá ni para Cuba. Esa es una regla inviolable por el momento.

—¿Y la tercera? —indagué curioso, tratando de saber por dónde venían los tiros.

—Edén, los sandinistas, la DGI, el G-2 panameño, y hasta ex colegas tuyos piden tu cabeza. La de Hugo ya rodó. Estamos opuestos a que continúes en el campo de operaciones, tienes capacidad ejecutiva, queremos que coordines las misiones que te vamos a relegar y deja que otros las cumplan.

—Tengo que consultarlo con mi gente —le dije para ganar tiempo y poder pensarlo, pero, además, porque necesitaba comentarlo con el resto.

—De acuerdo a un reporte que recibí meses atrás, un segmento del proyecto consistía en abastecer directamente a la guerrilla. ¡Con nosotros tienen la ventaja de realizar esos sueños!

—Es la mejor forma de agilizar la revuelta —respondí mirando aquel extraño lugar, pensando lo exótico del encuentro en ese contexto de ruinas y helechos salvajes, donde todo parecía vencido, pero a la vez fértil, a punto de reinventarse.

Santiago verificó lo obvio con un ademán y añadió:

—Te damos una semana, Adrián. Piénsalo bien, consúltalo con tu equipo, nosotros esperamos tu llamada —volvió a usar el plural y, con un gesto repentino, repitió una de esas muecas que nunca pude entender, esgrimió una tarjeta con un número de teléfono y se marchó casi sin despedirse.

Un rato más tarde, cuando logré salir de aquel muladar sitiado por escombros, envié un telegrama codificado al gordo Villanueva y a Montero enumerando los pormenores de la reunión. Todos estuvimos de acuerdo en lo mismo: debía pactar con Washington.

Con el visto bueno de mi peña, llamé a Santiago y quedamos en vernos lo antes posible.

Como solía hacer siempre antes de atravesar por cualquier evento importante en mi vida, me dispuse a consultar con Prado. Esta vez mi visita tuvo que ser al hospital, a El Profesor, que había ido decayendo en su enfermedad. Y aunque ya sabía que el tumor era letal, cuando lo tuve delante me quedé boquiabierto. En sólo un mes sin verlo la robustez de Prado había desaparecido. Su estado era terrible. Debía irme acostumbrando, su estancia terrenal estaba por extinguirse.

—Adrián —murmuró una voz casi imperceptible—, qué... felicidad verte, hijo. Me... —una expectoración repentina lo sacudió y de su boca babeó una flema cetrina que limpió con la manga de un camisón verde, de esos que te ponen en el hospital. Entonces prosiguió: —Me siento mal... *caput mortuum* —apenas podía terminar sus frases. Otra convulsión respiratoria lo estremeció y, apretando los dientes, admitió: —Es que no aguanto más... El malestar me... tiene... Esto me carcome.

Cariñosamente, me acerqué para abrazarlo.

—¿Quieres que localice a la enfermera? —le pregunté con un nudo en la garganta.

—¿Para... para qué? Ya... no... —balbuceó Prado.

—Ten fe, te vas a recuperar —dije intentando animarlo.

—Esa… ni tú… te la crees —jadeó el maestro con una sonrisa salida del fondo de su rostro—, pero… gracias por venir. Sabes que te quiero… como un hijo, por eso me urge que me hagas… un favor —miró a su alrededor, tal vez para cerciorarse de que estábamos solos.

—Lo que sea. Pida por esa boca, Profesor —respondí animado pensando en la idea de que podía ayudarlo en algo.

—Yo lo sé… por eso cuento contigo… y te ruego que no me falles —otra tos lo volvió a sacudir y, temblando, cuchicheó: —Ya esto no tiene solución… Sólo queda cerrar el ciclo y encontrar cómo hacerlo pronto. Si me amas, harás lo posible para… para acelerar lo inevitable.

—¿Qué quieres decir? —pregunté perplejo, tratando de no interpretarlo, yo, que siempre tomaba sus ideas al vuelo.

—Que facilites mi… mi viaje a la eternidad —ordenó claramente.

—¡No me pidas eso! —solté administrando mis fuerzas para no flaquear.

—¿A quién se lo voy… a… a solicitar, si no es a ti? —preguntó mirándome a los ojos con una mirada gastada y triste.

Conmovido, estallé en sollozos. Fue entonces que El Profesor, con un esfuerzo sobrehumano, elevó su cuerpo del colchón y, extendiendo su brazo esquelético, decretó:

—Deja las lágrimas… Es la única alternativa y lo sabes. ¿Para qué sufrir innecesariamente? Alíviame —pidió dulcemente y se desplomó.

Lo miré con dolor sabiendo que tenía toda la razón. Recobré mi templanza y lo arropé con cuidado.

Al tocar su cuerpo me di cuenta de que se había convertido en un amasijo de huesos que podían partirse de sólo acomodarlo.

—Escúchame, Adrián. Nunca... pierdas el... el dominio —dijo aleccionándome, reclinando su cabeza de nuevo hacia la almohada—. Ahora cuéntame, qué está pasando contigo.

Traté de cambiar el tema contándole la plática que sostuve con el personero de la CIA.

—No te vendas a los gringos, Adrián. Conserva tu independencia... Para ellos sólo serás una herramienta prescindible. Te usan y te descartan cuando ya... cuando ya no te necesitan... Mira lo que les pasó... al shah de Irán, a Somoza, a la Brigada.

—Es que no hay otra opción. Sin respaldo, mueren todos nuestros planes. Tú sabes como soy yo. Sé que puedo manipularlos.

—Adrián no seas... no seas... iluso, con ellos vas a perder siempre. Haz una retirada táctica... Reposa, razona, y no tomes una decisión contraproducente. Créeme. Dime de las niñas —preguntó usando el poco resuello que le quedaba.

—Creciendo. Las veo poco. Hoy pienso recogerlas para llevarlas al cine.

—Como padre eres pésimo... pero buen discípulo. Concédeme mi pedido y después haz que me cremen... a lo vikingo... —explicó risueño—. Oye, hijo, ten mucha cautela. Ojo con los pretorianos del *novus ordo seclorum.*

228

—Escúcheme, Profesor, ahora lo importante es usted. ¿Está seguro de que quiere irse ya al otro mundo? —puntualicé preocupado.

—Claro que sí. Ya viví demasiado... No me arrepiento de nada, pero ahora, viéndome así tendido, si yo fuera tú... me retiro... No vale la pena sacrificarte. Dedícate a tus hijas, y memoriza esta frase: *respice adspice prospice*. Significa que se debe examinar el pasado, el presente y... y el futuro —balbuceó mi maestro—. Acuérdate que... el Águila siempre se ha... inmiscuido de maneras desfavorables en toda... la historia de Cuba.

—Lo tendré en mente, Profesor. Gracias por su consejo.

—*Ave atque vale* —se despidió Prado en latín.

—Adiós —respondí abrazando a un manojo de huesos que ya no representaban para nada su grandeza.

—Ahora te pido, por favor... vete... Quisiera descansar un rato. Creo que la morfina me está haciendo efecto.

El Profesor se despidió con un beso en mi frente. Era evidente que no soportaba más vivir de esa manera. Ambos sabíamos que ese sería el último encuentro y resolvimos separarnos sin incurrir en demasiado drama.

Esa noche un asociado de McNair disfrazado de enfermero entró silenciosamente en el cuarto donde convalecía el veterano y se le acercó para verificar si dormía. Acto seguido, extrajo de su bolsillo una jeringuilla llena de heroína diluida en agua y delicadamente le inyectó el contenido. El Profesor Prado murió tranquilo; sólo unas leves convulsiones, un espasmo apenas, y su corazón dejó de latir. Cuando la enfermera de turno llegó a examinarlo, lo halló sin pulso.

Como él mismo quería, hice cremar su cuerpo y esparcí sus cenizas en las aguas de Miami Beach.

Entristecido por la muerte de quien fuera mi guía espiritual, me enclaustré a meditar, llorar y embriagarme. Ya no tendría un mentor, la fórmula había variado y debía ser yo ahora el profesor de alguien, pero de quién, me preguntaba una y otra vez durante esos días de retiro. Dónde encontrar un verdadero aprendiz.

—Angola sigue siendo un misterio para mí. Demasiadas versiones, demasiada política involucrada para tratarse del lugar donde fui engendrada. Soy el producto del desorden que causa una guerra —se explicó Valentina nerviosa desde el asiento trasero del automóvil.

Eso fue lo último que le escuché decir. Luego se rindió; el impacto de regresar a esos temas familiares, siempre mezclados con política, le causaron demasiada fatiga.

Se había tirado allí a dormir mientras yo conducía. No quiso responder a mis sucesivas preguntas sobre por qué quedarse allí dentro, en medio de un país que no planea, no le interesa planear, una transición. Su discurso no nos servía de mucho a nosotros. Fer y yo ya estábamos de regreso, también habíamos apostado ingenuamente por todas esas migajas latinoamericanas sin resultado. A favor o en contra, qué más da.

—Latinoamérica no tiene remedio —dijo en voz baja Fer, convencido, como acariciando un recuerdo amargo. Yo fui a Cuba a entrenarme cuando aún militaba con los sandinistas. La gente que se nos acercaba tenía miedo y, en realidad, sólo queríamos conversar. Los cubanos miraban nuestras ropas como algo raro, nos pedían que les compráramos algo de comer o de ponerse en las Diplotiendas a las que ellos no los dejaban ni entrar. Vi cosas allí que no puedo contar. Cuando regresé a Managua comprendí que ese no era mi camino y, unos años más tarde, deserté.

Valentina discutía conmigo, se alteraba, alzaba la voz, y esa noche fui bien permisivo. Me gritó varias veces con esa grosería culta de las nuevas cubanas que me causa mucha curiosidad y sorpresa a la vez. A Fer ella le había escuchado poco la voz.

Fernando, mi mano derecha, viaja conmigo a todas partes. ¿Desde cuándo? Ya hemos perdido la cuenta. Es de pocas palabras y no se mete donde no lo llaman, conserva esa sangre fría, ese pulso preciso que te regala dar muerte sin pifiar. A él también lo habían engañado de un lado y del otro.

Cuando nos desactivaron en Centroamérica preguntaron qué necesitábamos para la operación retirada. Muchos solicitaron una visa de entrada a los Estados Unidos, y así fue, les consiguieron la maldita visa y los trasladaron hasta allí. Uno a uno fueron saliendo todos, colaboradores, sobrevivientes, mutilados, guerrilleros y veteranos que decidieron retirarse de la zona, aquello quedó limpio. A la hora de la verdad, ¿qué le esperaba a mis hermanos centroamericanos después de luchar al servicio de las guerrillas, los partidos, las utopías de izquierda y, por supuesto, del imperio? Pues una escoba para limpiar las calles de Miami.

En todo eso pensábamos tras discutir con Valentina. Luego quedaba vencer varios kilómetros en silencio, meditar, hacer recuento para no olvidar nunca lo que uno ha sido.

Amanecimos en el castillo de Vauvenargues, en Aix-en-Provence. Tenía que ajustar unos temas de vigilancia en la zona. Mis consejos de seguridad a los particulares raramente encuentran fisuras y, quién lo diría, ahora se trata de una casa que guarda el cuerpo de Pablo Picasso y de su esposa Jacqueline.

Su hijastra lo había probado todo, desde los más caros y sofisticados servicios de alarmas hasta contratar vigilantes en pueblos cercanos, perros guardianes, ocas salvajes, pero nada, la tranquilidad se veía vulnerada una y otra vez. Con nosotros ella apostaba por un nuevo plan, diría yo que más operativo y orgánico, adaptado a la topografía del lugar. Aplicar nuestra táctica para restablecer el orden era su última opción.

Los cuerpos de Picasso y de su esposa necesitaban descansar en paz. Cada año las tumbas sufrían perjuicios creados por los bandoleros que intentaban robar los huesos o alguna de las esculturas y óleos que guarda celosamente Catherine Hutin en el interior de la atractiva fortaleza.

Hay que ser más bandido que los propios bandidos para lograr el control sin llenar el espacio de rejas ni lindes evidentes. El asunto es crear una buena red de seguridad sin transformar el panorama, el ambiente que han logrado mantener intacto desde que Picasso murió. Para eso estábamos ante aquellas piedras color miel, un paisaje entre morado y amarillo que le saca las lágrimas al más macho de los machos. Hasta el mismísimo Fer se detuvo y titubeó al intentar tomar una foto con su teléfono celular; prefirió contemplar atentamente la salida del sol mientras reconocía el terreno. Me abría paso como siempre lo ha hecho por más de treinta años en la selva, en aeropuertos, en marchas o trincheras. Reconocería a Fer en medio de una multitud compacta, diluido entre cientos y cientos de personas apiñadas.

No nos eligieron por ser los mejores del mundo en temas de seguridad, sino porque pensamos como bandidos, cobramos como mercenarios y hacemos silencio como monjes por cuidar de esta izquierda aburguesada, desesperada, que se vuelve polvo y piedra entre bosques, óleos y castillos solitarios. Aquí vamos Fernando y yo, otra vez a combatir a un enemigo desconocido en medio de la nada.

Dejamos el automóvil a la entrada del castillo en una curva del camino rodeado de pinos. Decidí no despertar a Valentina, que dormía plácida y relajada en el interior del Maserati. La tapé con una colcha roja de avión, esas que ponen en *business* y que suelo llevarme como souvenir para vengar el precio de viajar en primera clase. La miré descansar allá atrás y, sí, Fer tenía razón, se le veía un poco desarmada. Las dictaduras te extirpan la capacidad de vivir con independencia. Te hacen saber, de mil modos, que no eres capaz de ir por el mundo solo, libre, sin el estigma del sistema social donde naciste, que supuestamente te mantiene a salvo, como en un zoológico rodeada de problemas y antídotos. El paternalismo es un grillete social. ¿Cuánto tiempo hubiera tardado yo en ir preso de haberme quedado en esa isla? A estas alturas me hubiesen fusilado, como a mi padre.

—¿Dónde estamos? —preguntó Valia entre sueños cuando intentaba cerrar el auto para atravesar la carretera hasta el jardín. Alcancé a ver su hermoso cuello, su cuerpo alargado sobre el asiento trasero y, aunque dormitaba abrigada, su imagen me recordó a *Il grande nudo* de Modigliani.

—Duérmete, aún no hemos llegado —le dije para intentar que se recuperara.

Salí caminando detrás de Fer, que ya había rastreado el área.

Es demasiado pronto para decidir desertar, de sus hombros aún tiran los hilos de esa marioneta que le han colocado en el cuerpo, pensé tiritando de frío, intentando ver el ángulo desde el que terminaría por salir el sol. Sólo lleva once días fuera y se siente perdida, desorientada, como un pájaro que choca contra el vidrio intentando encontrar la verdadera salida.

Fer se había adelantado, ya estaba en los predios del castillo. Este es un país donde inevitablemente todo lo toca la historia, pensé al ver el santuario picassiano. Si vas a llamar a la puerta, allí hay una aldaba del siglo XVII, si necesitas ver la hora, subes la mirada a un reloj de hace tres siglos.

A cada cual le dan por donde más le duele. No sé si me alcanzará la plática un día para coleccionar también ciertos Picassos, por el momento vengo a intentar salvar el sosiego de sus huesos.

Hay una tropa de esculturas formadas a las puertas del castillo. Ellos son los verdaderos centinelas. Aquí pintó varios retratos de Jacqueline

Roque, madre de la mujer que nos espera para contratarnos. También *El fauno y el flautista que toca sobre la bañera*, regalo que se hizo para tener un mejor panorama que contemplar en la pared frente a su inodoro. En este lugar su pintura reverdece, porque es un paisaje similar al malagueño. Esa es la etapa de Picasso fuera de su tierra que más felicidad me produce. Me hace imaginar este campo en medio del verano, encendido de flores y a pleno sol.

Es muy temprano y tal vez por eso no hay servicio doméstico a la vista, aunque los europeos evitan esa cantidad de empleados que usamos los latinoamericanos, cosa que para la seguridad es fundamental. Es la propia Catherine quien nos recibe, y amablemente nos ofrece dos tazas de té que ella misma sirve y nosotros aceptamos para calmar el frío del amanecer. Quince minutos más tarde nos conduce al lugar donde descansan, bajo los cedros, su madre y su padrastro. Hay allí una reproducción de *La dame à l'offrande*.

Según su hijastra, acá solo vivieron dos años. En abril de 1973 decidieron enterrarlo en esta tierra, envuelto en una capa española, regalo de su madre, quien se suicidó en 1986. No pudo más. Sobrevivir al maestro debió ser muy difícil para ella. Catherine aún recuerda el cuerpo de su padrastro tendido en la gran sala, esperando muerto durante días y días hasta que se derritiera la nieve sobre el atrio donde determinaron cavar esta tumba.

He visto morir a tanta gente odiada o querida, desconocida o entrañable, he caminado entre tanto cadáver pestilente que, la verdad, no me causa mucho impacto ver una tumba —sea de quien sea—, pero la pintura es otra cosa. Me inquieta demasiado. Ese es tal vez mi punto débil.

¿Quién saltaba la suiza en aquel mausoleo? Chac, chac, chac, chac.

El suelo se quejaba porque alguien brincaba sobre sus propios pies con un ritmo frenético. Me pregunto si ese sonido seco y castigador era de algún niño que vive en el castillo.

—¿Han hecho muchos cambios desde el 73 en el edificio? —pregunté para averiguar la cantidad de trabajadores que, con el pretexto de hacer obras, tuvieron acceso al plano del lugar.

—No, no tantos —respondió la propietaria—. Solo se reparó el baño y pusimos la calefacción central. Hemos tenido muy pocas modificaciones. Evitamos, en lo posible, la circulación innecesaria dentro de la propiedad. Mi intención ha sido dejar la residencia tal como ellos la vivieron.

—¿Han cambiado el servicio en los últimos cinco años? —indagué mirando directamente a sus ojos.

Ella esquivó los míos y, revisando sus pequeñas y nerviosas manos, negó con la cabeza, rehusando así la idea de que su personal pudiese cometer alguna fechoría.

—No me gusta abrir el panteón al público. En 2009, por pedido de muchos, lo hice, pero esto me causa conflictos. Creo que ahí está el problema —dijo Catherine insistiendo en la idea de culpar a los visitantes.

—La tumba de Picasso mira al oeste, ¿y el pueblo, hacia dónde queda? —le pregunté buscando ayuda, intentando ubicarme y, a la vez, percatarme de su agudeza para orientarse.

—Hacia allí… —me explicó ella dando unos pocos pasos al este.

—¿Cómo ha recibido la gente la apertura o el cierre del castillo? —pregunté siguiendo mi propia lógica.

—Bueno, es curioso cómo han nacido pequeños negocios a partir de la existencia de este templo a Picasso y, verdaderamente, se nota que tienen sentimientos encontrados. Por una parte, un gran miedo a perder sus empleos si yo determino cerrar completamente o trasladar los restos, pero por otro lado, este pueblo es demasiado chico para la avalancha de turistas que recibimos. Son solo seiscientos habitantes. —me explicó mientras caminaba conmigo paseando alrededor de la propiedad.

A lo lejos se seguía sintiendo ese ruido, semejante a una flagelación, que yo apostaba a adivinar pertenecía a un niño jugando.

Entramos a la casa, todo parecía congelado en el tiempo y, al buscar la ventana que tiene mayor tránsito de aire y luz, un lugar donde, según ella, Picasso solía leer sentado en su mecedora, descubrimos a Valentina brincando con la cuerda.

—¿Es su hija? —preguntó Catherine con una cara amable que yo no quise modificar con explicaciones complejas.

—Sí, la mayor. Se llama Valentina —afirmé.

—Oh, sin duda se parecen mucho —exclamó encantada la propietaria de la casa museo.

—Demasiado, diría yo —exclamé riéndome de la situación.

Allí nos instalamos los tres, Valentina —ahora bautizada como mi hija—, Fer y yo. En realidad, preferíamos uno de esos pequeños hoteles en Aix-en-Provence, pero su amabilidad sin límites y la desesperación por intentar solucionar los temas de seguridad del castillo la hicieron acomodarnos en dos hermosas habitaciones con poderosas vistas, acosadas por el profundo morado de la lavanda y el impulsivo amarillo de los girasoles.

—Pensar que esta era la vista de Picasso unos días antes de morir —murmuré.

—¡Di tú! —dijo Valentina abriendo las ventanas de nuestra habitación "familiar".

Es una casa detenida en los años sesenta. Aquí todo está encapsulado en el tiempo, muebles, tapetes, libros. Hay un frío cortante, de esos que la calefacción no llega a calmar del todo. Este es otro tipo de temperatura, una desconocida que viene de los muertos, de la incapacidad que posee el edificio de generar calor por sí mismo con la agitación de la vida diaria de sus dueños. No hay niños, no hay animales domésticos tumbados en el sofá. Abajo, muy bien distribuidos, duermen los objetos de Picasso: un aparador Enrique II, una mandolina, una simpática chimenea de yeso, pinceles, pintura, caballetes, las sillas que él mismo decoró. Todo luce muerto, cosas perdidas que pueden ser lanzadas a la basura en algún momento porque, en realidad, a nadie le importa. Eso es lo que hace el tiempo con los objetos que nadie toca: los momifica.

En la noche nos pusimos a trabajar Fernando y yo en la propuesta que le presentaríamos a Catherine al día siguiente. Estábamos solos porque ella se había movido a su departamento en Aix-en-Provence para asistir a una inauguración.

La cocinera nos sirvió una suculenta cena. Dejó dos buenas botellas de buen vino sobre la mesa y se excusó: debía levantarse temprano para traernos el pan y la leche fresca a primera hora. Como mi francés no es bueno, fue Valentina quien sirvió de traductora.

Cuando terminé de organizar todo con Fer, subí a la habitación. Valia se había quedado rendida y tumbada sobre la cama roncaba como un cosaco. Estuvo leyendo unos curiosos recortes de periódico que tomó sin consultar. Se despertó sobresaltada cuando me senté a su lado, la regañé y le pedí que los regresara al salón inmediatamente. Se trataba de un recorte sobre Hitchcock y una página del semanario taurino *El Ruedo* del 6 de agosto de 1959 donde anuncian una corrida en la que participarían sus íntimos amigos los toreros Luis Miguel Dominguín y Antonio Ordóñez. Valentina no conoce nada de toros, pero yo sí. Me hizo mucha gracia comprobar que esos eran en realidad los gustos del maestro.

—Por favor, loquita, baja y pon eso donde estaba.

La miré serio y le expliqué con rigor que, si Catherine veía que los responsables de la seguridad estaban violando su orden, nos echaría del castillo inmediatamente. Era una mujer austera y recta, no andaría con miramientos. Valentina tenía varias virtudes, pero le faltaba una muy importante: el sentido común.

La cubanita bajó corriendo como alma que lleva el diablo. Voló por los escalones ofendida. Se insultaba cuando se le agarraba en falta. Atolondrada y soberbia, resbaló por la curiosa "escalera de la vanidad", como le llaman los franceses a estos peldaños laberínticos que comunican los niveles de los antiguos fuertes. Lo hizo a ciegas. Sin poner asunto a sus pies, rodó hasta llegar al final y cayó en la primera planta, mientras Fer, avisado por el ruido, corrió a socorrerla.

—¡Eh! Valentina, por favor, reaccione. ¡Oiga! —gritaba el guardaespaldas un poco alterado al verla desplomada en el suelo, sin conocimiento.

Yo bajé pisando cautelosamente los peldaños de aquella peligrosa escalera, pensando cómo carajos se las ingenió Picasso para no rodar en cueros o en calzoncillos desde la segunda estancia hasta el suelo. Caminé tranquilo hasta ella y, cuando por fin me asomaba buscando los ojos de la loquita, sentí un bramido que salía de su boca gritando:

—¡Buaaaaaaaaaaa, yuju, los engañé a los dos! —gritó ella luego de una buena carcajada y un salto de venado que casi nos tumba.

Nos echamos a reír y, después del susto por la broma y las risotadas finales, decidimos probar alguna de las buenas botellas de vino que nos había dejado nuestra anfitriona a mano. Primero un Château Grand Mayne y luego un Domaine de Chevalier.

—Creo que ese no es el orden correcto. Debería probarse antes el Domaine y luego el Grand Mayne. Lo digo por el cuerpo: el primero es más intenso, aunque la verdad, yo particularmente dejaría todo eso por un buen champán —explicó Valentina, quien, para sorpresa nuestra, le sabía un mundo a los vinos franceses.

—¿Bueno, pero y eso? ¿También conoces de vinos? ¿Acaso en tu campamento de pioneros exploradores les enseñaban a catarlos? —solté la pregunta con toda la carga de ironía que pude. Me encanta provocarla.

—Pues no —dijo ella cortante y un poco altiva—. Yo atendí a Madame Mitterrand en Cuba y unos meses antes me hicieron pasar varios cursos con especialistas de la embajada francesa para que no fuera a equivocarme con nada.

—Mmmmmmm, ¡No me digas! Pues en el auto tengo dos botellas de Moët & Chandon. Son tuyas si nos cuentas detalles —dije mostrando a Fernando el camino al auto, dispuesto a tener una noche de confesiones y anécdotas relacionadas con la alta política.

Diario de campaña número 19
Miami - Orlando, Florida.
Estados Unidos
Noviembre - diciembre de 1986

A finales de mes volví a verme con Santiago, que me hizo llenar unos formularios de rigor y, además, me advirtió que tendría que pasar por un examen de veracidad usando el detector de mentiras.

—Es sólo una formalidad para cerciorarnos de que no estás espiando para otros.

Pasé unos días con las niñas en Orlando para disfrutar juntos del reino de Mickey Mouse. Mientras caminaba por el país de la fantasía me preguntaba cuán lejos se encuentra el ciudadano común de los males que aquejan este mundo. Los adultos se movían con soltura por aquella escenografía acreditando la veracidad de esa extraña puesta en escena.

La contradicción esencial que se ha creado hoy entre padres e hijos radica en el fraude, en la delirante falacia en la que los educamos. Cuando los niños crecen descubren la mentira que les hemos propinado, enajenándolos durante toda su infancia con ilusorios cuentos de hadas, con una vida diferente a la nuestra, acoplada como satélite, vigilando y protegiendo sus pensamientos, aislándolos en su entorno, tratándolos como si poseyeran la fragilidad de un globo que flota en nuestras manos y que en cualquier momento puede estallar. Pero también, adoctrinándoles con esas películas hollywoodenses en las que siempre el bien triunfa sobre el mal, prometiéndoles un universo donde nosotros mismos no hemos vivido y al que ellos jamás accederán. Entonces llega la adolescencia y se ven disfrazados de reyes y princesas en los videos o fotografías de sus primeros cumpleaños, y es justamente ahí cuando explota la guerra generacional. Nos preguntamos qué fue de esa criatura dulce y cariñosa, por qué se presenta ahora ante nosotros como un desconocido. El niño creció y se ha dado cuenta de la gran estafa. Aparecen los dramas económicos que heredan de sus padres, sus contradicciones éticas y morales. Descubren que existen las drogas y el alcohol, la pornografía, la represión y la enfermedad del poder. Nuestros hijos se asoman con vértigo a la descarnada realidad, y es ahí cuando Disneyworld les tira la puerta en la cara.

Mi generación creció después de la segunda guerra mundial y, luego de que el comunismo tomó el poder en Cuba, sobrevivimos a un drama que los mayores no tenían más remedio que poner sobre la mesa. Nuestras decisiones familiares, las de huir al exilio o quedarnos y asumir estoicamente en Cuba el trastorno que causaría el fusilamiento de la cabeza de familia, se tomaron en conjunto; los problemas sociales, las carestías y sus daños colaterales eran el pan nuestro de cada día. Jamás me sentí estafado por mi madre. De hecho, fui yo mismo quien trabajó desde temprano para hacerle más llevadera su existencia.

—Papá, la maestra me ha preguntado en qué trabajas —dijo una de mis hijas, la más pequeña, durante una comida en el parque de atracciones.

—¿Y tú qué le contestaste, mi amor? —le pregunté intrigado.

—Bueno, le he dicho que eres actor —respondió sabiendo que aquello no era del todo real.

—¿Actor? ¿Y por qué actor, mi vida? —indagué más que curioso, sorprendido.

—Dice mi abuela que tú eres el malo de la película —explicó ella, con sólo siete años, mientras doblaba delicadamente su servilleta para ponerla sobre sus piernas.

En principio todo aquello me pareció tan gracioso que mis risotadas resonaron sobre los vidrios del lugar, amplificándose en un eco que las deformaba. La niña mayor me miró cuidadosa, sonrió amable tratando de acompañarme en mi gran carcajada, pero su examen agudo y delicado me cortó el impulso de pensar que aquello era gracioso. Fue entonces cuando me percaté de la dura realidad. No se trataba de una broma, ellas necesitaban con urgencia una explicación sobre mis prolongadas ausencias. Mientras pedía el menú ganaba tiempo para encontrar una profesión que no estuviera lejos de mi verdadero oficio, y yo mismo me pregunté qué denominativo podría darme para que ellas entendieran.

Frente a nuestros ojos, y desde una pantalla gigante, pasaban las memorables secuencias finales de los cuentos clásicos infantiles: *Blancanieves*, *La Cenicienta*, *La Bella Durmiente*. Allí encontré la mejor explicación, una que ellas, al crecer, al saber quién fue verdaderamente su padre, les resultara coherente.

—¿Saben? Creo que la abuela tiene razón, expliqué respetuoso, porque, aunque yo no soy un actor profesional, en mi vida me toca interpretar muchos personajes y algunos, a simple vista, pueden parecer negativos, pero yo les aseguro que es por una buena causa. A veces soy el malvado lobo feroz, otras el inmaduro Peter Pan, pero casi siempre suelo presentarme ante la gente como Robin Hood. Lo que eternamente seré, y quiero que lo sepan, es su papá. Ese no es un personaje, es el gran honor que la vida me ha regalado. Yo soy todas las cosas buenas y malas de este mundo, pero, sobre todo, el papá de ambas, ¿entendido?

La más pequeña comenzó a preguntar si además de estos personajes yo había sido alguna vez Bambi o Gulliver, pero la mayor rompió en sollozos y terminó vomitando la cena sobre el mantel.

Un poco más tarde, ya en el hotel, las vi dormidas sobre mi cama rodeadas de juguetes. ¡Cuánto habían crecido! Después de tanto plomo y tanta guerra era un verdadero milagro estar allí, vivo, jugando a ser papá como si nada, intentando recuperar el tiempo perdido entre palacios suntuosos y castillos embrujados.

¿Qué sabían las niñas de mí? ¿Acaso su familia materna comentaba mis hazañas delante ellas? Mi nombre, mi fotografía en los periódicos de este país, los compañeros de escuela, los padres de sus amigos cercanos bien podrían lanzar cualquier dardo y dañarlas. Uno es lo que puede ser y punto, no tenía otra opción más que prepararlas poco a poco para enfrentar mi verdad.

Esa noche no dormí. La muerte de Prado y su ruego de que abandonara de una vez y por todas mi neurótico rol de Quijote latinoamericano para dedicarme a las niñas latía fuerte en mi cabeza. Había dado mi palabra a la CIA, pero sobre todas las cosas, no estaba listo para decirle adiós a las armas. Me convertiría en un fracasado, y eso ni mis propias hijas me lo perdonarían.

Todo aquello lo dije para mí, intentando engañarme o justificar las acciones que enfrentaría en adelante. Ya es tarde para cambiar mi profesión, pensé lanzando al viento mis últimas lágrimas por Prado, disparándolas sin contenerme, como recios diamantes en bruto que me costaría toda una vida pulir.

—Danielle Mitterrand no era una mujer común —dijo Valentina ya un poco ebria, depositando sus hermosas nalgas sobre uno de los aparadores que amueblaban la cocina de Pablo Picasso, confundiendo no sé cuántos sentimientos al final de su décima copa de champaña, con los ojos aguados y su cabeza, como siempre, en Cuba.

—¡No, claro, si no nos dices otra cosa, hija mía! —grité riéndome de su tonto comentario—. Eso lo sabe todo el mundo. Mitterrand fue la primera dama de Francia.

—Sí, pero también tenía su fundación y usaba todo ese poder para ayudar a los que no tenían cómo salir de problemas que parecían no tener solución. Luchó por el acceso al agua, la educación, los derechos humanos...

—¿En Cuba, dices? —pregunté obligándola a ser precisa.

—Ay, chico, en Cuba y en otras partes del mundo. Según decía mi padre, ella tenía un alma noble y no se quedaba callada con las injusticias —contestó la cubanita pichona de diplomática, absolutamente convencida y aleccionada.

—Y tu padre era amigo de ella, ¿verdad? —le dije indagando los detalles.

—Mi padre era alguien que ella adoptó durante los años que vivimos en Europa —soltó por fin.

—¡Ah, lo adoptó! Mmm. ¿Y eso por qué? —insistí.

—Pues porque mi padre era un diplomático inusual, que nunca le mentía y que, cuando ella le preguntaba por Cuba, le hablaba con la verdad, por muy dura que fuera —respondió con nostalgia Valentina sin dejarme tiempo para ironizar sobre la política exterior cubana—. Él era uno de los pocos diplomáticos que se negó a pertenecer al Partido Comunista. Nunca pudieron obligarlo. No se atrevieron, porque papi siempre los amenazaba con retirarse.

—¡Qué curioso! —dije admitiendo lo inusual de la situación—. ¿Entonces la conociste de niña, cuando aún ella era primera dama? —volví al punto que me interesaba.

—No, mi padre no me llevaba a sus reuniones, yo estaba en casa con mi madre o en la escuela. La conocí en Cuba, cuando tuve que atenderla como parte de mis prácticas en el Departamento de Protocolo. No me había ni graduado, figúrate —explicó abriendo sus enormes ojos azules.

—Y estabas ahí porque tu padre provocó el encuentro... ¿Me equivoco? —traté de adivinar mientras ella se bajaba de la enorme barra para buscar un poco más de champaña en el refrigerador.

—No, no, chico, fue casualidad —explicó y, al virarse para entender el porqué de nuestras risotadas, se besó la cruz que siempre lleva colgada en su cuello—. Lo juro. ¿Qué sentido tiene mentirles?

Nosotros no podíamos parar de reírnos.

—¡Qué bellezaaa! ¡Qué ingenuidad la tuya, loquita! —grité a los cuatro vientos mientras Fernando se cagaba de risa.

—¡Shhhhhhhhhh! Por favor, bajen la voz. Ok, acepto que yo resultaba confiable, que a través de papi conocía el tema y estaba mejor preparada que el resto, pero, sí, me tocó como parte de las prácticas cuando todavía estudiaba el Técnico Medio de Protocolo.

—¡Ay, ya, por Dios! —dije tratando de calmarme.

—No importa que no me crean, lo verdaderamente interesante es todo lo que pasó con ella —explicó Valentina perdiéndose por el pasillo hacia la escalera, tratando de cerrar la conversación.

—¡Venga! ¡No me haga ir a buscarla! —gritó mi guardaespaldas de forma poco amable.

—Déjame a mí —dije apretando el paso hasta alcanzarla en plena escalera.

Ella se resistió, yo la cargué y me la llevé a la fuerza para depositarla sobre el aparador.

—Eres una potra cerrera —la zarandeé para que regresara al punto. Claro que deseábamos ver el final de su historia—. Estate tranquila. Te vamos a escuchar, ¿ok?

—Díganos, señorita de protocolo. La escuchamos atentos —prometió Fer regresándole su nueva copa de champaña.

Ella, con cara de pocos amigos, volvió a la carga.

—El problema es que, en ese momento, todo lo relacionado con la cultura estaba en capilla ardiente. Cerraban exposiciones y tenían preso a uno de los mejores cineastas jóvenes de Cuba.

—¿A quién? —averigüé, por si lo había escuchado mentar.

—Marco Antonio Abad —contó Valentina entrando en materia.

—¿Y por qué estaba preso el muchacho? ¿Qué hizo? ¿Una película pornográfica? —pregunté en broma, pero al mismo tiempo acertando.

—Bueno, casi, casi —murmuró risueña—. El muchacho hizo un video con un discurso de Fidel y, sobre las imágenes del comandante hablando, superpuso la imagen de una masturbación.

—¿Cómo, cómo? Quiero conocer a ese hombre. Aún debe de estar podrido en la cárcel, ¿verdad?

—No, Madame lo sacó. Gracias a ella, a mi padre y a varios artistas de Hollywood que estaban presionando —exclamó orgullosa.

—¡Mierda! Qué cosa más loca la de ese hombre. Me encantaría conocerlo.

—Mi padre está muerto, Adrián —recordó ella.

—No, a Marco Antonio. ¿Cómo fue que lo sacó? —averigüé inquieto.

—Papi le explicó a la ex primera dama que no tratara de imponerle nada a Fidel, porque en él las imposiciones no surtían efecto. Si ella le hablara de los famosos "derechos humanos" la ignoraría por completo. Le sugirió que usara su coraje, su entereza y, con la diplomacia que la caracterizaba, le pidiera su colaboración, porque, al fin y al cabo, una primera dama no podía irse a casa con las manos vacías. ¡Y así fue! Regresó a Francia con la noticia de que liberaría, al menos, a los presos políticos por los que ella intercedió.

—Claro, el héroe soltó al artista en nombre de una mujer. ¡Qué cosa tan grande! ¡Qué hijo de puta! Luego la otra se fue contando, sorprendida, que Castro tenía un buen corazón, la izquierda le creyó y aquí estamos nosotros, los malitos, observando el juego desde afuera. Me cago en su madre.

—Bueno, al menos entre mi padre y ella lo lograron. El muchacho y otros presos políticos más pudieron salir de la cárcel. Si en Cuba los negociadores fueran…

—¡Qué barbaridad! Todo eso me parece tan decadente. Una sola persona dirigiendo un país por tanto tiempo, decidiendo que un joven vaya a una cárcel por un simple video.

—Adrián, una vez que se toma el poder es difícil soltarlo, ya lo sabes. Eso le pasa a todo el mundo.

—Pero lo de Fidel ha sido ya una exageración. Cuéntame de Madame, ¿cómo era ella? ¿Dónde la conociste? —cambié el tema un poco cabrón. Traté de relajarme, porque no era mi intención espantar a Valentina.

—La conocí en el aeropuerto. Yo aparezco siempre en la pista, guío a los jefes de Estado, a personalidades o a los nuevos embajadores hasta el salón VIP. Ella no quiso quedarse mucho tiempo allí adentro. Tenía prisa por ver el sol y quería salir de ese encierro. Le expliqué su agenda de esos días en el carro que nos llevó hasta el restaurante Las Ruinas, del Parque Lenin. Allí conversamos un poco sobre mí. Ella me contó que también le apasionaba el protocolo. Me preguntó por mi padre y entonces todo se relajó. Pasamos cuatro días juntas, paseando, entrando y saliendo a reuniones, también visitando estudios de artistas plásticos, porque coleccionaba arte. El resto de los días no la vi, ella salió de La Habana con Fidel, así que ese viaje lo hizo acompañada de mis padres.

—¿Cómo era? Cuéntanos —le pedí entusiasmado.

—Era muy fina. Tenía buen humor, pero a la vez diría que era una mujer seria. Se conmovía mucho con los pioneros, con los actos, pero cuando tenía que dar una orden o rechazar un tema, no se lo pensaba dos veces. Era tan elegante... Usaba una ropa sobria y hermosa. Uno de esos días en que se fue al interior, me pidieron que le mandara algo abrigado, entonces entré a su habitación en la casa de protocolo y elegí una chaqueta de pana muy hermosa que le servía para andar por el campo, se lo envié con el chofer y, de paso, me llevé prestado uno de sus vestidos de noche para salir ese fin de semana a guarachar.

—¿Cómo? ¿Y te lo pusiste? —pregunté casi sin creerlo.

—Sí, esa noche me fui vestida así para la discoteca del Comodoro con un noviecito que yo tenía, y nadie podía imaginarse que aquella joya era de Mitterrand.

Fue ahí cuando supe que Valentina no tenía límites, que su inconciencia podía hacerla entrar en cualquier componenda. Le faltaba entrenamiento, pero, si se le pulía, sería capaz de todo. Tal vez en el momento que conoció a Danielle Mitterrand era muy joven y, a pesar de eso, su sangre fría en medio de aquella dictadura donde siempre eres culpable hasta que se demuestre lo contrario, me llamó la atención. Tiene madera, es arrojada, pensé al verla describir cómo bailaba disfrazada de primera dama.

Diario de campaña número 20
Estados Unidos - Centroamérica
Octubre de 1985 - diciembre de 1986

Regresé a Miami después de llevar a las niñas a Orlando y visitar a mi hermano y mi madre en San Francisco. De vuelta al mundo real, tras pasar días tan familiares y diáfanos, esos que reblandecen el carácter y te vuelven peligrosamente vulnerable a causa de los recuerdos y el exceso de apego, me expuse, nada más y nada menos, que al detector de mentiras. ¡Qué contrastante!, pensé al salir de aquellas cinco largas horas de interrogatorio.

—¡Te felicito! Pasaste el test —me confirmó el oficial, con la tranquilidad del deber cumplido, en el cuarto de hotel destinado para este tipo de investigaciones.

—¿Cuál es el próximo paso? —averigüé sintiendo claustrofobia.

—Saldrás después de Nochebuena. Allí te encargarás de supervisar una central de comunicaciones que vamos a establecer entre la retaguardia y la insurgencia. También necesitamos que organices una operación marítima parecida a la que ustedes planearon con Spadafora. Yo seré el enlace principal, aunque a veces estarás coordinando con otros colegas míos, dependiendo de la situación.

—¿No puedo irme antes? —insistí ansioso por estar metido de cabeza en la acción.

—Negativo —me respondió Santiago—. Tenemos indicios de que la judicial tica te quiere encausar. Unos rojos con influencia montaron un paripé, te quieren acusar de exportar drogas hacia la Florida desde su territorio. Es el mismo rumor que anda rondando desde hace años, pero obtuvieron tu nombre sin foto y, aunque no creemos que tu pasaporte falso esté comprometido, te vamos a crear uno nuevo con otra identidad por si acaso. ¡Oh! Y antes de irte recibirás recursos para tus gastos y un buen adelanto de tu salario, así dejas tus cosas aseguradas de este lado.

Aunque la ansiedad me trituraba, no me quedó más remedio que obedecer. Salí del hotel sin saber en qué coño emplear mi tiempo esos días durante la espera. Arranqué mi auto alquilado y me di cuenta de que no tenía a donde ir. Miami ya no era ese lugar donde discurrir filosóficamente, planear acciones en un restaurante rodeado de amigos, apropiarnos de cualquier tesoro oculto entre las islas que conforman su paisaje apantanado. La ciudad que yo amaba, aquel Miami insurrecto, ya no existe. Tal vez las ciudades las tiene uno dentro y se van a donde uno las lleve, o se nos escapan sin darnos cuenta.

Pasé la Navidad con las niñas y el 27 de diciembre regresé a una Costa Rica donde ya no me esperaba Spadafora. Acompañado por Berrios, aterrizamos sin problemas en el Aeropuerto Juan

Santamaría. El coronel Calderón aguardaba allí, parado en firme, junto a un mandamás de inmigración. Pasada la aduana, un empleado de Camilo nos recogió y nos llevó a una guarida en Escazú.

—¡Bienvenido, 007! —me dijo Villanueva recibiéndome con una sonrisa de oreja a oreja.

—¿Quién nos iba a decir que terminarías de James Bond? —bromeó Montero desatando tremenda carcajada.

—¡Váyanse al carajo, hijos de putas! —contesté abrazándoles entre brincos de alegría.

Sin desempacar, nos servimos la correspondiente dosis de Johnny Walker Black Label que ameritaba el momento y comenzamos a conspirar. Nos desvelamos toda la noche. Hacía meses que no nos veíamos y había mucho tema que despalillar y toda una cadena estratégica por concebir. La teoría dictaba que, con los recursos de la CIA, podíamos suplir la escasa infraestructura actual de abastecimiento y artillar eficazmente a las tropas antisandinistas. Ya Montero tenía preparado un equipo de infiltración para ingresar en la Costa Atlántica y el gordo Ramón había tejido una red de colaboradores en el área de Limón.

Entre enero y febrero organizamos los cimientos esenciales del proyecto. Con este importante flujo de capital se echó a andar la empresa. Primero creamos un centro de comunicaciones al que llamamos "CC". Allí nos aislamos totalmente de lo que no tuviera que ver con la maniobra. Yo, como encargado de la base operativa, seleccioné como respaldo a un ex sargento de la Guardia Nacional del tiempo de Somoza. El hombre venía bien recomendado y, como me gustó su estilo, decidí captarlo. Todos los radiotelegrafistas fueron reclutados por él tras pasar por su respectiva sesión en el detector de mentiras. El que aprobaba recibía un curso conciso e intensivo en métodos de criptología. Los beneficios eran óptimos, pero cada miembro estaba consciente de que tenía que permanecer veintiocho días consecutivos incomunicado.

Villanueva se encargó de alquilar viviendas y comprar el material necesario para encauzar las ideas trazadas. Antes de marzo recibimos una embarcación llena de pertrechos y toda una escuadra encabezada y afinada por Montero. Al desembarcar se toparon con un destacamento guerrillero y, en menos de cuatro semanas, nuestra gente logró localizar y entrevistar a la mayoría de los principales comandantes de la región. Cuando la comitiva retornó ya traía consigo una apreciación actualizada de los alzados en el interior.

—Se ve a la legua el respaldo que hay entre los campesinos y la guerrilla y, de los jefes que visité, ninguno se opuso al plan. ¡Están cansados de las manipulaciones de Edén! —exclamó Montero—. Aparte, les dejé libretas de códigos y les entrenamos sus radio operadores para comunicarnos con la mayor seguridad.

—¿Entonces aceptaron nuestro proyecto? —pregunté tratando de resumir.

—Positivo —me aseguró el panameño con su sonrisa habitual.

—*E la nave va!* —grité en italiano evocando a Federico Fellini en un fabuloso filme que había visto con mi hermano hacía muy poco en una pequeña sala de cine en San Francisco—. ¡Nuestra brigada bolivariana va! —grité eufórico en medio de la noche.

¡Qué fuerte! Nunca pensamos que la cosa arrancaría de este modo, pero es un hecho, ya entramos en el ruedo, me dije pensando en todo lo que uno tiene que aceptar para poder cumplir sus objetivos. Entonces recordé aquello que decía el hijo de Jorge Masetti: "Es fácil convertirse en un corsario, basta en creer en una causa y en un monarca que te utilice".

—Fernando y yo estuvimos de paso en esa guerra —dijo El Parse mirándome fijamente.

—¿De paso? —pregunté un poco confundida, estropeada por el cansancio, examinando los ojos del guardaespaldas, siempre alertas.

Faltaba poco para que amaneciera y ese es el momento en que, a pesar del insomnio, suelo encontrar paz y rendirme. Ahora no, ahora me sentía atormentada. Los ojos se me cerraban y, sin embargo, necesitaba estar atenta y lúcida. Un olor a castañas quemadas venía desde la cocina. Poco a poco se despertaba el fogón y sabía que en breve alguien traería leche caliente recién ordeñada, café y pan artesanal para empezar el día.

—Sí, esa guerra no nos tocaba, pero ni modo, había que camellar y allá fuimos. Sexo, drogas y rock and roll, de todo había allí.

—¿Drogas? No sabía que en la guerra de Angola hubo drogas —exclamé sorprendida.

—Claro que sí. Mucha droga que pasaba de ahí rumbo a Europa, o de qué tú crees que se trataba todo esto. Los puentes, puentes son —respondió Adrián mirando a su compañero con cara de quien tenía todo el derecho a aseverar lo que decía.

—Había que ser ciego para no darse cuenta —masculló el nica desde la ventana, buscando el ángulo idóneo para examinar el paisaje. El Parse también vigilaba, pero desde su memoria.

—¿Qué te contó tu madre? —preguntó curioso Adrián.

—Muy poco. Siempre decía que contar era delicado para ella y para los demás —les dije sinceramente.

—Bueno, sí, claro, es delicado, sobre todo cuando se trata de un tema tabú como la mayor parte de la historia real de Cuba desde el 59. Pero, fíjate, nosotros, que hemos vivido tantas guerras, sabemos que todo eso queda en la memoria colectiva de los veteranos y que, algún día, más temprano que tarde, tendrá que salir a la luz. Qué viste allí, Fer. Explícale a Valentina.

—Mucha mierda —decretó con dos palabras el centinela alerta.

—Valentina, los cubanos estuvieron quince años allí. Más de cincuenta mil hombres, y las mujeres, creo, haciendo un cálculo general, no llegaron ni al diez por ciento de esta cifra. Imagínate tú, diez mujeres entre cien —trató de explicarme Adrián contando con sus dedos.

—Mi madre vivió un episodio muy feo dentro del avión que la llevaba allí. Un poco antes de aterrizar, alguien quiso aprovecharse de ella sin haber llegado.

—En el mismísimo aeropuerto comenzaban la cacería. Primero visitas, después las invitaciones, casi voluntarias, pero al final obligatorias. Recuerda que una guerra es ese lugar donde las órdenes no se discuten. Fiestas privadas, cenas, y a eso casi siempre le siguen convites para orgías, o tener sexo con dos de ellos al mismo tiempo. Cuando alguna muchacha ofrecía resistencia, aparecían las trampas o el chantaje. Así que ni se te ocurra juzgar a tu madre, porque eso era así de duro como te lo estamos contando —me explicó Adrián sentándose sobre la enorme mesa, desde allí vigilaba mucho mejor el ángulo contrario al que podía chequear Fernando—. Las drogaban y les tomaban fotos sin ropa para chantajearlas. Si se ponían jíbaras las mandaban a provincias lejanas o directamente a combate. Eso significaba que no llegarían vivas a Cuba o que vivirían en aldeas hasta el final de la misión, y nadie sabe cuándo sería eso —dijo Fer con una risa entrecortada, sacando su arma para limpiarla con un paño que alguien había abandonado sobre el sofá cercano a la ventana.

—¿Y cómo pudiste entrar a ese país con tu nombre y apellido? ¿La seguridad cubana no supo? —le pregunté infiriendo que él, como siempre, tenía una buena respuesta para mí.

—No, no, no, yo tengo muchos nombres y apellidos, pasaportes adulterados y cada dos o tres meses brindo por un cumpleaños distinto. He muerto y he nacido muchas veces. Apréndete eso bien. Yo soy quien soy, la etiqueta es sólo una denominación de origen —indicó Adrián disfrutándose de pies a cabeza, señalando su cuerpo, balanceándose suavemente como un barco en alta mar.

—¿Pero y este nombre? Adrián. ¿Es falso o es tu nombre real? —averigüé entusiasmada mientras me percataba de que él seguía siendo un hombre hermoso.

—Yo que usted no preguntaba tanto, *mija* —dijo Fer mirándome fijamente a los ojos, sin perder la calma, pero con un tono amenazador, o al menos así lo sentí yo.

—No, hay cosas que no puedo contar por ahora. Debes saber que a una guerra la mueven muchos resortes. Todo no es ideología, claro que no. Detrás de eso siempre está la plática. ¿Oyó bien, mi reina? —dijo El Parse sirviéndose el final de la botella de champán y compartiendo conmigo el trago final de su copa.

—Bueno —dije cambiando el tema, pero sin dejar de pensar en eso, saboreando mi champaña asentada, casi sin burbujas—. Yo también pienso que la mujer es un ser humano y que igual a los hombres necesitan de una pareja, un compañero en medio de la guerra. Al pasar los meses se cansarían de la abstinencia sexual, ¿no? Tendrían sus relaciones, aunque sus maridos las estuvieran esperando en Cuba.

—Sí, claro, y ahí era cuando a los maridos les llegaba un sobre amarillo, con fotos y pruebas de que le estaban pegando los cuernos. Eso les costaba el carnet del partido, el puesto, los grados. A muchos les dio por pegarse un tiro. En fin, todas las guerras son terribles, pero en este caso, tú, que has estado allá arriba entre los pejes gordos me puedes aclarar algo: ¿qué coño tenían los cubanos que hacer en Angola?

Fue ahí cuando Fernando interrumpió la charla caminando hacia fuera sin dejar de acariciar su reluciente arma.

—Ya amaneció, hermano. Me voy a tirar dos horas para estar listo a las once —anunció Fer con voz soñolienta.

—Yo también —anunció Adrián avanzando hasta el jardín con cara de cansancio.

—¡Qué amanecer tan bonito! —vociferé entusiasmada, intentando cambiar el tema—. ¿Me puedes prestar la pistola? —pregunté a Fer haciéndome la boba.

—Las pistolas y las mujeres no se prestan. ¡A dormir! ¡Vamos! ¡Subiendo! —dijo Adrián haciendo gestos para que me elevara, adelantándose unos pasos más, internándose en el jardín, disparando al cielo gris, espantando los pájaros de la zona.

—¡Buenos días, Pablo Ruiz Picasso! —gritó El Parse anunciando que allí estábamos nosotros esa mañana helada, en el mismísimo patio del casillo donde descansa el maestro.

Diario de campaña número 21
San José de la Montaña, Heredia.
Costa Rica
1989

La noche parecía más poblada de lo habitual, crecida de estrellas y planetas que flotaban en medio de la oscuridad, pero una fisura de luz abrió un tajo luminoso en el cielo y poco a poco se fue colando —como en una cafetera hirviendo— toda la claridad. Un día más en mi calendario, otra oportunidad para este protagonista cínico por *excellence*, guerrero infausto a favor de la democracia, capaz de contemplar su propia vida desde el otro lado de la acera. ¿Cómo puedo estar en mí y sin embargo verme desde otra perspectiva? Ese es un don que te regala la guerra, verte siempre como te ve el enemigo.

Esta sería una noche más en medio de la nada. Desvelado y ebrio esperaba quizás el final de mi existencia. Los árboles y mi escolta me protegían del sicario insolente. Desde mi hamaca el sosiego seductor del paisaje contrastaba con la infinita vorágine de pensamientos, casi siempre turbios, que jugaban a desafiarme. Plan A y plan B encontraban tropiezos a soluciones simples o complejas. El aire húmedo de la montaña se vuelve intolerante sin un abrigo, pero soy cabezón y, medio desnudo bajo la manta de lana, bebía mi escocés balanceándome en el vacío. Prefería estar allí, a la intemperie, acariciando mi Colt 45 y elucubrando mientras ondulaba en mi lecho colgante. El whisky no se evaporaba, se escondía en mi sangre en ese juego que incita y adormece las pasiones más recónditas. Pocas veces tuve tiempo de pensar en todo esto; quien piensa tanto se entumece, no actúa y causa baja.

Por mi cabeza desfilaron miles de fantasmas. Me sacudí un poco asqueado de todo aquello. Qué etapa tan jodida —pensé empinándome el final del litro de Johnny Walker Black Label—. Nos llamaban paladines de la libertad. ¡Ay, hombre! ¿Pero de cuál libertad estamos hablando? ¡Qué palabra tan manoseada! Cuántas vidas entregadas en nombre de Latinoamérica y, en definitiva, qué coño se ha logrado… ¿Una verdadera emancipación? ¡No chives! No importa el prócer, no importa la bandera o la causa histórica, la cosecha deja siempre la misma mierda: jerarcas recalcitrantes, pobreza, malversación. Sucre, Martí, Zapata, Sandino, Guevara y centenares más se inmolaron en cruzadas sanguinarias.

Generaciones y generaciones perdidas en guerras civiles contra las intervenciones imperiales, en esa confusión barata de tener autonomía de afuera para comprarse el dictador de adentro nos hemos pasado la vida. Ahí es cuando aparecen los Calígulas nacionales, esos que muchos apoyan al ritmo crepitante de "independencia o muerte". ¿Y después qué? Luego nadie sabe cómo quitárselos de arriba sin sangre. El remedio siempre ha sido peor que la enfermedad en este continente.

—¡Darío! —le grité a mi escolta tratando de espantar tantos pensamientos en cadena.

Él apareció, como por arte de magia, corriendo con su AK-47. Esa era su única forma de responder. Había perdido su voz años atrás cuando una patrulla sandinista invadió la covacha donde vivía con su familia. En ese tiempo su padre apoyaba "la contra". Así le llamaban popularmente a las unidades guerrilleras que combatían el régimen de Managua, y un cacique regional, al enterarse de las inclinaciones sectarias del individuo, desplazó una delegación armada para interrogarlo. Lo sorprendieron ordeñando una vaca y, con la jactancia usual que ostentan los torturadores, lo amarraron con alambres de púas al tronco de un árbol de caoba, lo abofetearon y lo amenazaron con quemar el rancho y violar a su esposa si no les mostraba el escondite del cabecilla. El padre de Darío se negó a delatar. Los sandinistas cumplieron lo prometido y, en nombre de la patria, se abrieron la bragueta, sacaron sus penes insurrectos con tufo a queso fermentado y, sudando de lujuria, uno a uno, violaron desenfrenadamente a la mujer, madre de mi escolta.

Antes de irse quemaron la vivienda. El padre de familia siguió en silencio porque sabía que, dijera lo que dijera, ya su desgracia estaba predestinada. Los sandinistas, conociendo bien a este tipo de patriota, lo lanzaron junto a su mujer al fuego y los calcinaron vivos. Darío, desesperado, intentó ayudarlos. Era el único de los hijos que estaba en la casa, así que él, con catorce años, también recibió lo suyo. El sargento al mando en la operación ordenó que le cortaran la lengua y, mientras veía quemarse a sus padres en la hoguera, se la arrancaron de cuajo, lo dejaron sangrando y amarrado a un poste para que se ahogara con el humo y las cenizas que desprendían los cuerpos de sus padres. Horas más tarde los vecinos encontraron a Darío casi muerto. La salvajada indujo a los cuatro hermanos a ingresar con nosotros en el ejército contrario. Darío logró desarrollar una especie de temple que lo llevó a convertirse en el ajusticiador implacable que es hoy. Desde entonces, desde el primer día en que se alzó, ando con él a mis espaldas. ¿Cómo no confiar en él? No existe nada mejor que el horror para curtir los principios de un hombre.

Su mirada era ahora de indagación y obediencia concentrada, siempre esperando una orden mía para actuar. La calma chicha es mala para los guerreros, porque recordar mucho afloja los sentimientos. Llevábamos cinco años rodando juntos sin poder hacer recuento, en la guerra eso es un lujo peligroso.

Esta vez no le pedía a Darío disparar, esta vez no le ordenaba aniquilar ni desaparecer a alguien sin remordimientos. Era todo muy simple:

—Por favor, tráeme otra botella —le ordené cariñosamente—. La vida es muy dura pa' llevarla claro.

Necesitaba resistir hasta el amanecer sin volverme loco. Darío sonrió, asintió con su cabeza y desapareció diligente. Es mejor no tener tanto en la cabeza para soportar la guerra. Los pensamientos son los peores enemigos de un hombre, aparecen cuando menos los esperas, como las balas perdidas.

La guerra, la pólvora, la muerte, la desgracia de no saber cuándo te llegará la parca y te sacará del juego crea ligaduras que no existen en la vida civil. Lo de Darío y yo es para siempre, lo quiero como a un hijo y ese lazo es indestructible.

Llevábamos demasiado tiempo en Costa Rica. Miré entre los árboles. Un ruido me hizo dudar, pero, ¿quién violaría mi cordón de seguridad? El quinqué de queroseno humeante era nuestra fuente de luz. Confiar y estar alerta, la única opción que nos quedaba. La ingravidez de la hamaca entumecía mis piernas y adormecía mi columna. El vaivén pendular sobre la tierra me recordaba lo molesto de mi situación, inestable y repetitiva, una especie de limbo y parálisis, nefasta para un hombre de acción.

Durante esa década, era tabú impulsar la violencia en las calles de San José, porque allí se concentraban, silenciosamente y bajo una invisible ley de tolerancia, un grupo heterogéneo de comandantes guerrilleros de varias procedencias: aventureros, mercenarios, ideólogos antagónicos, agentes encubiertos de la CIA, la KGB, el Mossad y demás agencias de espionaje que operaban desde sus distintas embajadas o guaridas sin interferir entre sí. Terroristas internacionales con pasaportes falsos aprovechaban el ambiente para reposar, ampararse en la Interpol o planear con calma el próximo golpe sin alterar el *statu quo*. El esquema de neutralidad que reinaba en el país era perfecto para todo esto. No importaba el desorden, los conflictos y la inestabilidad de las fronteras, en Costa Rica siempre reinará la diplomacia, es la "Casa Blanca" de este continente díscolo, sin soluciones reales que puedan ir más allá de la utopía.

¿Pero qué hora es?, me pregunté percatándome de que aún no amanecía. Las cinco y treinta. Coño pero que noche tan larga —me dije empinándome la botella que recién le había pedido a Darío.

Esa noche la pasé en blanco, no pegué un ojo. Ni quise ni pude. Fue como si un presentimiento me dejara insomne, como si supiera que alguien o algo adverso me esperaba. Mientras intentaba rendirme para descansar un poco me preguntaba cuándo terminaría todo esto. ¿Cuándo será que cada uno de nosotros tendrá la decencia de reconocer que, intentando restituir la justicia social, contribuimos a un asesinato en masa, a un río de sangre inútil? ¿De qué sirve tanta vanidad? Tratando de eliminar al rival nos convertimos en su sombra y, si alcanzamos el triunfo, ya es la gloria, porque una vez allá arriba, ¿qué encontramos? Una lectura muy propia del credo constitucional. La presidencia te da permiso para gozar con el carnaval de las definiciones. Una vez instalados allí corrompemos nuestros ideales, nos creemos dioses, seres únicos capaces de poseer la verdad y, con ella, la interpretación de versiones muy convenientes para robar y perpetuarnos en el poder. Con el triunfo de la insurgencia llega, también, la violación de los derechos. Ahí está el ejemplo de Irán, Etiopía, Angola y Cuba…

—Adrián —un chillido rompió mi cadena de reflexiones.

Abrí los ojos, ya había amanecido, saqué mi cabeza de la hamaca y, al tratar de encontrar la voz en un sitio específico, el resplandor irritó mis pupilas creando un montón de puntos titilando en mi subconsciente.

—Adrián, ¿dónde estás? —repitió la voz familiar.

—Aquí estoy —grité— ¿Quién me busca?

—Ramiro —dijo el dueño del vozarrón.

Qué raro Ramiro, visitándome a estas horas. ¿Qué noticias traerá?, pensé intentando adaptar mi vista a la claridad. A mi derecha descubrí el perfil de Darío oculto y alerta detrás de un árbol. Ramiro, acompañado por una pareja de centinelas, caminaba hacia mí por el costado oeste de mi guarida. Una punzada desagradable se clavó en la parte baja de mi espalda y reaccioné estirándome torpemente. Perdí el equilibrio, provocando una inclinación repentina en la hamaca, meneé instintivamente mis caderas en sentido contrario, atrapé el tejido con mis dedos y, aunque pude encontrar el balance, mi pie derecho pateó la botella de whisky que se estrelló ruidosa contra una piedra. Darío se extendió súbitamente sobre la tierra y apuntó con su arma a los supuestos atacantes. Ramiro, con una expresión enfermiza, se agachó en la tierra mientras sus custodios, prestos a jalar el gatillo, buscaban un posible blanco para disparar.

—Hey, hey, no pasó nada, rompí una botella sin querer —grité para cerciorarme de que todos me escuchaban.

Una avalancha de sonrisas rompió el aire del amanecer. El visitante se alegró más que nadie.

En realidad, Ramiro era un pseudónimo. Sabrá Dios cómo se llamaba esa criatura, su acento era prusiano. El hombre pertenecía a la CIA, y yo, que siempre jugaba a apostar de dónde venía la gente, me hice la idea de que pudo nacer en una pequeña aldea alemana. Era corpulento, de piel muy blanca, ojos verdes, nariz aguileña, orejas pequeñas y un modo torpe de moverse, entre marcial y pausado, como si no tuviera ningún apuro por nada.

—¡Hola! —dijo amistosamente Ramiro, pero también un poco espantado—. ¡Me asustaste!

—¡Buenas! ¿Quieres café o jugo? —le pregunté con gentileza, tratando de calmarlo.

—No, gracias, ya desayuné. Estoy apurado, solo vine a entregarte un reporte que acaba de llegar, por eso estoy aquí —explicó tratando de salir de eso lo antes posible y siguiendo su discurso en plural.

—La realidad es que las cosas se han enredado —supongo que ese plural era para hacer evidente el respaldo imperial que poseía.

—¿Realidad para quién? —pregunté dándole la espalda en calzoncillos, caminando a rescatar un pantalón tendido sobre la hierba, poniéndoselo todo más difícil, evadiéndolo, demorando la cosa, pero ya seguro de su respuesta.

La historia ha demostrado que, cuando el Departamento de Estado yanqui nos dice *I'm sorry*, significa que detrás de esa postura diplomática se esconde la traición de un confederado o el cambio de un procedimiento. El oficial no perdió su saliva en contestarme, sin tapujos reconoció que prominentes estadistas dentro de la UNO (Unión Nicaragüense Opositora) sellaron un rosario de compromisos con el FSLN en relación a un supuesto encuadre electoral, con el cual, sin importar el ganador, el desfalco del país estaba garantizado, así como una inmunidad universal por todas las fechorías cometidas. La Opositora era la antagonista principal del sandinismo. Cualquier componenda adquirida con vista a compartir el gabinete entrante atrasaría el proceso democrático.

—Bueno, y entonces, ¿qué piensan hacer? —dije vistiéndome, esperando una respuesta que ya conocía.

—Absolutamente nada —indicó tajante—. Nuestra administración ya no considera seguir invirtiendo sus recursos en la región. Teniendo en cuenta los problemas que mortifican a los soviéticos, Centroamérica ya no es considerada una prioridad estratégica ni para Moscú ni para nosotros —y así seguía hablando pausadamente, pero sin detenerse, venciendo kilómetros de carretera e intentando llegar a su meta: convencerme de que la película había llegado a su fin—. Como bien sabes, Rusia ha ido aminorando la asistencia a los Ortegas y nuestro gobierno ha hecho lo mismo con la Contra, porque, en realidad, ya la resistencia no tiene razón de existir. Es evidente, sin economía qué pueden hacer. Nada, absolutamente nada. Hay que añadir a todo esto la miopía política que la dirigencia nicaragüense ha demostrado durante las negociaciones. En fin, no tiene caso, son pobres marionetas.

Y ahí sí no pude más y lo interrumpí...

—¡Marionetas que ustedes instalaron!

El agente, siempre imperturbable, ni caso le hizo a mi comentario de indignación. Sólo respiró profundo y, tras una prolongada pausa, señaló:

—La guerra terminó y todo soldado debe irse a casa.

Después de eso entre nosotros se instaló un silencio embarazoso. Todos, incluyendo los escoltas, entendíamos las implicaciones de este acto y, la verdad, sobraban los comentarios.

¡Al carajo la utopía! —pensé—, y sin ahondar en el tema candente, sin caer en detalles innecesarios, acordamos las estrategias prácticas de retirada y nos despedimos sin drama.

Los *ciacos*, como apodábamos a los técnicos del Langley, no eran nada emotivos y cotidianamente dispensaban la etiqueta.

Los que teníamos cierta cultura, instrucción o simplemente un poco de sentido común, lo esperábamos, sabíamos que ese epílogo se había gestado discretamente entre altos funcionarios norteamericanos y el Kremlin. Así y todo, me hundí en la melancolía. Desanimado deambulé hacia el fondo de aquella hacienda, y allí, entre árboles centenarios, orquídeas y enredaderas eché a un lado el acontecimiento. Estaba en negación. Total, me esperaban días y días de soledad para asimilar aquella información entre botellas de licor y delirios de posguerra.

¿Qué sería de mí? ¿Qué sería de nosotros en lo adelante al darnos cuenta de esta interminable cadena de traiciones, matrioskas que nos llegaban desde la antigua Unión Soviética como *souvenir* retocado, iluminado a mano por la mismísima Casa Blanca? Las muñequitas se multiplicaban en mi cabeza y durante meses no me dejaron conciliar el sueño.

Camino a París decidimos pasar la noche a las afueras de Cherburgo. Alquilamos una casita de campo y mientras Fer salía a por provisiones, yo destapé uno de mis litros de champaña para sentarme a revisar los teléfonos y organizar mi próximo ejercicio.

La loquita no paraba de hablar, me tenía mareado. Ahora pretendía convencerme de que acostarse con un ex mandatario es una tarea que le encomendó la Revolución. La escuché en silencio para ver hasta dónde podía llegar todo aquello. Me mordí los labios, aguanté lo que pude hasta darme cuenta del raro mundo en el que se ha movido todos estos años.

El problema ya no son las órdenes o la imposibilidad de no acatarlas. El asunto es más grave: esas cabezas han sido programadas para actuar, sobrevivir en el desastre con absoluta naturalidad.

Se trata sólo de darle riendas a las criaturas que un día formaron, y con seguridad sus discípulos los superan con éxito, el caldo de cultivo es la falta de límite y la amoralidad. Esta generación no lo hace por conciencia ideológica, ellos están más allá de la ética o del patriotismo. Valentina no es una excepción. Como dirían de Atila, por donde pasa no crece la hierba.

—Salimos de La Habana huyendo de los periodistas acreditados para la visita de Juan Pablo II. Todos buscaban al ex presidente, y mi deber era esconderlo a como diera lugar. Eran las cuatro de la mañana, llovía a cántaros y el chofer detuvo el Mercedes negro de protocolo con mucho trabajo, patinando peligrosamente sobre el asfalto, porque los frenos no le respondían. Los pocos carros que pasaban por allí seguían de largo huyendo del temporal. Decidí que era mejor bajarnos y caminar un kilómetro y tanto hasta la posta de Tarará. ¿Quién nos vería a esas horas debajo de aquella tormenta?, pensé mientras avanzábamos a pie por la carretera. Ensopada y nerviosa, con miedo a que me regañaran por la fuga que había improvisado, logré orientarme bajo aquel aguacero y guiarlo a oscuras hasta mi casa. Al encender las luces vi al ex presidente con su traje negro chorreando agua, le ofrecí una toalla y ropa de mi padre que a él le quedaba enorme. Llamé al puesto de mando del Minrex, pero nadie contestaba. La visita del papa era la prioridad de esos días. Me tiré en el sofá, al lado del teléfono, por si alguien nos procuraba. Instalé al mexicano en el mejor cuarto de la casa y aseguré las ventanas con trancas y cintas adhesivas para que la lluvia y el viento no reventaran los cristales. No podía dormir, miré por una rendija y todo estaba negro, aquella tormenta pegaba en la playa con la fuerza de un huracán. ¿Estaría actuando bien? ¿Qué se debe hacer en estos casos? ¿Por qué no llamaba el chofer? Yo era una recién graduada y él, como me habían advertido, un ex mandatario escapando de la opinión pública internacional. Así nos quedamos toda una semana, encerrados, aislados, incomunicados, porque, cuando mi jefe nos localizó y se dio cuenta que el país entero estaba minado de reporteros, nos pidió que por ningún motivo nos moviéramos de allí. Reforzaron la posta del barrio, trajeron algunos víveres y pasamos el tiempo jugando cartas, leyendo y siguiendo la visita del papa Juan Pablo II por la televisión.

Yo miraba con atención a Valentina pensando: ¿hasta dónde piensa llegar con todo esto?

—¿Recuerdas una película mexicana que se llama *El ángel exterminador*? —me preguntó entusiasmada.

—Claro, quién no conoce esa joya de Buñuel —contesté tranquilo para que no se le ocurriera pensar que un guerrero como yo no ha tenido tiempo de ver buen cine.

—Fueron días complejos, delicados, pero también hermosos —suspiró la cubana.

—Me imagino —murmuré tratando de no estropearle la historia.

—Es que me habían pedido que…

—Que te acostaras con él como parte del trabajo político —dije con toda la mala intención del mundo.

—Bueno, en este caso no —explicó con sorna.

—Y en otros sí, ¿verdad? —le pregunté tomándole su barbilla y presionándola con mis manos.

—Sí, en otros sí. Pero me daba lástima ver a un hombre que tuvo un país en sus manos escondiéndose como un bandido para que no lo agarraran.

—Valentina Villalba, ¿a ustedes no les dan toda la información, no tienen como buscarla? —precisé mirándola a los ojos.

—No te entiendo —respondió haciéndose la tonta.

—¿Te acostaste con él o no? ¿Dime? —grité soltando un puñetazo sobre la mesa.

—Pues, claro, ¡qué voy a hacer toda una semana encerrada entre cuatro con un hombre! ¿Y quieres que te sea sincera? ¡Me gustó! —confesó divertida la muy morbosa—. Fue rico, la pasamos bien.

Opté por hacer silencio, pararme y buscar la botella. Al intentar servirme me di cuenta que ya estaba vacía, así que la estrellé con furia contra la pared.

—Ya, chico, cálmate. ¿Qué tiene de malo? Uno se acuesta con quien…

—Ese hombre se robó la mitad México —la interrumpí—. ¿Sabes cuántos muertos tiene él a sus espaldas? Hasta a su hermano lo metió en la cárcel. Ese hombre huele a difuntos y flores, Valentina Villalba.

—Mira quién habla… ¿Y tú? ¿Cuántos muertos tienes tú, a ver? ¿A que no me respondes? —dijo la cubana con la mano en la cintura, plantada en el medio del salón, sin dejarme pasar a buscar algo para beber.

Traté de ignorar su comentario, la quité cuidadosamente del camino y proseguí.

—En México me han sucedido las cosas más duras y complicadas de mi vida, por eso pronuncio bien poco el nombre de ese país. La única vez que pensé que no regresaría de la muerte fue allí, pero me he prometido —y lo he cumplido— no hablar del tema. Ese lugar es mágico, para lo bueno y para lo malo. Es mejor permanecer lejos de un lugar que rinde demasiado culto a la parca.

—A ver, macho, ¿y eso qué tiene que ver con el ex presidente mexicano? —preguntó la loquita moviendo sus brazos con una vulgaridad que nunca le había notado.

Al fin encontré una nueva botella en la nevera de Fer y, mientras la destapaba, le expliqué.

—El poder allí, más que en otras partes, tapa cualquier suceso. En México las masacres y los asesinatos de políticos, militares o civiles raramente salen a flote, por eso nosotros creímos que era un lugar fértil para nuestras acciones, hasta que…

—Contéstame, Adrián, no me cambies el tema. ¿Cuántos muertos tienes a tus espaldas? —dijo tratando de jugar de manos conmigo, apretándome fuerte el cuello, demasiado para mi gusto.

—A mí me respetas, loquita —la inmovilicé intentando librarme de ella, llevándole sus brazos a la espalda—. A mí me respeta, que yo a usted siempre la he respetado…

—No, ahora, habla. Pórtate como un hombre. ¿Cuántos muertos tieeeeenes? —gritó Valentina histérica tratando de tomar mi pistola, jugando de un modo macabro, del único modo que yo no me permito jugar.

Fer entró silencioso como un fantasma, la cargó en peso y la metió bajo la ducha. La loquita chillaba como un cerdo al que están apuñalando. Fernando lo único que hacía era mantenerla de pie bajo el chorro de agua fría intentando sacarla del trance. Poco a poco aquel demonio se fue venciendo sobre la tina.

—Señorita, no agreda más al jefe o vamos a tener que despacharla antes de tiempo —le dijo Fernando a la cubana durante la cena, horas más tarde, mientras le servía un plato de sopa caliente—. Y sobre los muertos, ¿no dice que sus padres estuvieron en Angola? ¿Qué usted cree que se hace en una guerra? Abra los ojos, aquí todos tenemos un cementerio particular —le recordó el guardaespaldas a Valentina, quien decidió acostarse llorando y sin probar la sopa.

Desde que Fernando vio a la loquita tratando de desarmarme no tuvo paz. Esa fue su certeza de que el enemigo dormía en mi cama.

Desperté primero que todo el mundo. Valentina aún dormía y Fer había decidido plantar campamento en nuestro cuarto. Asustado por los gestos de la loquita, no pegó ojo en toda la noche. Yo no le temo a esta criatura, el miedo es una ilusión y ya he perdido casi todas mis ilusiones, pensé mientras la veía acurrucarse entre las sábanas disfrazada con una de mis pijamas de seda.

Para ser un buen cazador primero tuve que ser presa, estar en la mirilla del enemigo, volverme carne de cañón y saber regresar de un estado extraño que va más allá de la muerte.

Este tren de vida es muy verraco para una mujer como ella. ¿Qué espera de mí? Intenta salvarse adentrándose en la mismísima cueva de Alí Babá. Es una gran irresponsable o tiene recio valor. Apela a su falsa fragilidad para seducirme, se afinca en mí, y realmente yo no puedo amparar a nadie. Lo ignora todo o casi todo del mundo real, ha vivido en una isla-cárcel toda su vida, tal vez por eso conserva intacta su idea particular de la justicia, cree que casi nadie es culpable, se entrega sin sospechar de nadie, con su halo de ángel perverso y ese coraje suicida que me mantiene en suspenso.

Esta vez no quiero huir. Sé que ella puede ser un señuelo, que tiene el peligro escrito en la frente, pero ya es tarde. Espero que sea la vida quien se encargue de llevarnos por latitudes diferentes, no voy a ser yo quien dispare al cielo y la espante.

—¡De pie! Café caliente para mi tropa. Buenos días, son las seis de la mañana, seguimos la ruta. ¡París nos espera! —grité intentando volver al espíritu inicial, sin temores, sin resentimientos.

Diario de campaña número 22
San José de la Montaña, Heredia.
Costa Rica
1989

La guerra ha terminado, me dije. Ya no hay nada más que buscar aquí. Necesitaba darme un baño, asearme, afeitarme. Me miré en un trozo de espejo roto que permanecía en uno de los austeros baños de la casa de seguridad. ¡Cómo había envejecido! Mi semblante recordaba al de un cadáver. ¿Desde cuándo no me miraba en un espejo? No me fue sencillo identificar mi rostro. La imagen que tenía ante mí, de mí mismo, podía pertenecer a cualquier otro. ¿Este era yo hoy? No me conozco. Necesito que alguien nos presente.

Dicen que los ojos son el espejo del alma, y los míos estaban hundidos, huecos, carentes de compasión y expectativa. Demasiada barbarie habían presenciado ya, y todo en aras de la emancipación y el egoísmo. ¡Qué vanidad!

Envidiaba la legión de compañeros caídos en esa extraña quimera. Esos, por lo menos, dejaron de padecer. Nosotros, los vivos en apariencia, teníamos el deber de continuar. Este era nuestro maldito patrimonio, la herencia que nos infligieron los mártires, y por ella teníamos que marchar adelante, a pesar de que ya muchos habíamos descartado cualquier ideal. Sólo los débiles consideraban el suicidio como única garantía para aliviar el calvario, el resto sucumbía al canto de sirena de la juerga política o se integraba sin ego al anonimato, confundido en las multitudes. Era un hecho: tras esta desmovilización estábamos sentenciados a lo peor.

Entumecido por la embriaguez y el cansancio físico, regresé a la hamaca, espantado con ese encuentro conmigo mismo. ¿Hace cuánto no tenía noticias de mí? Había que salir de allí. No encontraría más nada que hacer en los alrededores, pero tampoco hice un plan. Nunca imaginé que, de un día para otro, nos desecharan así, como perros viejos o enfermos.

Coloqué una botella nueva en el piso y cerré los párpados. ¿Qué me pasa? ¿Cuándo diablos empezó todo esto?

La consigna "¡Patria o muerte!" se adueñó de mis pensamientos. Escurriendo recuerdos de mi niñez en Cuba visualizaba la imagen de Fidel Castro diseminando ilusiones faraónicas desde una tarima en una plaza cualquiera del país, mientras el rebaño vociferaba contestándole eufóricamente "¡Patria o muerte, venceremos!".

El zafarrancho de combate comenzó el primero de enero de 1959 con el orador infatigable adueñándose poco a poco de la sangre de cada uno de nosotros. Luego vinieron sus *Palabras a los intelectuales* y esto definió el descalabro: "Dentro de la Revolución todo, fuera de la Revolución nada". Una Revolución escrita siempre en mayúsculas. Tu independencia de aquel fenómeno traería consigo censura, persecución, ostracismo, presidio o sepulcro. Desde aquella lejana perspectiva, el cosmos que conocí se trastornó y nunca más la vida de cada uno de nosotros volvería a ser igual.

Al ritmo de una conga triste, en medio de las celebraciones de año nuevo, desde un campamento militar en La Habana despegaron dos aviones DC-4 camino a un exilio incierto. Los pasajeros eran el depuesto tirano, un mulato criollo que de sargento se coronó autócrata, su familia y sus vasallos predilectos. Escapaban desaforados, sin un pasaje de regreso y con las valijas desbordadas de patrimonio robado. La insurrección encabezada por Fidel Castro había desmantelado el régimen que, desde 1952, se mofaba cínicamente de la Constitución de la República. Al ex usurpador y a sus compinches no les quedaba más alternativa que evacuar. Siguiendo la tradición, comieron uvas y bebieron copas de sidra para celebrar el fin de año. Pasada la medianoche, el año nuevo les regalaba dos opciones: una expatriación instantánea o la cólera indomable de una ciudadanía con cuentas a saldar.

De entre las palmeras, los cañaverales y las ciudades encendidas de neones y euforia, el dominio popular tomó el control de las calles. El país se convirtió en un inmenso carnaval donde el jolgorio, el pánico y la anarquía predominaban. Sin la mano fuerte, la infraestructura gubernamental se descomponía. Atemorizados, bandadas de militares y esbirros huían al exterior, mientras los más desdichados sucumbían acosados por el rebaño que, atolondrados por el cambio, se conformaban con el circo del desquite. Paredón y Revolución se volvieron palabras cotidianas.

El fusilamiento de mi padre fue parte de ese gran espectáculo. Pasa la fiesta y entonces se destiñen los acontecimientos, como un amor eterno que nos decepciona, como una promesa que se traiciona a sí misma. ¡Adiós, utopía! Algunos decían que el comandante en jefe estaba mal asesorado, pero ese era el momento de apoyarlo incondicionalmente y darle una oportunidad.

Mi padre no fue un hombre visible, quizás no fue un mito como el Che, Camilo o Fidel, pero fue parte de una insurrección. Donde sentía la injusticia, ahí acudía él, a tomar partido en la oposición. Bajo el gobierno de Batista fue oficial de la Marina de Guerra, luego trabajó para el gobierno cubano, también como oficial, hasta que decidió irse al exilio. Desertó de una misión en América Latina y, como muchos de su generación, se estableció en Miami. Allí comenzó a realizar acciones subversivas contra el régimen cubano junto a John Martino y otros elementos de la derecha estadounidense. Intentó, sin suerte, muchos atentados a Castro. Dicen las malas lenguas y varios libros de connotados investigadores que tuvo que ver con el asesinato a John F. Kennedy. Lo cierto es que mi cucho, como otros cubanos, nunca le perdonó al presidente norteamericano las maniobras para establecer un diálogo con Cuba, lo consideraba un gesto de alta traición. Yo sé, me consta, que él estuvo ese 22 de noviembre en Dallas, pero lo demás no lo puedo asegurar. Su error fue infiltrarse en las costas cubanas a fines del 63, al entrar por mar junto a otros tres hombres con la idea de realizar un grupo de sabotajes. Los apresaron enseguida y mi padre fue condenado a muerte después de un juicio sumario donde el tema de Kennedy resultaba el eje central.

Era la oportunidad del gobierno cubano de ponerse en buena con los que investigaban la muerte de JFK, y salir así de uno de los más audaces luchadores por la libertad de Cuba en esos años.

Al día siguiente del juicio, un sacerdote vino a visitarlo a su celda. Quería brindarle el derecho a confesar todos y cada uno sus pecados antes de su travesía a la eternidad. Era este uno de los métodos que usaban los nuevos revolucionarios para enterarse de las maniobras que podrían estarse gestando contra el sistema. El prisionero lo examinó sarcásticamente y bostezó. Para entonces ya era ateo y lo menos que necesitaba era a un párroco ofreciéndole la ilusión de un albergue sobrenatural en el más allá.

—Hijo, ¡confiésate! Aún tienes tiempo para arrepentirte…

—¿Arrepentirme yo? Mire, padre, si trae una pistola démela, y si no, márchese con su sermón. Hace rato que Dios desapareció de mi universo —interrumpió bruscamente el penado.

—¡Hijo, es un error pensar así! —explicó paciente el sacerdote que hacía este ejercicio cada mañana de su vida. Si había dos condenados, seguramente debería haber dos finados.

—¡La equivocación no es mía, padre! La culpa reside en la humanidad, en haber creado en su imaginario una deidad tan injusta y cruel que nos satura de calamidades.

El mensajero celestial sudaba copiosamente. Un escalofrío mental descarriló sus pensamientos. Si a este infiel lo iban a asesinar por desestabilizar un sistema anticristiano y su vocabulario pertenecía a un ateo empedernido, ¿cómo pensarían los actuales inquilinos del palacio presidencial?

El clérigo, convencido de no poder socorrer a este espíritu extraño con destino infernal, evocó las frases sagradas de costumbre e hizo la señal de la cruz en el aire, como tratando de espantar a alguna entidad invisible. Se fue cabizbajo por los pasillos del presidio buscando, entre los otros presos, al próximo condenado del día para intentar con suerte que este sí se arrepintiera de algo o, preferiblemente, de todo.

En el transcurso de los días, compañeros de lucha, amistades y parientes trataron de interferir para que se tuviera clemencia con él. Cualquier imploración fue infructuosa. Se rumoraba que fue Castro personalmente quien instruyó a los jueces para asegurar la pena de muerte, porque eran demasiadas sus faltas.

Entregar a mi padre fue, en realidad, un gesto de clemencia para con la administración yanqui, un punto a favor de Cuba en las negociaciones internas entre los gobiernos enemigos, una de las tantas movidas que se han mantenido ocultas desde el triunfo revolucionario a la fecha y que, un día, tras la desclasificación de documentos, saldrán a la luz.

A inicios de diciembre de 1963 lo fusilaron. Era una mañana lluviosa y de cielo ceniza. El viento arrastraba un tufo insoportable a escama de pescado, sangre de ayer y cloaca vacía. Sus verdugos, uniformados de verde olivo, apoyaban a la Revolución ciegamente, pero no ignoraban que estaban a punto de neutralizar a una leyenda épica.

Antes de liquidarlo le ofrecieron un cigarro y una venda, él se negó; no fumaba y deseaba tener sus párpados destapados para llevarse consigo los rostros de sus homicidas.

Faltando un minuto para el mediodía, el capitán del pelotón de fusilamiento giró las órdenes. Seis carabinas Garand abrieron fuego y la víctima se desplomó ensangrentada. A una distancia prudente, nosotros, sus seres más cercanos, escuchamos el eco de las detonaciones. Afligidas, mi abuela y mi madre se echaron a llorar. Al cese de los disparos, la anciana cayó desmayada sobre el dispar empedrado de La Cabaña, lugar donde cotidianamente sucedían cientos de ejecuciones.

Mis hermanos eran entonces demasiado inocentes para percibir la magnitud del suceso. El mayor era yo, y allí estaba, dando el paso al frente como el hombrecito de la casa, acompañando a mi madre en su dolor, levantando a mi abuela del suelo y, a la vez, intentando explicarme todo aquello. Hasta el momento había sido solo un muchacho normal de once años, transparente, maduro y estudioso que vivía sin demasiados problemas en mi cabeza; pero esa tarde tomé dos resoluciones: dejar de creer en el misterio de la Santísima Trinidad y no reposar hasta exterminar a todos los responsables del martirio de mi padre.

Valentina siempre ha querido esculcar profundo, porque dentro de ella se esconde una Mata Hari criolla. Habría que ser muy estúpido para no darse cuenta de eso. Lo que no le dejo de reconocer a la Inteligencia cubana es que a la niña me la mandaron muy bien preparada.

Adrián Falcón, o como quiera que le hayan dicho que me llamo, es para ella un verdadero enigma, y lo sé por cómo me mira. No puede creer que esté intimando con un insurrecto, de derecha o izquierda, como le dé la gana de verlo. Soy ese desquiciado que aparecía en la primera página de los más importantes periódicos del mundo en los ochenta trayendo malas noticias a su familia y al resto de la absurda izquierda que hoy ella representa. No importa mi nombre, este soy yo, quien decidió ir en contra de todo lo que entonces era popular, evidente, políticamente correcto apoyar. Soy un verdadero demente, sí, porque para enfrentar la bipolaridad de Fidel Castro hay que pensar cómo pensaría él y todo eso terminó desquiciándonos, a sus padres y a mí.

A esa hora yo tomaba tranquilamente unos *shots* de aguardiente antioqueño a una velocidad inusual. La miraba dormir y, cada noche me percataba de lo mismo. Ella no se dejaba ir tranquilamente, se rendía con inquietud, y es que tiene, como todas las personas que guardan algo, el sueño frágil.

¿Será una agente en activo o es mi neurosis quien la ve de esa manera? Poco a poco se hundía en el sueño profundo, era entonces cuando se escuchaba una música divina, la sinfonía de su respiración acompasada. En este instante pienso en el inequívoco sonido de Guanabo al amanecer, las olas golpeando una arena poblada de pequeñas piedras cantarinas. Así ella inunda cada noche el profundo silencio de este cuarto. Me asomo a la cama como quien se mira a sí mismo en el agua cristalina del mar Caribe. Ella es todo lo que he rechazado y combatido en mi vida.

La tapo con cuidado para no despertarla. Rendida así parece una criatura de trece años. ¿Cómo habrá sido de niña? Me encantaría ver una foto suya. Acaricio la posibilidad práctica, tangible, esa que ha existido en todos estos años, mi obsesión de hacer estallar esa islita en pedazos. Si el ánimo de haber puesto uno de aquellos explosivos en cualquier punto estratégico de Cuba hubiese triunfado, tal vez Valentina y yo no nos hubiésemos conocido nunca. Un bombazo en cualquier tienda, balneario, cine, en uno de los aviones en los que ella viajaba, esa posibilidad existió y, siendo francos, no la habría desperdiciado, porque esa era mi lucha, así como sus padres sostuvieron la suya hasta el final y a cualquier precio.

Vamos a ver, Valentina, pensé rozando su pelo cuidadoso, si estábamos en "la contra" es porque existía una guerrilla pagada por los soviéticos, pero protagonizada por tu gente ¿no? —le pregunté bajito para no despertarla— ¿Acaso tu gente no puso bombas? ¿No mató? ¿No hizo estallar aldeas donde había niños y mujeres y viejitos inocentes? Esa es la guerra —susurré en su oído.

Pienso en lo que fue su vida en paralelo con la mía. Mientras su familia construía la Revolución, yo construía la contra de todas esas mismas revoluciones. Ella es el resultado de todo lo que yo quise aniquilar, y aquí está, sana y salva, desnuda y rendida en mi cama, lista para ser degustada. ¿Valentina es la prueba de que nos ganaron? Ya no se sabe quién ganó qué. Ella es un animal de otro mundo, un producto bello y torcido de lo que pudieron llegar a ser.

Su teléfono, conectado a la corriente en el piso alfombrado de la habitación, sonó rompiendo nuestra tranquilidad, reventando esa paz frágil que latía en equilibrio con la noche.

Valia se despertó rápidamente, tanteó sobre el suelo y lo encontró de un golpe, miró la pantalla como reconociendo el número y, angustiada, se incorporó para tirarse su abrigo por encima, abrir la puerta de la habitación y excusarse al salir.

—Es de La Habana —dijo sonriente tratando de ganar mi confianza—. Permiso, debo bajar, aquí hay muy mala cobertura —me explicó intentando escabullirse para hablar en privado.

Saliendo ella, Fer tocó a la puerta y puso en mis manos el aparato de escucha. Mi guardaespaldas había esperado con ansias esa oportunidad para sacarla del camino, y ahí estaba, eficiente y oportuno, ofreciéndome la vía perfecta para escucharla. Miré el aparato sabiendo que podía aplazar la escucha, que podía incluso declinar su ofrecimiento, pero mi historial de lobo viejo, mi instinto de conservación, pudieron más que los raros sentimientos por Valentina.

Fer, antes de regresar a su guardia, se aseguró de que estaría alerta. Asentí con la cabeza y le dejé ir. Fuimos entrenados en este juego desde el sandinismo y, curiosamente, ahora forma parte de nuestro nuevo empleo, nos vendemos siempre al mejor postor. Adiós a las armas, hoy se trata de la platica. Si uno arriesga el pellejo, si eso nos cuesta la vida, mejor que sea a cambio de un buen dinero que asegure a nuestros hijos y a nosotros mismos. ¿No es eso acaso lo que han hecho cada uno de los líderes izquierdistas revolucionarios de América Latina? ¿Qué presidente latinoamericano de izquierda se ha muerto en la miseria? ¡No jodas! Me puse los audífonos y comencé a seguir el diálogo.

—Sí, te escucho mal, pero te escucho. Dime —preguntó ella a la voz que la había contactado.

—¿Pudiste averiguar qué fiesta preparan, dónde y si estamos o no invitados? —preguntó una voz ronca, con acento enredado, escupiendo palabras como lanza disparos una metralleta.

Ella hizo una pausa, respiró, no dijo nada, continuó atenta, pero sin responder.

—Canta, chica, que esto cuesta mucho dinero y el presupuesto es bajo —gritó el tipo perdiendo demasiado pronto la paciencia.

—No lo sé. Ellos no están en nada, creo que son retirados, ahora se dedican a otra cosa. Déjenlos en paz. Desconecten eso.

—Mierda. ¡Te captaron, puta! Lo sabía. Se lo dije a Reinier.

—Ofensas no, por favor. Esto lo hago porque quiero —respondió con la voz rajada.

—No te engañes, lo haces porque no te queda más remedio —dejó claro el oficial.

—¿Qué me puede pasar? Ya no tengo nada que perder —le respondió segura.

—¿Cuándo regresas? Ya se perdió tu pasaje de quince días y no aparecen más reservas tuyas en el sistema, lo acabo de verificar —gritó el tipo con mucha autoridad.

—Macho, mira, te juro que aún no tengo fecha. —explicó Valentina quien, en realidad, no sabía cuándo sería su regreso.

—Como te quedes, como pidas asilo, como formes un ataquito con la prensa, te vamos a buscar donde te escondas. Tú sabes que podemos, eh. No se te olvide nunca. Te vamos a encontrar. Tú lo sabes, ¿verdad? —preguntó aquella voz.

—Sí, claro que lo sé, siempre lo he sabido, pero eso no sucederá —sentenció segura—. Regresaré, pero a mi tiempo —explicó al "compañero" que la presionaba del otro lado de la línea.

—Ya sé que te pasaste de bando, pero lo vas a lamentar, y no te imaginas cuánto —la amenazó el oficial.

—¿A qué bando? Deja la tragedia, esto no es una serie de televisión. Te repito, esas son ya personas retiradas, se han portado bien conmigo, es todo. Comunícaselo a Reinier, dile que no hay lío, que se relajen. Sólo eso, ¿ok?

—Oye, aquí se comunica lo que yo crea se debe comunicar. Estás en peligro y nos pones en peligro a nosotros. ¿Me escuchaste, Maura? —preguntó el agente

—El mundo cambió, ustedes son unos anticuados. Déjame dormir en paz que aquí son las cinco y pico de la madrugada —gritó ella colgando con furia.

¿Maura? ¿Maura será su nombre de guerra?, pensé detenidamente poniendo en orden los acontecimientos. Ella había firmado los papeles de las obras como Valentina Villalba, con lo cual Maura era, seguramente, su nombre de guerra. Me bebí de golpe el final de la botella de aguardiente y bajé por las escaleras corriendo. Yo sentía, como hace décadas, los pasos de Fernando detrás de mí.

Al llegar a la calle le grité:

—Esto es un problema mío. Déjame solo, no pasará nada. Vete al hotel, descansa tranquilo. Es solo una mujer desarmada ¡Retírate, por favor, y descansa! —le ordené para que se mantuviera lejos.

La pequeña callejuela del hotel estaba desierta. Ya amanecía, pero aún el ocre de las lámparas de gas cubría los muros. Los edificios se alzaban a mi paso agrandando las sombras. Un frío inhumano entumecía mis pies y mi cara. Caminé aprisa revisando los restaurantes y negocios aún cerrados, pero Valentina había desaparecido. No quise darme demasiada prisa porque París se encuentra demasiado sensible después de los atentados. A esas horas un hombre corriendo resultaría sospechoso.

Apuré el paso y la encontré al cruzar la calle frente al puente que lleva a Notre Dame. Era ella. La descubrí adentrarse en uno de los pasadizos oscuros que dan al agua, corriendo sola escaleras abajo, tratando de alcanzar el Sena.

Diario de campaña número 23
CENTROAMÉRICA
JULIO - DICIEMBRE DE 1989

Para la insurgencia nicaragüense, el Plan Arias no disminuyó el genocidio sistemático de sus militantes. La jerarquía del FSLN, envalentonada por el incomprensible silencio que mostraban los organismos internacionales comisionados en verificar que se cumpliera el armisticio subscrito, engendró pequeñas células consagradas a aniquilar a todo guerrillero intransigente que les significara una amenaza.

El sistema fue efectivo y, de no ser por la astucia de Ulises Carballo, es muy probable que al Comandante Cascabel lo hubieran asesinado. Sin vanidad alguna, Zopilote me detalló la situación:

—Decodificamos una orden de exterminio contra Cascabel por parte del Ministerio del Interior, dando las mismas coordenadas que tenemos en el Centro de Comunicaciones referente a su paradero —divulgó el técnico—. Desde hace rato mi intuición daba luces, sutiles evidencias de que nos habían infiltrado, es por eso que desde junio me di a la tarea de falsificar las posiciones geográficas de sus destacamentos y la del resto de los otros comandantes. El mensaje que interceptamos contenía los mismos grados que yo alteré.

—¿Tienes alguna noción de cómo obtuvieron la información?

—Tuvo que salir de nuestra gente, no hay de otra, y el único que recién estuvo afuera fue Gaspar Mendieta.

—Repite la trampa e inventa un pretexto para que pise la calle. Mantenme informado, ¿ok? —ordené sabiendo que el ex somocista era experto en urdir este tipo de estratagemas.

—Gaspar, queremos enviarle una carga marítima a la tropa de Cascabel. Trasmítelo a su radista.

Así, con mucha naturalidad, fue puesto a prueba el sospechoso.

Tan pronto Gaspar se alejó de nuestro círculo de acción, comenzó a salirse del libreto y, cuando pensó estar fuera de peligro, se detuvo en un teléfono público, balbuceó algunas frases y, acto seguido, deambuló sin rumbo dando un recorrido innecesario por el pueblo. Se detuvo por fin en un café de San Pedro y se instaló en una mesa a conversar tranquilamente con cierto sujeto que yo, a una distancia prudencial, supe reconocer: el radiotelegrafista hablaba con Ariel Fuentes.

Ese fin de semana Ulises le concedió un día libre a Mendieta para que visitara a su cónyuge. Pasada la medianoche, mientras el fariseo dormitaba tranquilamente con su esposa, un vehículo totalmente apagado se estacionó frente a su casa y, desde el interior, les disparó a ciegas. Las balas averiaron las ventanas y las paredes, pero la pareja no sufrió ni un rasguño. Eso sí, en el momento en que los detectives finalizaron la acción, Mendieta empacó sus pertenencias y emigró con su mujer a Canadá.

A Fuentes lo abandonó su buena estrella, mientras transitaba por la puerta de emergencia de un hotel custodiado por un trío de guardaespaldas, se desplomó justo en las escalinatas. Un pequeño incendio brotó en el dormitorio contiguo a su habitación. Al oír el aullido de una alarma de fuego y descubrir las nubes de humo, él y su comitiva decidieron evacuar. Entre la confusión, yo mismo, vestido de mesero, me arrimé sigilosamente y le incrusté una daga en el hígado.

En cuanto le di piso al chileno, Santiago me ubicó:

—Apuñalaron al allendista. ¿Sabes algo de eso? —preguntó curioso.

—¿A quién? —dije haciéndome el desentendido.

—A Ariel Fuentes —contestó impaciente, explicando algo que obviamente yo debería saber.

—Primera noticia —solté con cara de asombro.

—Sí, lo raro es que el gobierno no se ha pronunciado sobre el incidente —comentó Santiago.

—Lástima que no murió antes —respondí con total sinceridad.

El ciaco me miró circunspecto y advirtió:

—¡Tengan mucho cuidado con lo que hacen! No vamos a tolerar un Líbano en suelo tico. Hay que acatar el pacto, para eso se firmó.

—¿A cuál pacto te refieres? —pregunté con sarcasmo.

—Vamos, Adrián, no te pongas en esa posición. Los soviéticos no aguantan un *round* más. ¡No tienen rublos ni para un galón de vodka! Abre los ojos, la democracia está de moda.

—Sólo veo falsedades. ¡Ojalá fuera escritor para denunciar toda esta hipocresía!

—¡No pierdas tu tiempo! ¿Sabes cuántas historias se imprimen anualmente delatando supuestas anomalías de la Agencia?, ¿y al final qué? No sucede nada transcendental y todo queda tapado. En cierto modo, nos fascina que pregonen lo "infame" que somos, porque así nos respetan más y nos temen —declaró satisfecho Santiago con su media risa bailando en la cara y un marcado acento norteamericano—. Además, lo importante es que obedezcan las reglas del juego. Aunque aún no controlamos a los camaradas, a ustedes sí, esto existe mientras nosotros creamos que deba existir. Si se da otro evento similar, les cortamos toda asistencia, ¿ok, *man*? —me advirtió tajante con sus ojos fijos en los míos.

—Queremos implantar estabilidad y no vamos a permitir que ningún cabrón la malogre. Acuérdate que tu intervención en esta empresa es voluntaria, así que acepta el resultado y, si no, reserva un pasaje de avión y vete.

—Este triunfo no es más que un espejismo. ¿Crees que puedo aplaudir cuando los Ortegas tienen licencia para atacarnos y nosotros estamos amarrados de pies y manos sin poder reaccionar? ¿Me quieres decir que no tenemos derecho a defendernos? —lo emplacé con mi verdad, pero el agente decidió no escucharme.

—¡Interpreta lo que quieras! —irrumpió Santiago y, sin malgastar otra palabra más en mí, se marchó.

A partir de esa conversación empecé a experimentar una melancolía aguda y recurrente. La realidad me trituraba, eran demasiadas las incoherencias, demasiadas las injusticias y bien irrespetuoso el permisivo libre albedrío con el que operaban los sandinistas, incluso ante los ahora impasibles oficiales de la CIA, los mismos que me habían reclutado para combatirlos, para prevenir el comunismo en Centroamérica. Tenía la impresión de que todo se contaminaba, de que todo se fusionaba y se volvía lo mismo. Fue entonces que comprendí hacia dónde nos movíamos. Nos estaban redireccionando sobre un mismo tablero, ya no se trataba de ideales. El ser humano apostaba hoy por la inmolación ideológica. A nadie le interesaba defender algo con vehemencia, los intereses y el dinero lo contaminaron absolutamente todo, y yo tenía la impresión de pelear solo, como un loco perdido en mis ideas, aislado, mientras todo allá afuera ocurría como una simple transacción monetaria.

No me sentía bien interpretando mi papel en ese escenario y, para colmo, un suceso acabó de rematarme en plena crisis personal.

Sucedió que, en abril, en medio del enfrentamiento entre el pelotón del Comandante Lionel y un batallón del EPS, intercepté una mochila llena de mapas, papeles y un radio. El destino quiso que todos estos documentos cayeran en las manos de uno de los pocos que podía ver literatura detrás de algo que parecía solamente un botín de guerra.

Revisando todo aquello descubrí un sobre sellado que me borró todo vestigio de esperanza. Era una carta dirigida a la madre del dueño del morral, un recluta de apenas veinte años de edad, humilde por el modo en que escribía, quien sucumbió a causa de un disparo en la aorta durante la escaramuza. La hoja de cartulina amarillenta, escrita a lápiz, sobrevivió aquel combate estrujada y salpicada por el chorro de sangre que soltó el joven asesinado por nosotros. La página rayada con sus ideas despedía un tufo a tierra de cementerio y agua de flores podridas. El contenido decía:

> 29 de abril de 1989
> Nueva Guinea
> Saludos:
> Mamá, espero que esté con buena salud, la extraño muchísimo y siempre pienso en usted. Quisiera estar acurrucado en sus brazos, pero esta cochina guerra no me lo permite.
> Presiento que tengo los minutos contados y no quisiera que la novedad la sorprenda. No deseo preocuparla, pero le juro que tiemblo de miedo. Veo la muerte ambulante, sedienta a mi alrededor. Pero la ironía, mamá, es que estamos matándonos entre hermanos, sin uniformes, somos el mismo cachimbo de ciudadanos que uno se topa de un extremo a otro del país. Esto es un infierno terrestre, así que, por favor, rece por mí y

por el bienestar de la patria. Ruéguele a Dios
que nos salve.

La adoro.

Su hijo,

Osvaldo Reyes

PD: Salúdeme a Rosita Cantillo. Dígale que
jamás la olvidaré.

Terminada la lectura destapé una botella de
whisky y me emborraché. Un desplome de cinismo
envenenó mi mente y me extinguió lentamente la
voluntad que me había traído hasta el escenario de
batalla, ese infinito porqué, ese pretexto que te per-
mite guerrear sin demasiado miedo, convivir con
la posibilidad de la muerte y vivir ilusionado con la
victoria a un mismo tiempo.

Desanimado, comencé con ataques de insomnio e inapetencia, no descansaba lo suficiente y
vacilaba en realizar los proyectos concebidos. Por
último, corté toda comunicación con mi familia y
empecé a beber scotch desenfrenadamente. A veces,
acompañado por miembros de mi banda, visitaba
cantinas en arrabales marginales. En más de una
ocasión tuve duras peleas con pendencieros vulga-
res, batallas estúpidas y descarnadas. A ninguno
de mis colegas le hubiera sorprendido que un día
amaneciera tieso en una morgue. Era tan evidente
que mi alma de guerrero me estaba abandonando,
tendría que correr tras ella para recuperarla.

Preocupado por mi deterioro, Santiago, em-
pleando el pretexto de que unos analistas en Virgi-
nia querían interrogarme, me envió a Washington

DC, pero el ambiente burocrático me sofocó aún más. Durante del viaje ni siquiera visité o llamé a mis niñas, familiares, ni a los antiguos colegas. Regresé mucho peor de lo que me fui.

Para colmo, el 3 de agosto los sandinistas proclamaron que celebrarían elecciones libres. Como resultado de todo eso, un segmento considerable de los líderes de La Resistencia terminó de acomodarse con la nomenclatura marxista. De por sí, a diario surgían negociaciones entre ambos bandos, que se unían rumiando minuciosamente las opciones disponibles para dividirse la república. Paralelamente, los emisarios de las grandes potencias inmiscuidos en el proceso repartían, sin discriminar, dádivas económicas para reducir cualquier brote de hostilidad que germinara, mientras que una sarta de intelectuales de las más diversas ideologías, predicaban con entusiasmo los beneficios de pacificar a Centroamérica.

Al mismo tiempo las patrullas de la Seguridad del Estado continuaban sitiando impunemente a columnas guerrilleras como la nuestra, y nosotros debíamos mostrarnos pasivos por las órdenes explícitas de los superiores y aliados de no contraatacar. En diferentes sectores del Frente Sur aparecieron tres caudillos ejecutados. Los combatientes, abatidos por completo, desertaron en masa para regresar a la vida de pueblo. Sólo una minoría, bajo la regencia del legendario Comandante Ganso, decidió sabotear la patraña, entre ellos el Comandante Cascabel.

—¡No voy a rendir a mis tropas! —declaró Cascabel desafiante mientras discutía conmigo en un escondite secreto en las inmediaciones de Limón.

El cabecilla acababa de regresar de la montaña por mar en una panga. Olía a salitre y estiércol. Su pelambre le llegaba hasta los hombros y sus ojos destellaban malditos, con una furia implacable.

—Todo conflicto desgasta, hermano. Los Piris ganaron en el 79 por una serie de factores externos que inclinaron la balanza a su favor, sin contar que las ciudades se sublevaron. Pero nosotros fuimos el otro lado de la moneda, seguimos estancados allí, apilados en las zonas rurales, tildados de ser fantoches del Imperio. Por eso fuimos camino al irremediable descalabro político, yo lo pronostiqué desde que empezaron los pactos y los acuerdos.

—¡Pero desarmarnos, jamás! —afirmó Cascabel sin ánimo de cambiar de opinión.

—Muchos de tus compañeros llevan meses regateando con Managua —le expliqué sinceramente.

—¡No todos! —me corrigió.

—Ya esto está arreglado. De una forma u otra, quieras o no, tendrás que entregar las armas y los sandinistas seguirán gobernando por años. ¡Ya lo verás! Tiempo al tiempo —vaticiné tranquilo.

—¿Y vos qué pensás hacer? —averiguó Cascabel.

—No sé. No me atrae reforzar una armonía ficticia, ni exacerbar la violencia. Los cheles me han ofrecido trabajo en otros programas, pero, la verdad, estoy indeciso. Francamente, si no fuera por ti y por Víctor, dudo mucho que aún estuviera aquí. Ya nada de esto lo siento como mi causa, nada de lo que veo se parece a lo que yo elegí como batalla.

Cascabel me miró desconcertado y soltó:

—Jamás pensé escucharte hablar así, Adrián.

—Yo mismo no salgo del asombro —admití—, pero estoy convencido de lo que digo. Esto ya se acabó y, si no me equivoco, aquel que no acepte esta pax romana será el blanco en la mira de un francotirador ideológico. Quedarse será un suicidio, créeme.

Una expresión de escepticismo invadió la cara del maquis que, descorazonado, murmuró:

—Yo daría incondicionalmente mi M-16 por un saco de semillas y un tractor si hubiera garantía, si hubiera un ápice de seriedad, si supiera que hay verdadera conciencia por constituir una democracia real, pero mi olfato indica todo lo contrario, por eso no me voy a dar el lujo de capitular.

—Haz lo que tengas que hacer. Al final, esta es tu guerra —admití agobiado.

—¿Sigo contando con tu respaldo? —averiguó un poco intranquilo.

Hice una pausa prolongada, un tiempo preciso que me sirvió para meditar. Entonces, con una mirada que abarcaba más allá de los confines de nuestra conversación, admití con amargura.

—Sí, a pesar del cansancio.

Y nos abrazamos conmovidos, sabiendo que estábamos profundamente solos en este camino.

En los días siguientes, Cascabel y yo sostuvimos una serie de diálogos con los pocos cabecillas que aún eran partidarios de continuar la lucha. Tras una tertulia que concluyó casi al amanecer, mientras viajábamos haciendo recuento por una autopista solitaria, intentó emboscarnos una camioneta. Matones no identificados iniciaban una persecución silenciosa, pero como quien venía manejando era yo, un verdadero neurótico de la desconfianza, detecté por el retrovisor que una metralleta nos apuntaba desde otro vehículo, nos perseguían en medio de la nada.

Instintivamente pisé los frenos, mientras que Cascabel, sin necesidad de una seña y al unísono, desenfundó su Glock 9 mm. Por el exceso de velocidad que traían se adelantaron a nosotros e hicieron una maniobra suicida intentando cerrarnos el paso a la carretera, pero aceleré sin tener en cuenta que podíamos estrellarnos contra ellos y, en un zigzag, logré burlar el peligroso obstáculo dejándolos rezagados en medio del camino. Escapamos ilesos, pero era notorio que el cerco se nos estaba achicando. Tras el percance, Cascabel y yo convocamos a Víctor y a otros militantes a una hacienda que teníamos dispuesta para las conversaciones, justo al nordeste de Ciudad Quesada.

—Es evidente que nos han traicionado. Ni Bush ni Gorbachev quieren más sangre en su camino. Quién lo diría, después de ser los grandes enemigos ahora se encuentran en regio romance y, de un día para otro, sin explicación, nos piden que cumplamos sus órdenes. Se han propuesto descolmillar a todos sus satélites, el Este y el Occidente dejarán de pertrechar a sus subordinados, y no creo que esa política sea saludable a nuestros objetivos, honestamente yo lo dudo. Me apuesto que Nicaragua se verá sumergida en una profunda miseria.

Todo esto y más fue lo que le dije a mis compañeros durante el debate.

—Estoy de acuerdo, y por eso es indispensable que intentemos desarticular el contubernio —agregó Cascabel.

—Pero, ¿cómo? —preguntó Montero un poco aturdido.

Rolando Campos, a quien habían invitado para que participara con nosotros, habló con franqueza:

—Señores, yo he cooperado siempre sin reclamar un centavo. La razón principal ha sido salvar a mi país de esta mierda de expansión socialista. Para mí la Resistencia ha prevenido este avance, pero si la desbandan tal como se proponen, se acabó el asunto, ¿no creen? Desde hace rato vengo diciendo que entre todos recolectemos dinero y tracemos una estrategia independiente de todo el mundo para sacar esta componenda del camino.

—¿Y con la plata qué hacemos? —preguntó Cascabel.

—Aniquilar a quienes se hagan eco de instaurar la falsa paz en el terreno —explicó Campos.

—¿A quiénes? Explícate mejor —indagó un lugarteniente de Cascabel.

—Gente de la UNO, políticos como Alfredo César, Brooklyn Rivera o Calero. De mi lado, al propio Don Oscar. Del bando leninista, a Borge, Daniel o Humberto.

El coloquio terminó con la salida del sol. Unánimemente votamos por implementar la idea de Campos y elegimos a Cascabel para organizar una célula capaz de encarnar las acciones, pero, como siempre, entre los partícipes de la confabulación se encontraba un infiltrado, un asalariado encubierto del Departamento de Defensa norteamericano, que describió con pelos y señales en su reporte el bosquejo de lo que se estaba engendrando.

Inmediatamente Ramiro se comunicó conmigo:

—Adrián, ya estamos al tanto de todo, en especial de la táctica que piensan implementar contra lo que nos hemos propuesto establecer en la zona y, de verdad, ¡eso es inaceptable! ¿A qué idiota se le ocurrió esta idea? Dile a Cascabel que, si emprende este tipo de campañas, personalmente le entregaré a los Piris la dirección exacta donde están acantonadas sus tropas. ¿Y tú? ¿Cómo pudiste enrolarte en esta locura? ¿Te imaginas el daño que causará si esto saliera a relucir en la prensa? ¿Se te olvidó que estás en nuestra nómina? Tu foto y tu nombre serán titulares, y nuestras siglas serán pie de página en los más importantes periódicos del mundo.

Encogí mis hombros y, sin emitir un sonido, dejé escapar una sonrisa tétrica pensándome en la portada del *Times*. Ramiro lo interpretó erróneamente, pensó que le estaba faltando el respeto y, encolerizado, me amenazó:

—Te garantizo que, si nos desobedeces, te vamos a deportar…

No esperé a que el prusiano terminara de desahogarse. Mudo y cabizbajo, le di la espalda y me fui a contarle todo a Cascabel.

El 9 de noviembre comenzó a agrietarse el Muro de Berlín y, con él, la doctrina que representaba. Al día siguiente, Camilo Berrios me localizó y, durante un almuerzo en un restaurante de la capital, hablamos del tema.

—¿Qué te parece cómo se cayó el muro? —preguntó Berrios.

—Bueno, en realidad no se cayó, lo tumbaron —expliqué poniendo las cosas en su sitio—. Parece que la Perestroika va a fragmentar a la Unión Soviética —le dije sin que me quedaran dudas de aquello.

—¡Celebremos, pues! —exclamó Camilo muy contento.

—Sinceramente, no tengo motivos para festejar —dije cortándole el impulso.

—¡No seas tan negativo! —me contestó intentando contagiarme con su ímpetu.

—Lo que soy es pragmático. ¿No ves el desastre que hay formado en Centroamérica? Pase lo que pase por Europa, América Latina seguirá condenada a estrellarse contra los arrecifes. Aquí el muro es otro.

—Comprendo lo frustrado que estás, créeme que lo siento, esto está negro. Has hecho lo que puedes, Adrián. Lo sé porque también lo he vivido. En los años sesenta yo mismo fui testigo de cómo los gringos manipularon nuestras ilusiones. Recuerdo que, recién emigrado de Cuba, la CIA me alistó. ¡Qué alegría sentí! Yo, como la mayoría de la diáspora, anhelaba que Langley nos patrocinara con un buen fajo de dólares y una *carte blanche* para arremeter contra Castro. Este tipo de patrocinio sucedía a menudo, pero nunca fue suficiente para los cubanos. En mi opinión, nos embelesaban con absurdas expectativas, con planes infantiles y tontas quimeras, mientras, por causas que desconozco, siempre terminan protegiendo a Fidel Castro. Si de verdad alguien hubiese querido destronarlo, con un simple disparo, teniendo en cuenta la cercanía con la isla, ante la locura y desestructura en los pasos o planes de ese barbudo impertinente que se cree el mismísimo mesías, lo hubiesen asesinado y punto final. Por eso, mi querido Adrián, me dediqué a jugar al duro, pero al capitalismo. Y de verdad, ante el rictus de amargura que detecto en tu rostro, ese que me recuerda a mí en aquellos primeros años de exilio, te sugiero que hagas lo mismo. Deja ya el disfraz de Quijote y ponte el traje de empresario. Si no me escuchas, la vida te pasará una cuenta impagable.

Y ahí me dio un consejo que no apliqué enseguida, pero que marcó el resto de mi vida.

—No sé qué decirte, Camilo. Últimamente no sé qué hacer —solté con toda mi franqueza.

—Aún estás a tiempo de recobrar tu salud mental. No te inmoles por gusto, tienes familia que atender. Eres un hombre culto y agudo. Ya ves cómo está el panorama, todo esto es una broma de mal gusto. Cuando termine, vendrán otras con nuevos villanos y nuevas alianzas. No te asombres si, un día no muy lejano, los rusos y los americanos unifican sus fuerzas contra los islámicos o los chinos. Pero bueno, Adrián, todo eso es decisión tuya, soy un hombre respetuoso de las determinaciones ajenas, por eso mismo me fui de Cuba, allí nadie respeta la individualidad del otro. Pasando a lo que nos ocupa, vine a avisarte de dos situaciones complejas en desarrollo. Una, los cheles me pidieron que te aconsejara porque están perdiendo la paciencia contigo. Piensan que estás descontrolado y que en cualquier momento vas a meter la pata.

—Tienen motivo —le confirmé seriamente.

—¿Y? —preguntó Camilo.

—¿Qué quieres que te diga? —pregunté transparentando mi angustia.

Camilo se quedó mirándome en silencio por unos minutos hasta que añadió:

—La otra cosa que te quería decir es que los ticos te van a encausar por violar una pila de leyes. Quieren apaciguar los ánimos de los cubanos y tú eres parte de ese experimento.

—Ya había oído ese rumor —respondí sin sobresaltos.

—No, no son rumores, Adrián— me aseguró Berrios—. Ándate con cautela.

Para mí ya todo aquello era de poca importancia. No quería morir, pero si sucedía estaría bien, era parte del juego, un episodio más, coherente con mi biografía.

Andaba apático, pisando entumecido sobre los pocos eventos que ahora nos acontecían, canturreando afligido aquellas trovas de Silvio Rodríguez y Pablo Milanés, esas que tantas veces nos invitaron a la lucha, temas compuestos para ciertas tropas supuestamente consagradas a las izquierdas latinoamericanas. Pero los compositores deben saberlo de una buena vez: todo cambia tanto en una guerra, que entre cuerpos muertos y degradaciones morales e ideológicas, las canciones no tienen dueño ni remitente; son solo eso, tablas de salvación para cualquier guerrero. Nos sirvieron a todos por igual para combatir con arrojo, contras que se sienten revolucionarios y revolucionarios que terminaron siendo contras de sus propias revoluciones. Cantamos, entonamos los mismos poderosos versos al calor del combate.

Supo la historia de un golpe, sintió en su cabeza cristales molidos, *y comprendió que la guerra era la paz del futuro: lo más terrible se aprende enseguida y lo hermoso nos cuesta la vida. La* última *vez lo vi irse, entre humo y metralla, contento y desnudo, iba matando canallas con su cañón de futuro.*

Como ya no estaba en medio del tiroteo me sentía fuera de juego, y fue entonces cuando empezó a darme lo mismo todo. Que en Panamá saltaran indicios de una posible intervención dirigida por el Pentágono, que avisaran sobre la ofensiva marxista que empezaba a propagarse por El Salvador, e incluso las repercusiones internas que se vislumbraban en Cuba a propósito del juicio del general Ochoa. Si algún socio me comentaba sobre la pacificación de la región, respondía que la paz no era más que un sinónimo de muerte. Más que nunca hice mía la frase que una vez dijera el guerrillero colombiano Rodrigo Lara Parada: "La paz fue sellada de la misma manera que se inició, por arriba e impuesta a los de abajo. Fue la paz de los sepulcros".

Creo que de algún modo lo esperaba, pero no así, tan burdo. Supe siempre que Valentina era tierra fértil, excelente caldo de cultivo para cualquiera de estos sucios e improvisados pseudomilitares, pero por alguna razón incomprensible, sus gestos tan *naïve*, sus torpes juegos de guerra, me crean una extraña adicción, cierto morbo por seguir sobre el caballo a pesar de lo que me pueda encontrar al final del viaje. Yo la disfruto tanto, pero tanto, que no me importa pasar por eso. Hay ya pocas cosas que me asombran, y su ingenuidad en medio de la nata de mierda donde ha crecido es una de ellas. No pienso renunciar a mi lugar en el juego mientras tenga el control. Ya estoy de vuelta, conozco ese retozo infantil, cierto chisme contado por alumnos de la Guerra Fría, puros aficionados. Ahora soy el contenido de trabajo para falsos comunistas ociosos.

Ella no, ella es otra cosa. ¿En qué cree Valentina? ¿En qué cree esa generación? A su edad yo me inmolaba en Latinoamérica en nombre de una causa, una causa contraria a la suya, la que ella perdió por el camino o, tal vez, nunca le importó realmente.

¡Qué sorpresa más fascinante ha sido hallarla! Pensar que esta hermosa verraquita, a punto de empezar su madurez pero con cuerpo de niña adolescente y ojos de monja, es una Mata Hari antillana. ¿La habrán entrenado hasta en el arte de templar? Si lo hicieron hay que otorgarles una medalla a sus maestros porque es una fiera en el colchón. Por otro lado, hay que quitarle puntos a los maestros, su juego de aficionados se ve venir a distancia, fuegos artificiales desteñidos, reminiscencias de la antigua escuela de delación soviética, me dije riendo a carcajadas mientras veía su silueta desnuda a través del cristal.

En el tiempo en que Valentina se duchaba, salí a caminar un poco y así despejar esa retahíla de pensamientos turbios que florecieron en mi mente después de su conversación con La Habana. Yo compartía la almohada con ella, y eso significaba también compartir mi habitación con una confidente del gobierno cubano. Ella tiene demasiada alma y poco temple para ser una verdadera espía. El único detalle que me preocupa es su profunda desorientación.

De repente se esfumó la voz de Valentina hablando por teléfono con La Habana. Lo sucedido perdió importancia al tropezar en la calle con un francés cargando un pesado maletín antiguo y muy gastado; ambos, hombre y maleta, eran idénticos, casi un clon de una leyenda en las operaciones encubiertas dentro de los servicios de inteligencia gringa.

Caminé detrás del tipo. Quería que su figura me llevara a recordar exactamente al fantasma rubicundo, aquel oficial legendario de la CIA que escribió una tesis paramilitar y con ello engendró una caterva de guerrilleros anticomunistas en los ochenta a lo largo del planeta, entre ellos yo, claro.

El teléfono sonaba insistente en el bolsillo de mi abrigo. Yo no me permito hablar por esos aparatos, deformación profesional quizás. No me gusta dejar rastro, no expongo mi voz, y la loquita lo sabe, pero ella insistía en llamarme y grabar desesperados mensajes de voz:

—Querido Adrián, necesito explicarte, necesito que entiendas mi situación. Por favor, llévame a almorzar. ¡Adriaaaaaaaaaán! —chillaba histérica desde sus mensajes en mi buzón blindado.

Valentina no conoce límites, seguía llamando sin parar, y entonces decidí apagar el aparato, desconectarme de todo. Mi punto era ahora recuperar ese recuerdo de manera nítida.

Oh, sí, claro, Theodore Shackley —exclamé en voz baja a nadie en particular, tapé mi boca por miedo a que el eco de mis pensamientos disparara las palabras—. Theodore Shackley —repetí su nombre, pero esta vez desde el interior de mis entrañas—. De no haber existido habría que inventarlo, sin ese nombre es probable que gran parte del mundo occidental estuviera hoy en manos de las huestes rojas. ¡Qué grande fue este hombre!

Entré a un salón de té siguiendo al individuo, él se sentó a merendar y pidió algo que evidentemente se sabía de memoria. Yo le hice una seña a la camarera y, cuando vino, le pedí una taza de café expreso, eran ya casi las once y no había desayunado. Me pareció extraño escuchar al rubio pedirle su desayuno en español a la chica, pero así fue, se comunicaron en castellano. Ella también era latina, me atrevería a decir que chilena. Cerré los ojos y sentí el inconfundible aroma del café, esta vez con cierto sabor a chocolate, que se preparaba al fondo del salón. Pensé en mis hijos, en lo que a ella les gusta el chocolate en todas sus variantes, respiré profundo y decidí encender el teléfono para enviarle la dirección a Valentina. No me molesta haber acertado en mi pronóstico y en el de Fer, lo que me parece realmente grave es dejarla ir sin escucharla. Una mujer que se queda con cosas por decir, es capaz de desviar su discurso y contárselo a cualquiera. Valia respondió enseguida mi mensaje, estaba a tres cuadras de distancia y vino corriendo a tratar de explicar, de justificar lo ocurrido.

Llegó mojada, tiritando, porque a esas alturas había empezado a diluviar.

—Escucha —balbuceó sentándose en una silla frente a mí, pero sin quitarse el abrigo empapado—. Te respeto tanto, que sería incapaz de exponerte. Fueron ellos, los de la embajada de aquí, los que me contactaron y llamaron a La Habana para intentar movilizarme. Yo tengo que hacer esto siempre que recibo a un visitante y, créeme que me pesa, me pesa lo que no te imaginas. Odio escribir informes —confesó con una expresión que hasta me pareció sincera.

—Oh, ¿informes? ¿Cómo es eso? —pregunté haciéndome el bobo.

—Sí, ellos me piden que les cuente, que les narre, en una redacción clara y extensa cada uno de los detalles del personaje invitado —explicó tratando de no llorar.

—¿El personaje? —pregunté sonriente, pensando que esos métodos arcaicos ya no se aplicaban en el mundo.

—Sí, a veces hasta me fuerzan a hacerlo en medio de un espectáculo de ballet, y en el reverso del programa escribo, de mi puño y letra, lo que está pasando o lo que pudiese ocurrir con el sujeto que tengo que atender durante las próximas horas. Me piden que los firme, y eso sí me preocupa. Los papeles quedan, ¿no crees? —dijo chillando sin importarle que la camarera estaba allí, sirviendo cuidadosa la hirviente taza de chocolate caliente.

—¿Quieres desayunar? —indagué con amabilidad.

—Quiero almorzar —me explicó Valia girando su cabeza, negándose a mi ofrecimiento entre sollozos.

—Todo queda, sí, pero en tu mente, *mija* —sentencié mientras degustaba el delicioso café achocolatado que casi me quema la lengua—. Valentina, vamos a hablar de cosas serias. Lo que te obligan a hacer es un juego de niños al lado de lo que voy a contarte. Por favor, mira hacia allá —le pedí dulcemente intentando cambiar el tema para calmarla.

A esas horas el pequeño salón de té estaba repleto de estudiantes de la politécnica cercana merendando apurados, chicos que al verla llorar nos observaban azorados.

—¿Hacia dónde? —preguntó mi loquita abriendo sus ojos azules lo más que pudo.

—Este hombre me recuerda a Shackley —le señalé con cuidado al rubio sentado frente a la puerta.

—¿Shackley? ¿Quién es ese? —preguntó desorientada, soplando y probando un poco de mi chocolate caliente.

—Shackley fue el jefe de la estación de la CIA durante la crisis de octubre en 1962 y después lo delegaron a Saigón. Su experiencia e intelecto lo llevó a escribir una tesis bélica llamada *La tercera opción*, un texto imprescindible que le sirvió de manual a la administración Reagan y se volvió el modelo estratégico más completo contra los rusos.

—¿De qué se trataba? —indagó muy interesada Valentina.

—¿Quieres saber para informarle a tu servicio de inteligencia o sólo por curiosidad histórica? —pregunté con sorna—. De cualquier forma, hoy en día toda esta información es pública en internet —le aclaré para que no se molestara en notificar lo básico.

—Te pido que me creas —dijo tomando mi mano—. Estoy pensando en... —no la dejé terminar su frase, solté su mano y continué con mi historia.

—Él advirtió que, para frenar a la Unión Soviética, existían dos alternativas, la guerra nuclear o la pugna entre ejércitos en los campos europeos. Ambas causarían millones de bajas, eran soluciones inaceptables para la gran parte de los seres pensantes de Occidente... y la tercera —ahí me interrumpió Valentina con su ansiedad de siempre.

—Hubiera sido un terrible holocausto, una tercera guerra mundial —apuntó Valentina con cierta inquietud, dándole a sus muslos de un lado para otro, intentando entender el fin de mi historia.

—Mucho mejor que vivir esclavizado —le reproché a quemarropa—. Mira a tu amada Cuba, un país que resiste con igualdad de rebaño. Pero no nos desviemos del tema.

—Sí, por favor, háblame de *La tercera opción*, porque yo jamás escuché hablar de eso —insistió muy interesada.

—La cosa era así: reclutar, entrenar y armar a todo aquel patriota o bandolero dispuesto a empuñar un fusil contra el avance socialista. En sí, Shackley agarró el mensaje del malparido argentino, ese de "cómo podríamos mirar el futuro luminoso y cercano, si dos, tres, muchos Vietnam florecieran en la superficie del globo, con su cuota de muerte y sus tragedias inmensas, con su heroísmo cotidiano, con sus golpes repetidos al imperialismo, con la obligación que entraña para este de dispersar sus fuerzas, bajo el embate del odio creciente de los pueblos del mundo".

—¡Bravo! —aplaudió asombrada Valentina—. Veo que te sabes de memoria las palabras del Che. ¿Cómo es eso? —me preguntó sorprendida.

—Conoce al enemigo y tendrás asegurado el veinticinco por ciento de tus batallas, aconsejó Sun Tzu en su biblia *El arte de la guerra*. Aunque el Che como estratega militar fue recio desastre, algunos de sus pensamientos tienen utilidad si los aplicas a tu manual personal de combatiente en otros terrenos. Shackley, obviamente, lo hizo a su manera. Su tesis convertida en realidad le abrió a los soviéticos varios Vietnam. Los fue sembrando en Etiopía, Afganistán, Angola, Mozambique, Nicaragua y otros países. Estos focos debilitaron a la URSS económicamente. A consecuencia de esos frentes, dispersó sus fuerzas y le tocó financiar a sus satélites para contrarrestar regimientos de insurgentes anticomunistas que, sin piedad alguna, agredían sus intereses. Antes de la caída del Muro de Berlín los rusos iban camino a la bancarrota y, de cierta manera, Shackley —le expliqué apuntando al rubio del maletín—, fue el autor intelectual de este proceso.

—¡Interesante! —comentó Valentina mirando hacia el hombre que ahora leía tranquilamente—. ¿El tal Shackley tuvo que ver en el escándalo Irán-Contra?

—No lo creo, aunque hoy se le atribuye a él parte de toda esta saga. Desafortunadamente el Irán-Contra entorpeció el conflicto en Nicaragua. Nos debilitó mucho a los que estábamos allí jodidos, jugándonosla dentro, porque en medio de ese proceso se perdieron oficiales valiosos, gente de la administración Reagan que abogaba por nosotros y el primero que aparece. La verdad es que sus reemplazos sí no tenían el espíritu de lucha de sus antecesores.

—¿Tú estuviste allí? ¡No lo puedo creer! —chilló la loquita un poco azorada—. ¿Qué tienes que ver tú en el Irán-Contra? Dime la verdad.

—¿Yo? —dije mirándola a los ojos y acallándola con un beso en su boca emborronada de rojo escarlata.

—¿Tú fuiste protagonista de eso? Dime la verdad, Adrián. No lo puedo creer —gritó despertando la curiosidad del resto de las personas que intentaban tomar su refrigerio tranquilamente.

—Baja la voz —le ordené entre susurros—. Esa es una pregunta un poco delicada, ¿no te parece? —le contesté divirtiéndome mucho con su asombro.

Uno vive las cosas más difíciles y luego las recuerda como un simple episodio personal, el resto del mundo como una extravagante película de acción. Es increíble.

—¿Pero por qué? —preguntó ella con una mirada medio ingenua, medio villana, que ya he visto en muchos jóvenes izquierdosos, esa mirada inquieta, como de aspirante a la KGB.

—A ver, mi hermosa verraquita, ¿con quién crees que hablas? Yo no fui un espectador, ni un maniquí, ni un espantapájaros. Según mis enemigos, este que tienes delante fue una ficha clave en el frente sur. Abres los periódicos y, de tener mi nombre real, comprobarías que manejé un sinfín de operaciones encubiertas en el ojo de ese conflicto. Mírame bien —le pedí centrando sus ojos en los míos—, este que está aquí colaboró con Oliver North y su gente montando las redes de abastecimiento para los rebeldes en las zonas más intricadas de Nicaragua también fui el martillo que neutralizó las ovejas dispuestas a alejarse del rebaño con malas intenciones. ¡Ay, Valentina, si tuvieras mi verdadero nombre otro gallo cantaría!

—¿Y de todas esas acciones, por cual te han inculpado? —preguntó tomando mi barbilla con sus manos, fijando su mirada en la mía.

—Uf, por varias. Me acusan, por ejemplo, de la inversión de fondos para fines bélicos y, claro, de la incineración de evidencias en todo ese proceso tan complejo.

—¿Pero de verdad desapareciste las pruebas? —preguntó la cubanita con una sonrisa incrédula.

—Bueno, Valia, solamente un imbécil deja su rastro en las pruebas de un delito —le expliqué exaltado al tiempo que la camarera se acercó para pedirnos amablemente que bajáramos la voz.

Valentina se disculpó y yo me excusé con un gesto amable.

—No sabía que tu generación en Cuba había oído hablar de Irán-Contra —sondeé mientras buscaba algo de dinero en mi billetera.

—Sí, claro. En la escuela donde me prepararon nos decían que, en ese escándalo, además del presidente Reagan, estuvo involucrado su consejero de Seguridad.

—John Poindexter. Mmm, qué entrenaditos los tienen —medité al escucharla explicar una versión de mi propia vida—. Sí, John fue condenado en el 90 por ser uno de los máximos responsables, pero luego fue absuelto por temas de inmunidad parlamentaria. Así es la vida en la democracia. ¿Qué más te contaron de eso? —la interrogué para que soltara lo que sabía.

—Nos hablaron de la venta ilegal de armas a Irán a cambio de la posible liberación de rehenes norteamericanos en el Líbano y del desvío de fondos a los contras, a ustedes, los mercenarios que peleaban contra el sandinismo. En fin, al parecer es cierto que de algún modo sí recibieron todo eso. ¿O no? —dijo ella tratando de pasarme la cuenta.

—Bueno, es una manera de decirlo. Cada cual lo ve desde su punto de vista —le expliqué paciente—. Para mí fue una jugada política sucia de los comunistas para desarticular los paladines de Reagan. Nosotros, en un inicio, ni nos enteramos allá adentro, estábamos en medio de la selva, ocupados usando las armas. En una guerra no hay demasiado chisme, solo táctica, tiros y bajas.

—¿Y a ti cómo te fue al final del escándalo? Eso sonó en todas partes —preguntó ella como entrevistándome tras ganar un concurso de Miss Universo, pero yo no me dejé contagiar por su frivolidad y seguí por mi ruta tratando de hacerla entender, con seriedad, mi versión como testigo y parte.

—Después de aquello nunca fuimos los mismos, lógicamente. Perdimos a docenas de colaboradores norteamericanos que estaban de acuerdo en liquidar el régimen de Managua y a los farabundistas en El Salvador. Valentina, de no haber estallado ese escándalo, el destino de los países latinoamericanos hoy sería otro.

—¿Y no pensaste en retirarte? ¿No fue duro para ti? —dijo después de terminar todo mi chocolate, un poco azorada, creo que entendiendo un poco la dimensión del problema.

—Sí, fue duro, pero no me cortó el impulso ni los propósitos —expliqué serenamente, dejando un billete de veinte euros sobre la mesa.

Ella se incorporó y caminó tranquila detrás de mí mientras yo seguía con mucha calma empeñado en ilustrarla.

—Yo, la verdad, siento que cumplí a cabalidad mis cuatro pasos: concebir, conspirar, ejecutar y evadir. La cosa siempre estriba en permanecer vivos para dar el próximo golpe.

—Pero ese golpe fue duro, y creo que uno de los más sonados en América Latina —apuntó entrando directamente en una pequeña sombrerería que apareció ante nuestros ojos al cruzar la calle.

Yo la seguí en el laberinto de casquetes, moldes, cintas y sombreros de caballeros y damas. Me detuve para mirarme al espejo y pensé en las pocas veces que confieso mis batallas. Me coloqué un bombín forrado en seda negra y, cuando busqué a Valentina para mostrarle mi look, me percaté de que había desaparecido.

Caminé entre los turistas que merodeaban por el curioso atelier sin comprar nada y, frente a una enorme luna de espejo, la encontré luciendo un genuino casquete de los años xx.

Ya sé que quería el sombrero y que yo debía pagarlo, por eso me abrazó y me besó preguntándome:

—Macho, ¿tú estás bravito conmigo? De verdad que yo no soy una espía, no tengo vocación, pero me tienen acosada y uno...

—Valentina, uno lo que no puede ser es un mediocre. Si te conviertes en espía, procura ser la mejor espía de tu generación, no una correveidile de cuarta categoría. Yo no soy la persona que buscas, ya no ofrezco un interés real, estoy retirado. La CIA, el FBI, el G2 y el resto de las agencias que un día se interesaron en mi persona lo saben todo. No hay nada nuevo bajo el sol. No pierdas el tiempo conmigo, vete a buscar la proeza en otra parte.

—¿Quién eres en realidad? Dime —rogó cambiándose de sombrero, poniéndose el mío y colocándome a empujones el suyo.

—Pídele a La Habana que te diga —le grité un poco molesto por tener que explicarme ante una desconocida, buscando el precio del bombín, ahora en su cabeza, que no aparecía por ninguno de sus extremos.

—La Habana no sabe quién eres en realidad —dijo ella con la voz entrecortada e insistió—. Por favor, dime quién eres tú.

—Nadie. Yo soy nadie. Estoy muerto. Me he muerto muchas veces, te lo juro. Ese hombre, el de Irán-Contra, murió en los ochenta —expliqué jalándola por un brazo y besándola en una esquina atiborrada de telas.

Valentina se decidió por una boina verde de terciopelo muy elegante. Tenía un broche azul y algunos flecos que se confundían graciosamente con su pelo negro. Yo, que nunca he pensado en lo que cuesta nada, encontré carísimo el bombín, pero la niña quería que lo llevara para salir los dos uniformados de la bendita tienda. En el momento de cancelar, oh, sorpresa, ya estaban pagados los dos sombreros. Según la dueña de la boutique, un señor rubio, alto, con un maletín pesado, nos los quiso regalar.

Entonces pensé que tal vez aquel hombre que se me parecía a Theodore Shackley no era más que algún compañero de lucha, alguien que en realidad conocía pero que, por alguna razón, ya no recordaba bien.

Las trampas de la memoria, pensé, y me fui abrazado a Valentina por la Rue Dauphine cantando *Óleo de una mujer con sombrero* y mirando hacia atrás a ver si aparecía el doble de Shackley.

—Eh, Adrián —se detuvo para reclamarme la cubana en plena calle—. Esa canción es de Silvio Rodríguez —me requirió alarmada como buena militante—. ¿Tú te permites cantar a Silvio Rodríguez?

—Fíjate bien, Valentina, Silvio era quien nos incitaba a pelear con fuerza a nosotros los contras. *Fusil contra fusil* es aún una de mis favoritas.

Los ojos de Valentina parecían salirse de sus órbitas. Ya, debía parar por hoy, era demasiado para ella, me dije. Así, cantando a Silvio, entramos al primer restaurante de comida japonesa que encontramos en el camino, a tomar sake y a olvidarnos del mundo.

Diario de campaña número 24
SAN JOSÉ DE LA MONTAÑA, HEREDIA.
COSTA RICA
DICIEMBRE DE 1989

Washington había intervenido a capricho en Nicaragua, aun antes de que esta estableciera su Constitución. La administración Reagan, recién electa, renovó la franquicia, según dijeron, "debido a la necesidad de tronchar la logística procedente de Managua hacia la insurgencia salvadoreña". Para el presidente y su gabinete, circundar la arremetida marxista que se desataba en la región se convertiría en una prioridad estratégica y, en consecuencia, adoptarían un programa soberbio titulado La Tercera Opción. La estrategia, concebida por un plenipotenciario jubilado de la CIA, mostraba otro camino, pues como era improbable que ni el Este ni el Oeste se bombardearan con misiles nucleares, ni se enfrentaran cuerpo a cuerpo en los campos europeos, había que patrocinar a todo rebelde antagónico a los satélites dirigidos por los rusos. Ese era el modo de debilitarlos. Fue así que aparecieron desde Angola hasta Afganistán múltiples Vietnam. Era el dogma guevariano, pero a la inversa. Nadando en la corriente de esa doctrina, los gringos me otorgaron una patente de corso, y yo la acepté.

Ese día, tras aceptar la propuesta, bailaba lentamente pisando boliches rojos y verdes bajo los árboles de un desamparado y ruinoso parque donde ya ningún niño se acercaba a jugar, y entonces pensé: cómo ha pasado el tiempo; han llovido acontecimientos, he vivido sin detenerme, sin pensar en mí mismo desde que coloqué, como aficionado, aquel primer petardo de juguete hasta este instante en que la CIA viene y me recluta, ya profesionalmente. Es la misma detonación sostenida sobre el cielo de mi vida, única y reconocible descarga que primero parecía infantil y luego fue madurando con el tiempo. Espero que al final de su viaje este cometa desquiciado que aún sobrevuela mi cabeza no termine aniquilándome con su estallido.

La metamorfosis de revolucionario a artesano profesional es lenta y, para que se consuma, hace falta la oferta de un Mefistófeles y un alma dispuesta a venderse en el momento preciso. El revolucionario que se destaca por sus artes en muy raras ocasiones alcanza el poder al estilo de Menachem Begin. Su destino casi siempre lo lleva a morir violentamente, a guardar prisión, a estudiar en la oscuridad el proceso por el cual se ha alistado en la batalla, a licenciarse desengañado o a transformarse en un tipo de corsario, sofisticado, simple, grotesco, pero corsario al fin. El cansancio doblega su perseverancia y, muchas veces, nos cobija bajo la sombrilla de un padrino todopoderoso que resguarda y orienta.

Siempre retendré en mi mente el pronóstico que el Profesor Prado me hizo mientras yacía moribundo en el hospital, aquello de que, si me alineaba con los gringos, lentamente terminaría encadenando mi autonomía y filosofía propia. Lamentablemente tenía razón, aunque, por mi personalidad, nunca logré fusionarme con ellos. Mi adicción por la venganza, la aventura y el poder evitó que me apartara de la verdadera independencia. Yo, al igual que un regimiento de mercenarios insignes de todo este continente, nos matriculamos en la fraternidad más subversiva del siglo XX, y allí descubrimos otra dimensión: el sistema infalible de desestabilizar repúblicas adversas. Mientras el mundo santificaba las revoluciones y sus grandes actores, barbudos, disfrazados de verde olivo, nosotros encarnamos su reverso. Frente a frente, en el campo de batalla, no nos dimos cuenta lo parecidos que éramos. Estábamos demasiado cerca espiritualmente para permanecer siendo eternamente grandes enemigos.

Padecíamos el drama de un continente sin solución, y esa pandemia no se curaba, aunque te pasaras de bando o te adoctrinaran para seguir en él. Dispararnos, aniquilarnos unos a otros no era la solución.

Al pasar de los años, encontré a muchos de aquellos personajes antagónicos que relataban sus hazañas sin saber ante quién hablaban, con esa malformación que posee la memoria de guerra, donde las cosas pierden su verdadera proporción. Escuché narrar batallas donde yo mismo moría, los vi confesar sus dolores postreros y, mientras lo hacían, me percaté de que, más allá de las diferencias ideológicas, refiriéndome solo al conflicto humano, ambos bandos nos parecíamos sobremanera. Tal vez ahí radicaba la imposibilidad de solucionar el conflicto en Latinoamérica. Los contra y sus enemigos tenían gustos e ilusiones comunes, fuimos héroes de la misma tierra. Hoy para ambos, la sensación de estafa, la decadencia ideológica, la pérdida de la familia, la doctrina devaluada, los líderes extraviados en el laberinto de la muerte física o moral desmontan para siempre el verdadero concepto de los bandos. Nuestras tristezas comunes nos han articulado en ese escenario latinoamericano donde ya no hay ganadores ni perdedores.

Me veo en ellos, ellos se ven en mí y, percibiendo todo esto en retrospectiva, es indudable resumir cuánto me había equivocado. ¿Qué más se podía esperar de un forajido lleno de venganza?

Quizás no fui más que cierta especie de samurái depreciado. ¡Qué bochorno! Si mi padre hubiese estado vivo…

En Jamaica, en los aventureros días que viví con McNair, quedé hechizado por una composición de Bob Marley titulada *Ambush in the Night* en la que predicaba la forma sutil en que las naciones poderosas nos ahogaban en eternas trifulcas: "Nos sobornan con sus armas, piezas de repuesto y divisas, y somos tan ignorantes que siempre nos confunden. A través de estratégicas políticas nos mantienen famélicos y, cuando llega la hora de buscar la cena, tu hermano se convierte en tu peor enemigo".

Yo sabía todo esto, pero seguía adelante, cada batalla me lanzaba más contra la realidad, como tira la resaca al surfista contra el diente de perro, lo lanza una y otra vez contra las hirientes rocas de la costa, llenándolo de heridas, desgarrándolo, desgarrándonos en una danza demasiado cruel. Así hemos resistido.

NICARAGUA
MIÉRCOLES 7 DE MARZO 1984
(en las riberas del Río San Juan)

Quería estar seguro de que muchas de las cosas que aparecían en mi mente fueron vividas y no inventadas. Entré a uno de mis nichos donde guardaba con celo el Diario de Campaña.

Río San Juan.

Al amanecer ordenaron nuestro traslado hacia una nueva posición. Obedecimos la orden mojados y sin desayunar. El punto nuevo no ofrecía defensa alguna en caso de un contraataque, pero estábamos mucho más cerca de la orilla del río. A pesar de la fatiga ubiqué una trinchera natural, me cobijé tras un árbol inmenso derribado en la tierra. La escuadra que me acompañaba estaba compuesta por Bismark, con un RPG-7, Matías, con un lanzagranadas M-79, Canino, con un AKM, y el Zurdo, Darío, Toño, Emiliano Chávez, David, Julián, portando AK-47 y granadas de mano, y yo con dos LAW, unos poderosos cohetes antitanques desechables y, además de todo aquello, una granada simple, un Kalashnikov y mi Colt 45.

Aproximadamente a las 6:15, me escurrí a cagar y, cuando ya había terminado y llenaba mi cantimplora con agua, salí por un trillo donde apareció Montealegre y me previno de que alzáramos la guardia porque le habían avisado que el barco se aproximaba.

Transcurrieron solo cinco minutos cuando de repente reventó un tiroteo a unos mil metros de nuestro flanco izquierdo. Un poco más tarde confirmamos que era la escuadra de Manuel quien atacaba a una patrulla sandinista. La balacera fue breve y, tan pronto concluyó, brotó, como un milagro cristiano la barcaza que teníamos que ultimar. Me arrastré como un gato por el matorral, levitando sobre el lodo hasta encontrar el sitio perfecto para disparar; activé la bazuca, ajusté la mira, estabilicé mi respiración y suavemente apreté el gatillo. El proyectil dio en el blanco reventando la cabina de navegación. Un estruendo magnífico estremeció la selva, y a ese sonido le siguió mi potente grito de ¡viva Sandino!

Acto seguido, vi a una persona ensangrentada tirarse al agua y mis compañeros abrieron fuego al cuerpo en penumbras mientras la corriente se llevaba la embarcación averiada. No me fue necesario emplear el otro cohete, nuestra obra estaba concluida. Durante la retirada, una terciopelo se interpuso en el camino y, sin chistar, Toño la decapitó con su machete.

El asalto fue todo un éxito y nosotros sólo tuvimos una baja. Otro guerrillero anónimo sepultado a la intemperie y sin ceremonia. Un hombre más, una maldita vida más.

Ahí comprobé que aún conservaba un ánimo intachable para luchar. Recuerdo que al día siguiente del ataque puse la radio intentando encontrar música clásica, pero me quedé colgado en un noticiero local donde, generalmente, nosotros éramos los protagonistas del episodio diario. En efecto, el locutor anunció que durante la escaramuza habían muerto cuatro militares y tres civiles. Me sentí extraño, nunca había ultimado a un inocente, sin embargo, lo archivé sin un ápice de remordimiento. Tal parecía que había extraviado mi conciencia.

El acontecimiento me dejó demasiado sensible y decidí hacer apuntes siempre que podía. Escribía mucho más seguido para no olvidar nada.

Nicaragua
Lunes 19 de marzo, 1984
(desde la base Luna Roja)

Es evidente que el ejército insurgente es de extracción campesina. Se alzaron porque el sandinismo, a través de su política de relocalizaciones forzadas, reclutamiento, racionamiento y ateísmo los empujó a agarrar la escopeta. Lo sorprendente es que nunca se sublevaron contra Somoza, apoyan una intervención yanqui y no se oponen a recibir entrenamiento ni fondos por parte de asesores foráneos. Militan sin fanatismo y carecen de una ideología colectiva. Respetan a Pastora, pero no lo reverencian, desconfían de los burócratas y políticos que administran la retaguardia, son extremadamente religiosos y rezan antes de ejecutar una operación. Tienen agallas, determinación y moral, aunque carecen de una disciplina militar. Lo mismo detienen una marcha para cortar un tallo de caña, que prenden un cigarro durante una emboscada; les gusta cantar, tocar la guitarra, jugar pelota, beber hasta caerse y singar. Esa masa

de combatientes deambulaba dispersa y desmorali-
zada. Tantos ensueños desteñidos, y los que faltan
por devaluarse.

NICARAGUA
DOMINGO 13 DE MAYO, 1984
(tendido en la maleza esperando a cazar al enemigo)

Hoy se celebra el Día de las Madres en Grin-
golandia. Lástima que no pueda decirle a mamá
lo mucho que la quiero. Al amanecer enterramos
a Tito. Una serpiente venenosa lo mordió en el
trasero y murió agonizando. Apenas tenía quince años.

No me siento bien. He perdido como seis kilos y, aunque en San José me dieron medicina para
matar los parásitos que rebosaban mis intestinos,
creo que volvieron a hospedarse, parece que les
gusta estar conmigo. Tomo vitaminas, ginseng y
anfetaminas para mantenerme alerta. Duermo poco
y padezco de estrés. Necesito una cama king size
con almohadas de plumas y sábanas de algodón.

COSTA RICA
MARTES 12 DE JUNIO
(desde la finca de un colaborador)

Me encuentro a unos veinte kilómetros del em-
palme entre el Río San Carlos y el Río San Juan.
Al norte de mí todo se está desintegrando. Los pi-
ricuacos lanzaron una ofensiva para liberar el río
de nuestras tropas. Según McClintock, quien me
pidió que lo viniera a ver, la anarquía y la incerti-
dumbre reinan en toda la frontera. Él y los cheles
quieren que me meta en el ojo de la tormenta para

hacer contacto con los rezagados y tratar de reagruparlos. Acepté, y Sergio me va a acompañar. En unos minutos salimos hacia allá. La ansiedad me tiene tenso.

Mientras escribo, un escuadrón de zancudos me mortifica con sus zumbidos y picadas. A mi lado, yace un fusil de asalto oxidado que me prestó McClintock, ya lo disparé para cerciorarme de que funciona. Una mariposa espera tranquila en la punta del cañón, se siente libre, más libre que yo para volar a dónde quiera. Me gustaría retozar con mis hijas, visitar a mi madre y a mi hermano, acostarme con una buena hembra, pero, más que todo, tomarme una Coca-Cola con hielo. ¿Qué coño hago aquí? y de voluntario, nada menos. Debo estar demente, como todos estos fanáticos que, en vez de vivir serenos, vagamos inmundos y con la carabina al hombro buscando a quien pulverizar. Si existiera la resurrección, me gustaría morir ahora y regresar de bohemio en una playa de Tahití.

Sufrimos muchas bajas; sólo Montealegre e Iván Rivera salvaron intactos a sus soldados. Quise escribir y, como siempre, aterrizar todo lo que allí había pasado, pero aquello daba asco narrarlo. Las palabras para mí siempre han sido criaturas mágicas, seres delicados y sublimes que transportan y elevan.

Abatido, perdí todo interés en los relatos. ¿Para qué entristecerme más de lo que estaba? No sé por qué diablos no inceneré de una vez mis apuntes. ¿De qué sirve guardar un pasado sin epílogo? Agobiado por el volumen de fantasmas que he exhumado, agarré la botella y encaré la noche. Recostados en una pared se hallaban Darío y Matías, distraídos por el destello de un desfile de luciérnagas. Me alejé agotado y volví a mi lecho colgante. Todo era una burla, todo. Casi a la víspera de los noventa, se veía a mil leguas cómo el Vaticano, sin tanques ni batallones, imponía sus postulados en Polonia y otras naciones. Qué dolor más jodido. ¡Dios! Ojalá que no seas una obra de ficción, porque de ser así, me costaría creer que este manicomio lo controlan los seres humanos. ¡Quisiera dormir y no volver a despertarme en el epicentro de esta pesadilla!

Nuestra batalla sexual terminaba siempre con heridas, arañazos y todo tipo de marcas en el cuerpo. A los dragones, las serpientes, los demonios y los textos en latín que asoman en los tatuajes de Adrián se le añadían los enormes cardenales que yo le delineaba con mi boca. Mi espalda parecía el fondo de las obras de mi tío, Leonardo Castillo. Nosotros necesitábamos llevar ese dolor como una medalla colgando del cuerpo, porque era ese el cuño, la prueba que garantizaba la intensidad con que nos habíamos poseído, deseado.

Si algo se rompía en la habitación, si algo sonaba o caía, entonces Fer tiraba la puerta abajo preguntando si todo estaba en orden.

Una madrugada, el guardaespaldas, como siempre, apareció preocupado después de uno de nuestros animados combates. Necesitaba ver a Adrián, pero yo le expliqué que estaba dormido. Fernando se enfureció con la idea de que yo no le permitía verlo y me sacó de la habitación a la fuerza.

—Está dormido y no debemos despertarlo —le expliqué cuidadosa entreabriendo la puerta. ¿Por qué no confías en mí? —pregunté al sentir su empujón.

—Tienes sangre en la boca… —dijo aguantando mi barbilla con sus dedos rugosos—. ¿Qué coño

338

pasó allá adentro? —indagó forcejeando mientras entraba violentamente a la habitación.

Fernando no entendía que, entre nosotros, el combate, como le llamaba Adrián, era a muerte. Yo me quedé en el pasillo, los dejé solos para que hablaran tranquilos. Al parecer Adrián no despertó, no quiso, entonces el nica salió de allí como un bólido.

—¿Por qué no confías en mí? No entiendo —le repetí, esta vez gritando, rompiendo el silencio de la noche en aquel hotelito de Saint-Germain-des-Prés.

El guardaespaldas regresó y, muy bajito, le dio respuesta a mi pregunta.

—Señorita, nosotros no confiamos en nadie. Nuestro deber es mantenerlo a salvo, vos eres nueva en su círculo y, por lo que veo, muy problemática. Cuido al jefe y mi trabajo es desconfiar. Todo lo que ha llegado a Nicaragua de la Cuba comunista es una mierda —explicó mirándome de arriba abajo.

—Te juro por mi madre que nunca le haría daño a Adrián —le prometí besando la cruz que cuelga de mi cuello.

El nica se echó a reír.

—El jefe siempre nos enseñó que el Judas es un tremendo hijo de puta y puede quedarnos muy cerca. En muchas de nuestras casas de seguridad él colgaba un cuadro de la Última Cena y no por tener a Jesucristo con nosotros, no: era para recordarnos que en toda organización puede existir un Judas —dijo el pequeño y robusto hombrecito como quien recita una oración aprendida de memoria.

—No me temas, Fer, de verdad —traté de convencerlo tocando su cara con dulzura.

—Señorita —dijo él arrancando mi mano de su rostro—, si no sospechara entonces no estaría haciendo bien mi trabajo —explicó pausado, empujándome para que volviera a la habitación.

Entonces me di cuenta de que estaba medio desnuda, con la bata abierta en el pasillo que lleva a los elevadores y a la máquina de hielo.

Al entrar me encontré a Adrián sentando en la cama liando un cigarro de marihuana.

—¿Y eso? —le pregunté extrañada.

—Voy a fumar. Me duele la espalda y esto es lo único que me lo alivia —dijo convidándome con un gesto.

—No, gracias, ahora no —respondí tranquila.

—Fer sospecha de ti. Aprende que eso en ellos es natural. Pero también siente celos porque le he dicho que me gustaría reclutarte —confesó El Parse.

—¿Cómo? ¿Pero tú no estabas retirado desde el 89? —reclamé extrañada mientras lo veía preparar con delicadeza su cigarrito.

—Pues sí, de la ideología sí, pero de la seguridad no. ¿O cómo crees que yo pago todos estos lujos que tanto disfrutas? ¿Quieres venirte con nosotros? Tienes madera, te lo digo yo. La cosa es entrenarte para que hables menos. Eres una buena cuartada, una pantalla espectacular para cualquier movida —comentó caminando hacia mí, corriendo mi bata, bajando a mi sexo, abriéndolo como a una flor con su mano izquierda y besándolo profundamente, metiéndome su lengua hasta donde podía llegar con ella.

—No, Adrián —dije jadeando, enloquecida con el goce que él sabía provocarme—. Estoy cansada —afirmé cerrando las piernas de golpe, atrapando su cabeza con mis muslos.

—¡No tienes edad para cansarte, loquita! —rio mordiéndome hasta hacer que lo soltara.

—El año que viene cumplo cuarenta. Necesito…

—*La vie commence à quarante ans.* Piénsatelo, chiquilla, piénsatelo bien. Te ofrezco buena paga, buena cama, una vida de lujo y, sobre todo, cuidarte yo mismo, para que no te ocurra nada en el proceso. Piénsalo con detenimiento —declaró mientras se ponía su abrigo y guardaba el cigarro en su bolsillo interior.

—¿Y yo qué haría? —dije un poco extrañada.

—Shhhh. Sólo piénsalo —ordenó Adrián besándome en la boca con ese sabor a sexo de mujer que a mí me encanta.

Me quedé sola mirando aquella habitación impoluta, las paredes decoradas a mano con pequeñas rositas color oro. Todo a mi alrededor parecía estar en orden, pero me sentía inquieta y desordenada. Ya no era la misma Valentina que salió de La Habana. Decidí acostarme un rato, aplazarlo todo y al día siguiente pensar seriamente en lo que se me presentaba. Total, en Cuba ya no me queda nadie, pensé buscando la jarra de leche caliente que, a estas horas, ya debía tener servida en la habitación.

Diario de campaña número 25
San José de la Montaña, Heredia.
Costa Rica
Diciembre de 1989

La hamaca siempre fue mi sitio de meditación. En las noches estrelladas y tranquilas, en los breves momentos de paz que pasé en la guerrilla, cercado por el profundo silencio selvático, me perdía especulando sobre las probabilidades de que en el universo existieran otras civilizaciones y, ante esa posibilidad, me preguntaba: ¿serán tan pendencieras como las nuestras?

Bilbao, Pearl Harbor, Londres, Dresden, Nagasaki, Hiroshima, Hanoi han sido los depósitos de nuestra inclinación depredadora, y así, a punta de pistola, se ha reescrito la historia infinita, esa que, de no detenerse, terminará en una detonación atómica.

Yo, que he estudiado minuciosamente los conflictos surgidos tras la segunda guerra mundial, me he dado cuenta de que los brotes terroristas se asientan mayormente en sitios subdesarrollados. Excepto en casos particulares, no se suelen tocar los predios de las superpotencias, las bandas insurgentes saben que no es ese su terreno de juego. En Latinoamérica los desbarajustes son interminables, un hatajo de demagogos criollos de diversos estratos vitupera bilis contra toda lógica y exterminan sin remordimiento, sin diferenciar entre el santo y el avieso. Aunque en muchos casos existe la justificación para empuñar la metralleta, si no fuera por la manipulación perenne que ejercen los monopolios imperialistas, dudo que nosotros, los revolucionarios, utilizáramos la violencia como *vie du jour*. En cada área geográfica mueren los inocentes, los ingenuos, los ciudadanos de a pie y, al caer el telón, ¿quiénes son los ganadores?, los mercados que florecen magnánimamente al compás de dichas hostilidades.

La tradición histórica muestra que el camboyano Pol Pot y el iraní Jomeini residieron en Francia tiempo antes de iniciar sus respectivas revueltas. ¿Quién garantiza que no estaban en la nómina de una Orden que los tutelaba? ¿Pudo ser posible que Arafat y Habash aterrorizaran a los judíos sin las divisas petroleras? ¿Qué canjearon por ese apoyo? Se sabe que el gobierno de Fidel Castro pactó muy pronto con los rusos para recibir enormes subsidios económicos, y es célebre que los somocistas, al igual que Israel, La Contra, Savimbi y los muyaidines de Afganistán recibieron siempre el cariño y sustento del Pentágono. La lista sería demasiado larga y posee un factor común: todos rindieron pleitesía a un patrocinador hegemónico.

Recordaba en este punto al presidente y además premio Nobel de Costa Rica, Óscar Arias Sánchez: "Si vivimos asustados por el narcotráfico que se origina desde el sur, entonces también deberíamos estar escandalizados por el alcance y la magnitud del comercio indiscriminado de armamentos desde el norte hacia el sur. Es desconcertante que los cinco miembros permanentes del Consejo de Seguridad de las Naciones Unidas sean responsables por la mayoría de las ventas de armas hacia el mundo desarrollado, dichos países, en vez de estar promoviendo la paz y la seguridad global, son en sí los mayores culpables de fomentar guerras e inseguridad al fabricar y vender el equipo bélico".

En las últimas décadas se han producido y despachado al contado o a crédito trillones de toneladas de pertrechos. Yo mismo los manipulé, los repartí y controlé mi espacio con parte de ese equipo. Nadie como nosotros para dar testimonio. Tendríamos que estar ciegos para no ver la fuente de ganancias astronómicas que generan. Padecemos del síndrome del "fanático deportivo", lloriqueando o aplaudiendo ante la derrota o la victoria de nuestro equipo con frenesí, sin tomar en cuenta a manos de quienes van todas las ganancias del espectáculo bélico. El mundo observa la guerra en los periódicos, pensando que la muerte es solo simulación y pirotecnia. Son irrisorias las pocas campañas patrocinadas para salvar focas, tiburones, ballenas, ardillas o búhos, pero, para liquidar las componendas antropófagas de las multinacionales armamentistas, solo hay que mirar un noticiero nocturno donde nos incitan a la guerra, entre himnos, banderas y discursos vacíos. Usando como carnada el patriotismo florecen los nuevos millonarios.

¡Mierda! Dicen que cuando uno hace un recuento grave está a punto de morir, pensé columpiándome bajo la capa de la noche. Visitando en retrospectiva algunas de mis acciones de todos estos años supe que mi error estaba en no haber identificado a tiempo al verdadero enemigo y, a pesar de la lección aprendida, supe que era tarde, muy tarde porque había perdido el ímpetu para cambiar mi rumbo y abatir a los culpables.

—¡Adrián! ¡Adrián! —gritó Santiago, quien por su tono parecía traer malas noticias.

—Avanza —le respondí mientras regresaba al presente incorporándome en mi hamaca.

Escoltado por Darío, el agente se acercó explicando, un poco alterado, que acababa de recibir instrucciones explícitas de sus superiores. Ellos exigían que escapara, que dejara el campamento de prisa.

—Interceptamos un mensaje codificado del Estado Mayor de la Quinta Región Militar ordenando liquidarte.

—¿Y? —le contesté irritado.

—¡Te van a ultimar si no te vas! Han penetrado tus defensas, y no sólo eso, Falcón, confirmamos que hay agentes ticos rastreándote. Si te cogen, te matarán con la excusa de que trataste de huir. Sabemos que el cónsul cubano de Panamá está recopilando información sobre ti —agregó Santiago.

—¡Yo no me voy de aquí! —le advertí empujándolo bruscamente.

—¿Quieres terminar como tu padre? —rugió el americano.

Lo miré con desprecio sin mencionarle el origen de su madre, pero ni siquiera esa mirada perturbó su rigidez imperial. Aprovechando mi silencio, el tipo soltó nervioso su parrafada. Por primera vez en todo este tiempo lo vi hablar como un ser humano. Trataba de convencerme, quería salvar a quien ya no quería ser salvado.

—Hombre, reacciona ¿no ves que estás acorralado? Noriega por el sur, el FSLN en el norte, Cuba olfateando y, para colmo de males, los izquierdistas dentro de la justicia local pisando tu sombra, sin contar que a mi gente ya le agotaste la paciencia. Aún podemos tirarte un salvavidas, solo si me prometes abandonar la zona —explicó desesperado por acabar esta historia y salir finalmente de algo tan peligroso como yo, un monstruo que ellos mismos se inventaron y ahora operaba sin control.

Si buscaba una contestación mía, lo defraudé. Casi le suelto que, a pesar de que me estaban puliendo para renovar mi contrato de mercenario, hacía rato yo mismo había decidido dimitir; pero no, mantuve mi hermetismo. El misterio siempre ha sido mi mejor arma. No me atraía compartir mis pensamientos con un personero de la CIA, mucho menos al final del capítulo.

—¿Entonces qué? —inquirió Santiago ojeando su reloj de pulsera en uno de aquellos ademanes que venían acompañados de muecas extrañas, esas que siempre yo intentaba descifrar sin éxito.

Esta vez sí que leí su gesto: indicaba urgencia, distancia, hastío y falta de tiempo. Sin contestarle ni despedirme, le di la espalda. ¿Para qué despilfarrar saliva? Su advertencia volvía a ratificarme una vez más que los intereses mayoritarios prescindían de mí, sin darse cuenta de que yo, desde hacía meses, dudaba de mi vocación ideológica y, con ello, se perdía mi fe en el movimiento.

Cuando te inmiscuyes de corazón en un proceso revolucionario en apogeo te sientes invencible, predestinado para un fin. Yo mismo, en mi fantasía, vivía convencido de ser inmortal. Avanzaba sin miedo hacia las balas, transcurría sobre el desastre iluminado como esas deidades mitológicas que exterminaban impunemente a sus súbditos terrenales en nombre de algo que a veces parecía abstracto y otras demasiado cruel. Fui implacable desde el delirio, como castigo o por simple antojo. Después de vivir en ese cosmos de rebeldía e intrigas, reincorporarme a la vida civil me parecía bastante aburrido. Reconocía mi masoquismo en el hecho de no querer alterar mi biografía con la de ningún otro, yo era yo, no deseaba cambiarme por nadie. Todo lo sufrido, todo lo sentido, incluso las heridas y los golpes bajos, los momentos duros, el hambre, el dolor, el miedo, el frío, la inseguridad, las traiciones y el riesgo, mis nervios tersos a toda hora, la soledad o las buenas y malas compañías, todo aquello hoy me parecía inmenso, inolvidable. ¿Cómo podría entonces imaginarme jubilado?

Lo que verdaderamente me carcomía era la pesadumbre de haberme prestado para tanta devastación. El culto a la furia marcó todo mi camino. Recuerdo que al principio deseaba reivindicar la muerte de mi padre, pero con el tiempo me envició la aventura y el ideal teórico fue quedando atrás. No sólo eran responsables los cerebros maquiavélicos de Moscú y Washington, promoviendo pugnas interminables para favorecer sus emporios, sino también la cantidad de psicópatas descarriados que, como yo, vibraban exaltando estandartes, amputando vidas y castrando sueños.

Ahogado por la morbosidad fúnebre que me rodeaba, escogí atravesar solitario, una vez más, el patio de la quinta. Con solo una seña le expliqué a Darío mi determinación. ¡No me sigas!

¿Y el futuro? Me pregunté averiguando por lo intangible, por lo que hasta entonces no me había causado demasiada inquietud. Los acontecimientos globales presagiaban que a América Latina jamás la dominaría el leninismo. Era obvio, el ocaso soviético estalló con la *Lambada* y el derrumbe del Muro de Berlín, para nuestra izquierda extremista el desmoronamiento marcó el final irreversible de la era guevarista. Las noticias internacionales aseveraban que a los parricidas solo les restaba navegar sobre aguas democráticas, pero, en el fondo, yo, que conocía muy bien la fauna de este continente, desconfié siempre de aquello, vivía convencido de que la industria militar seguiría sembrando el caos. Es criminal que los revolucionarios auténticos no fueran lo suficientemente sagaces para construir aulas, instaurar la democracia con elecciones limpias en vez de circular con sus boinas negras y carabinas por la selva, o tolerar que la insolencia foránea abusara de nuestros esfuerzos a cambio de vanas promesas, las de lograr al final del camino una real independencia.

Todo eso rumiaba cuando, de repente, se activó el teatro preparado para el final de mi drama. Emiliano Chávez, uno de mis escoltas más anodinos, salió detrás de un arbusto escopeta en mano. Se le veía tenso, inseguro.

—¿Despierto, eh? —lo saludé.

Pero el custodio ignoró mi saludo y me encañonó. Era visible que venía a matarme, me tenía en su mira como cazador a su presa. Se había vendido, estaba claro.

Ante su gesto amenazador se reactivó mi instinto de conservación. Sin pestañear, moví mi pie izquierdo para despistar su atención y, con agilidad fulminante, desenfundé mi pistola. Chávez permaneció boquiabierto sin jalar el gatillo. De haberlo querido lo hubiera mandado al más allá, pero me picaba la curiosidad.

—¿Quién te compró? —indagué con sorna.

—Los Piris —contestó amilanado.

Casi le pregunto cuánto le pagaron, pero, con la misma ligereza que lo puse en jaque, me abandonó todo sentimiento de vivir. Sonriendo bajé la Colt Commander para indicarle que me rendía. Estupefacto, mi presunto homicida quedó estático como un maniquí. Se le veía vacilante, hasta con ganas de soltar el arma, correr lejos y perderse de allí, pero de golpe se disipó su expresión de incredulidad y floreció en él esa sombra maligna y neurótica que precede siempre al homicidio.

Temblando, el hijo de la gran puta recobró el sentido de la misión y disparó. Una pareja de estampidos estrepitosos profanó la tranquilidad nocturna, sus tiros rajaron la cristalina paz que antes me comunicaba con las estrellas. Por un instante creí que no había acertado, pero un fuerte impacto me tiró contra la tierra. Acto seguido una titiritera pavorosa penetró en mis cavidades, y poco a poco comencé a escuchar una sinfonía de retumbos, voces y aullidos arrítmicos perforar la oscuridad. En un círculo se asomaron sobre mí los rostros afligidos de mis colaboradores, Matías, Evangelina, el Zurdo, Carballo, Toño, Chepe y Darío.

—Matamos al renegado. El hijoeputa que te hirió ya está muerto —afirmó el Zurdo, como si con ese comentario fuera a resucitarme.

Intenté sonreír, pero un calambre tortuoso me estremeció y sólo logré escupir un gargajo de sangre.

—¡Adrián! —exclamó Evangelina, mi cocinera, con una cascada de lágrimas emanando de sus ojos.

—No llore. Tranquila, prefiero salir ya de este infierno —grité con el poco resuello que me quedaba.

—¡Rápido, busquen a un médico! —suplicaba la mujer que durante tantos meses me alimentó, curó y alivió de todo el deterioro que la guerra provoca.

—¡Zopilote, localiza a uno! —ordenó el Zurdo.

Inmediatamente, Carballo acató el mandato y desapareció. Intenté decirles que no había urgencia en traer a un doctor, pero no hallé la manera de reavivar mis cuerdas vocales. Aún controlaba mis ojos, aunque estaban empañados de una viscosidad rosada, enfocaban a una cortina voluminosa de nubes que opacaban la luz de la noche. Había un nubarrón en particular que me intrigaba, evocaba al escenario de un juzgado, pero en la versión de un retablo de títeres. Por él desfilaban figuras fantasmagóricas de magistrados, ángeles, demonios, colegas y competidores abatidos, en fin, un alucinante aquelarre celestial. Aunque estaba consciente de que era una ilusión óptica, por primera vez sentí aprensión hacia la muerte. Como en una ópera wagneriana, los exagerados gemidos de la cocinera interrumpieron el melodrama:

—¡Adrián, no te mueras! ¡Ay, Dios mío, sálvamelo! —chillaba desconsolada—. ¡Sálvamelo, Dios mío!

—Tranquilízate, mujer, tranquilízate —reclamaba Matías.

—Vamos a ponerlo cómodo —dijo el Zurdo mientras me abrigaba con una frazada de lana que olía a excremento de gallina. El tufo me mareó, y una flojera raquítica invadió mi metabolismo. Quería decirles que la peste me asfixiaba, pero no podía emitir ningún sonido.

Matías levantó mis pies sobre el tronco de un árbol caído y una mano de alguien que no reconocí me colocó algo similar a una almohada bajo la cabeza. Mi cuerpo estaba entumecido, pero sentía la camisa pegada a la piel, saturada de un líquido cálido y viscoso que fluía a cántaros desde un agujero abierto en mi pecho.

—¡Tenemos que prevenir el desangramiento! —ordenó Chepe.

—¡Virgencita, ayúdalo! —imploraba Evangelina con su voz entrecortada—. ¡Protégemelo, te lo ruego!

—Vamos a orar —dispuso Toño.

—¡Sí, encomendemos su espíritu al Señor por si se nos muere! —lamentó Evangelina resignada.

Sin tardanza, un coro desentonado empezó a recitar:

—Padre nuestro que estás en los cielos…

Paralelamente a la súplica escuchaba nítidamente los latidos de mi corazón.

—Santificado sea tu nombre…

Un escalofrío horripilante azotaba en oleadas mi cuerpo. Poco a poco divisé un rayo luminoso saltar al vacío desde una estrella lejana. Allí me encomendaba cada noche, a ese horizonte intergaláctico de matices cenicientos y oscuros con disparos centellantes y siluetas enigmáticas que esperaban ansiosamente mi llegada.

—Perdona nuestras deudas, así como nosotros perdonamos…

Entre las titilaciones de aquel astro remoto y el vértigo que me vapuleaba, alcancé a leer los mudos labios de Darío moverse repitiendo la oración.

—A nuestros deudores…

¡Qué serenidad! Si así era la muerte, no tenía por qué temer.

—No nos dejes caer en la tentación…

Al ritmo de la oración se desvaneció la claridad que antes me acompañaba, y el aire gélido, cortante, comenzó a perforarme, me dejó expuesto a una intemperie extraña. Poco a poco perdía el oxígeno. No me sentía las piernas, ni los brazos, unos tambores lejanos repicaron en mi cabeza, esta vez el ritmo suave y lento parecía acompasar mi corazón.

—Por los siglos de…

—¡Amén!

Entonces se esfumó toda agonía. La luz trémula, el concierto de rezos, las señales del cielo, los tambores de mi infancia, el horror de los años, mis hijas, mi madre, mi hermano, el Profesor Prado, mi padre y el resto de mis amistades comenzaron también a esfumarse sin dejar huella. Percibí que, aunque yo no quisiera, mi alma quería volar. Sentía frialdad y más frialdad y una escasa iluminación que alumbraba apenas el brumoso camino que debía tomar. Ahora ya no había luz, ni siquiera esa precaria fluorescencia de la estrella que cruza fugaz del cielo a tu mente en fracciones de segundos como una idea ambigua. Se extinguió mi deseo de estar, de sostenerme, me apagué como una candela sofocada por un viento delicado, entrando en una densidad sombría, confortable, espesa, soñolienta y eterna.

Manual del mercenario latinoamericano

1. El guerrillero clandestino debe poseer un intelecto frío y el pulso del ajedrecista. Diseñar un plan B, C, D y E, improvisar como un jazzista virtuoso y cambiar de táctica fluidamente para no sucumbir ante la eventualidad.

2. El espía, el guerrillero, el asesino profesional debe redactar reportes, contabilidad, presupuestos, así como trazar estructuras certeras para su modus operandi en el complejo teatro de la guerra. Proteger estos documentos y esquemas es fundamental para no ser descubierto, el guerrero no debe puntear su camino como una babosa. Guardar celosamente su información es cardinal en la supervivencia.

3. Cuidar el ego, aparecer vestido de manera llamativa en sitios sociales conspira contra su imprescindible invisibilidad. Evita ser detectado en el momento de la acción. No debes abandonar jamás tus artículos personales en sitios públicos, ni dejar las herramientas con tu información en manos extraños.

4. La paciencia es el arma más grande.

5. El primer error de un experto en demolición es enrolarse en dicha profesión, el segundo, armar o desarmar un artefacto erróneamente. Al no saber manipularlo puede reventar en sus propias manos. Aprende al dedillo la estructura de tu armamento. Haz de tus armas un aliado y no un instrumento letal.

6. No morir por tu patria. Mantenerte vivo para seguir aniquilando y solo así poder defenderla. Morir por tu patria no es vivir, como reza cierto himno.

7. Se considera suicida aquella operación que no tenga bien definida sus rutas de evasión.

8. Cuatro fases esenciales para la ejecución exitosa: concebir-conspirar-ejecutar-evadir.

9. Para los cuadros combativos la ideología debe ser elástica. Se acomoda a las circunstancias y al contexto. No aferrarse al poder, saber poner fin al liderazgo para no convertirse en dictador de tus tropas o país.

10. El mejor aliado de un guerrero es su instinto, saber escucharlo es su verdadero arte.

11. Las casas de seguridad son nichos sagrados a los que solo deben acceder tus principales colaboradores.

12. Matar a sangre fría o caliente es una virtud. Si todo lo sucio se lava, la conciencia no es una excepción. El mercenario no debe tener demasiada conciencia de sus actos. La culpa queda desterrada de su diccionario ético-sentimental.

13. El pánico es el peor enemigo del combatiente, congela tus pensamientos y detiene la acción.

El miedo, por el contrario, dispara la alerta y puede ser un aliado poderoso. Nunca dejes que el miedo te paralice.

14. Analiza los 360 grados del terreno que pisas. Si piensas como cazador y como presa, evitarás caer en las trampas. Perfila tu mirada a lo que la mayoría de los mortales no alcanza a advertir.

15. No establezcas un patrón de tus movimientos. Rompe esquemas, los rituales son trampas, los itinerarios la mejor guía para caer en manos de tu enemigo.

16. Toda encerrona tiene su salida, aunque sea la carta de la muerte. Elimina el pánico o la histeria, ellos son enemigos de la razón. Concéntrate en abrir una brecha.

17. Un sicario asalariado presta servicios de la misma forma que un plomero, electricista o carpintero. Al igual que por estos oficios, se les paga por su destreza; mientras más practique su arte, mejor será su desempeño.

18. La traición tiende a ser repetitiva. Si los que te rodean no te temen, si tus enemigos o colaboradores no te respetan ni calculan tus talentos, pueden ponerte en peligro.

19. Para un luchador, poseer un gramaje controlado de paranoia es muy importante. En una boda, en un funeral, y hasta en la relación de pareja, debes mostrarte alerta y hacer notar a todos que lo estás.

20. La conciencia de un operador urbano y rural debe ser abierta, estirarse como un acordeón hasta perder el sonido. Un cuadro debe ser un

calculador maquiavélico. Demasiada conciencia e ideales pueden llevarlo al descalabro.

21. Las máscaras son las mejores armas de un guerrero. Caras de tigre y de payaso, de intelectual, de ramera, de dragón, de tonto, de cínico y de cobarde, el loco y el incendiario, el dictador y el padre de familia. Las máscaras son su verdadera protección mágica, lo ayudan a disfrazar su talón de Aquiles, a disfrazar el yo ante sus enemigos.

22. Las mujeres inteligentes, con cierto grado de picardía, son ideales como espías. Las trampas trazadas por una mujer serán siempre un agujero infinito, insondable. Reclutar o aliarse a las mujeres, cuidarse de ellas, no sucumbir a sus encantos.

23. Un buen reclutador no excluye a nadie. Un buen agente puede ser homosexual, artista, escritor, periodista, prostituta o banquero; solo hay que pulirlo para convertirlo en un arma secreta contra tu peor enemigo.

24. La audacia es la mayor droga del guerrero.

25. Preocúpate seriamente cuando el enemigo no ataque tu integridad, eso significa que nuestro trabajo no tiene la relevancia que esperamos.

26. Las mejores estrategias se trazan desde ángulos distintos, incluso, aquellos contrarios al nuestro.

27. El guerrero siempre vive cinco o diez vidas, pero esto solo es posible cuando tu destino se encarna a sangre fría.

28. Para atravesar las fronteras con pasaportes falsos hay que saber interpretar grandes roles. Crearte otras fechas de cumpleaños, un nuevo

drama patriótico familiar, vibrar con otro himno, bailar con otra música, desear a otra raza y convertirte en el individuo que dices ser. Olvidar quien fuiste alguna vez, quemar tu ego, nacer de nuevo.

29. En el arte de eliminar una presa, tras su captura, háblale solo lo justo para decirle lo puntual o necesario, jala el gatillo y no expliques demasiado, pásale el cuchillo sin desperdiciar un segundo confesándole por qué lo enviarás a la eternidad. No uses tu retórica, usa tu arma. Un segundo hace la diferencia entre su libertad y tu muerte.

30. En la guerra la percepción muchas veces se convierte en realidad.

31. El uso de celulares es un arma de doble filo. Agiliza cualquier acción comunicando objetivos distantes, pero abre la posibilidad de que alguien te rastree.

32. En el reino de la ficción, en el cine o en las novelas de espionaje, los héroes cruzan las fronteras armados. En el mundo real los profesionales creamos una red de apoyo en el país donde se va a operar, sin contar con el arte que debe poseer el guerrero contemporáneo para construir bombas caseras, crear filosos cuchillos con instrumentos cotidianos o conocer sustancias nocivas que, al ser mezcladas, pueden crear poderosos venenos. Las armas más poderosas somos nosotros, y esas no pueden ser detectadas en frontera.

33. El entrenamiento del guerrero guarda la clave de su supervivencia. Un entrenamiento a medias te asegura ser un mediocre en lo que hagas.

34. Ante la persecución, no te desesperes. Conduce tranquilo adivinando cuántos coches tienes detrás, si vienes a pie, cuántas personas siguen tus pasos. Analiza, abúrrelos, despístalos. No escapes demasiado pronto, intérnalos en tu mundo, llévalos a tu zona de confianza, trázales un laberinto, huir despavorido o perderles de vista puede ser mortal.

35. Sin dinero no hay revolución. Para tumbar un gobierno o ganar una guerra se necesitan recursos ilimitados.

36. La propaganda y la desinformación son puntos esenciales en cualquier guerra. Un falso triunfo bien construido y propagado por los medios de comunicación puede cambiar la historia de un país.

37. El guerrero debe poseer un alto instinto de peligro, intensa necesidad de acción y una aguda adicción a la adrenalina, esa es la única sustancia que asegura conservar su vida moviéndolo con furia suicida sobre las adversidades.

38. El gran cazador debe tener olfato de primera, ojos de águila, oídos en la mente, desprecio a la muerte e infinita perseverancia.

39. De la prisión se sale, de la tumba, no.

Cuántas veces me he preguntado qué carajo tiene en la cabeza toda esta gente, y era esta y no otra mi oportunidad para descubrirlo.

Quería averiguar si para ella es justo permanecer allí, en un cargo ideológico, pero sin ninguna aptitud política. En el caso de que estuviera convencida, yo cerraría mi boca y la ayudaría a regresar hasta en primera clase, porque no hay cosa que respete más que a una persona convencida de su fe, aunque yo sepa que los ideales eran verdes y se los comió un chivo.

Valentina me esperaba a las puertas de Angelina en el 226 de la Rue de Rivoli. Yo había alquilado un estudio cerca de allí para darle una buena sorpresa, pero antes debíamos desayunar algo, y de paso, prepararla para lo que vería. Pedimos los tradicionales chocolates calientes y el maravilloso croissant que hacen allí. Bajo la luz de aquel hermoso lugar me di cuenta de que, por mucho que hiciera, por mucho que intentara sorprenderla, sus ojos guardaban un fondo triste, algo que nadie alcanzaría a maquillar porque le venía desde dentro. Esa era la misma jodida expresión que adoptó mi madre desde que llegó al exilio. Era increíble, allí estaba yo otra vez, intentando auxiliar a alguien que necesita seguir por donde va.

—Valia, ¿alguna vez te diste cuenta de que lo que estabas haciendo no era real? ¿Todavía crees, loquita, que aquello tiene salvación? —le pregunté a punto de pagar la cuenta para llevarla ante mi sorpresa.

—Sí. Una vez, hace poquito… —dijo con cierta angustia.

—Cuéntame —la reté entusiasmado.

—Tuve un novio que tocaba la trompeta en un grupo musical muy de moda en los noventa, lo acompañé al aeropuerto y, como ya me habían dado ese carnet con el que se puede llegar hasta la pista, lo despedí a la entrada del avión. Nunca más supe de él, se lo tragó ese vuelo de Copa con destino a Medellín y escala en Panamá. Lo busqué a través de la embajada cubana, pero desapareció.

Cuando abrieron la embajada cubana en Washington, yo fui con el grupo de apoyo. Él me localizó a través de su prima, una ex compañera de trabajo que hoy vive en Nueva York. Mi generación en la escuelita del Minrex, casi en pleno, se fue de Cuba. Nos vemos por ahí, a escondidas, cuando viajamos. Javier me citó en una cafetería cercana a la nueva embajada. En medio del tumulto y la efervescencia de la gente gritando en contra y a favor logré escaparme un rato.

Ese día salí de dudas y por fin me contó por qué decidió asilarse en Colombia. Llegando a Medellín ayudó a su hermano, el percusionista del mismo grupo, a mover un guacal en el aeropuerto, y al destaparse, descubrieron que sus instrumentos estaban repletos de armas. Todos aquellos conciertos valían nada, lo verdaderamente importante de esos viajes era el traslado de pertrechos, pero ¿para quién?

—Ay, mi querida Valentina, eso lo sé. Si quieres te doy la lista de la cantidad de congresos o actividades que se realizaban en Nicaragua, Colombia, El Salvador, Uruguay usando valijas diplomáticas para entrar o sacar cargamentos…

—No, Adrián, gracias. Prefiero seguir así, en ascuas. Me ha ido mejor como soy.

—Entonces, ¿qué te cambió saber la historia de tu amigo?

—Ese día, en medio del acto, escuchando el himno nacional en el portal de la nueva embajada, supe que no podía seguir en Cuba.

—Pero, ¿y entonces? —grité extrañado.

—Sé demasiado para quedarme, sé demasiado para desertar. No le convengo a nadie, Adrián.

—¿Tú crees? Una vez que salgas y encuentres tu lugar te darás cuenta que todo eso está en tu cabeza. Todos podemos reinventarnos.

—No me animo a fregar platos, tampoco a empezar de cero en el capitalismo. No quiero abandonar mi casa de Tarará con todos los recuerdos de mis padres. ¿Qué pretexto puedo dar para irme del ministerio sin ser investigada, sin que me obstaculicen la salida? Tengo miedo.

—No, no dejes que el miedo te paralice. Es el momento, toma ya la decisión. Tú de verdad crees que la izquierda aún puede, con su largo brazo…

—No —dijo mirándome con una espantosa frialdad—. ¿Qué es la izquierda? ¿Qué es la derecha? ¿Raúl Castro es la izquierda y Donald Trump la derecha? Hazme el favor. Yo sí no creo en nada y no me pidas que me defina, por favor, tú no.

—Somos dos desencantados, loquita. Hoy me dedico a la seguridad. El que paga, manda. Sigo siendo un mercenario, pero el patriotismo quedó en el pasado, en una de mis siete vidas anteriores.

—¿Por qué me dices loquita? Es la manera más fácil de no comprometerte con mi cabeza, de evitar entenderme.

—Sí, más o menos. Tal vez prefiero pensar que estás loquita para no meterte en el cartucho de balas perdidas en el que vives —le recalqué.

—¿Cuál es la sorpresa, a ver? —dijo intentando sonreír por primera vez en el día.

Después de pagar salimos caminando bajo una lluvia fría y persistente, sin cruzar palabra, disfrutando por primera vez nuestro silencio, hasta llegar a un enorme edificio también en la Rue Rivoli pero en el número 33. Digité una clave secreta a la entrada y el enorme portón se abrió para nosotros.

Atravesamos el patio, subimos un piso, y allí estaba el estudio. Metí la antigua llave en la cerradura vitoriana y se abrió ante nosotros una pequeña parte de mi colección.

—Pero... ¿y esto qué es? —preguntó Valentina abriendo sus enormes ojos azules para que le alcanzara la vista y lograr absorber todo cuanto había allí.

—Una pequeña parte de mi colección —dije orgulloso y también conmovido al verla temblar ante tanta belleza.

Ahí estaban mis tesoros. El mejor arte latinoamericano que encontré en el camino, una selección de la pintura y escultura que más me había gustado en la vida, con obras desde los años cuarenta hasta la fecha. Esto era solo una probadita de lo que participaría en la muestra anual de coleccionistas privados de París. Sin contar con una selección de mis máscaras africanas, esa ya estaba expuesta en una galería cercana.

—Cascabel se encargó de traerla. Como no tengo una residencia fija casi todo está guardado en un *storage* o colgado en las paredes de mis hijos, pero afortunadamente esta muestra llegó intacta. Todo mi dinero lo he empleado en comprar estas joyas que, un día, mi familia deberá donar a cualquier museo, o tal vez abriremos una fundación, algo que vaya a parar a una buena causa.

—¿Una buena causa? —dijo ella sin levantar los ojos de un Mariano Rodríguez de los años cincuenta. Es que no te entiendo. Estas dos semanas he tratado de comprenderte, pero ya me rindo.

—¿Qué no entiendes? —explícate.

—Después de matar, torturar, demoler, venderte y venderlo todo, ¿cómo puedes pensar que todo esto puede ir a parar a una buena causa? ¿Cómo puedes tener este ojo para la belleza y el otro para la demolición? —preguntó acercándose a un Matta enorme dibujado sobre papel.

—Deberías pensar antes de hablar —dije intentando que ella entendiera un poco de qué carajos va esta vida.

Valentina seguía tiritando; el estudio aún no tenía instalada la calefacción. Vi cómo su cuerpo entraba y salía entre Wifredo Lam, Duval Carrié, Botero, Diego Rivera, Loló Soldevilla, Marta

Minujín, José Bedia, Julio Leparc, Los Carpinteros, Carlos Garaicoa, Vik Muniz. Tenía ganas de abrazarla, de cogérmela de pie, allí, frente a mis obras, pero no era el momento. La disfruté así, viéndola gozar tranquila el arte que había comprado con el dinero ganado en combate.

—Ya sé que no es correcto, pero, ¿puedo tocar este Lam? —preguntó buscándome por la improvisada galería.

—No, manitas atrás —dije besándola en la nunca.

Entonces, tal y como lo había previsto cuando encontré el estudio, ella se subió sobre mí, zafó con la destreza de siempre mi pantalón, y saltó sobre mi sexo como el animal salvaje que era. Ese día no hubo golpes, no hubo más dolor que el provocado por nuestros sexos encajados como lanzas, punzando fuerte hasta estallar de gusto.

—¿Cuál es tu obra preferida? —le pregunté con ternura.

Valentina no me escuchó, jadeaba sobre el suelo, desvariaba entre el placer y la confusión. Después, hipnotizada con las obras y el sexo, mi loquita se quedó dormida. Cuando bajamos a la calle ya había anochecido. Caminamos abrazados bajo el aire frío de París, pensando en cómo se vería toda mi colección en uno de los tantos museos que tiene esa ciudad.

—¿Por qué alguien como tú colecciona arte? —preguntó Valentina tiritando.

—Valentina, desde que nací he subsistido en una guerra perpetua que no elegí yo, fue impuesta por mi padre, viviendo revoluciones dentro de contrarrevoluciones. Cada época ha traído más y más desprendimiento, los padres de nuestra generación nos dejaron una herencia de sangre demasiado verraca para saldar. Desde niño, por el fusilamiento de mi cucho, viví rodeado de miedo y desconfianza. Se acabaron los Reyes Magos y la Navidad, perdimos todo y terminamos escapando. Piensa en un escuincle que fue creciendo en ese ambiente. Aprendes a vivir en un mundo real y no en las fantasías que anhela cualquier niño. Cuando ya fui adolescente ese conflicto se acrecentó y la acción, las armas o la muerte sustituyeron a las ilusiones que cualquier ser humano tiene para poder seguir soñando. Hay traumas que nunca se borran, o te hacen fuerte o te destruyen, por eso colecciono arte, es el modo de recuperar de a poco las ilusiones. Es un estado de calma que llega como una ola entre tanta violencia. Es algo sublime, espiritual, que me toca aquí dentro. Coleccionando he descubierto un universo increíble, dejo salir lo mejor que tengo al seleccionar una pieza y llevarla conmigo, me encanta ver como estos mercenarios de la brocha y el pincel engendran sus obras del mismo modo que yo me invento las mías para poderlas pagar.

No sé si la loquita me creyó, creo que necesitaba tiempo. Su silencio significaba darse tiempo para razonar sobre esta historia sin precedentes para ella, de cómo un mercenario se vuelve coleccionista de arte latinoamericano.

—Setecientos mil cuatrocientos por *Muslos castrados*, 1967 —decía el subastador muy risueño, con su voz grave, usando su pésimo español para cerrar las apuestas.

¡Y yo no aparecía!

La puja de *Muslos revueltos* no tuvo demasiada suerte, pero *Lívido & Revolución*, realizado en el 77, cuando nació su sobrina, sí llegó al millón doscientos, algo que no esperaba Paul.

Allí estaban los dos, sentados en medio de los compradores compulsivos que pujaban para llevarse consigo cualquier cosa que los pudiera aliviar.

Yo siempre estoy donde quiero, y me las ingenié para verlos allí, nerviosos en medio del remate. Es curioso, jamás robé ninguna obra de arte para engordar las arcas de nuestra causa. Con el arte nunca me metí, ese es mi espacio sagrado, el nicho que siempre he conservado virgen.

Cuántas veces entramos a saquear mansiones tapizadas de obras magníficas. Jamás dejé que se llevaran un cuadro ni una escultura, y yo solo las miraba nervioso, en medio del desfalco, prometiéndome: algún día yo seré también coleccionista.

—Si no aparece, me voy —le decía mi loquita a Paul, mirando nerviosa a todos lados—. Si no aparece, estoy perdida —volvía a repetirle en medio de los remates, mientras él le sonreía tratando de salir premiado.

—Coño, nada más que a mí se me ocurre creer en un mercenario. ¿Falta mucho? —averiguó Valentina, ausente de la reñida lucha que sucedía a su alrededor.

Paul ni siquiera le contestaba, se le veía concentrado en su ofensiva.

—Mañana me voy para Cuba, lo juro por mi madre —gritaba ella en su oído, mientras él levantaba delicadamente sus dedos elevando poco a poco la última oferta en voz de su asistente, retando a los contrarios a que remontaran la cotización de su artista.

Fueron las mejores apuestas de la noche. ¡Las obras elegidas era descomunales! Un nuevo artista latinoamericano apareció en el alto mercado. Paul estaba loco por contarme. Todo había salido mejor de lo esperado.

—Me voy. Sácame el pasaje —gritaba Valentina a la salida del salón, mientras los *dealers* felicitaban al galerista.

—¿Qué diablos harás en Cuba? —le preguntó Paul.

Ella no supo qué contestarle, se encogió de hombros y caminó tranquila a su lado.

No lo puedo creer. ¿Un millón doscientos? Eso solo lo pudo lograr un hombre con la sangre fría de Paul. Él trataba de localizarme por todos lados para confirmar si yo estaba contento con el trabajo, pero era tarde. A esas alturas Adrián Falcón ya estaba muerto.

Cascabel aparece solo cuando es preciso, no lo molesto para nimiedades. El día que se necesita un guerrero, ahí está él, dispuesto y sin preguntar demasiado. Esta vez no sólo me trajo parte de la colección, vino para concluir el trabajo.

Fer tenía toda la razón, me había expuesto hasta el límite, me quemé con Valentina, y su nexo con Cuba significaba un gran peligro para mí. Era el momento de esfumarse. Tenía que morir, ya era hora, y el único ser competente para ejecutarme era, sin duda, el comandante nica.

El hombre llegó puntual al hotel, en medio de la algarabía de un sábado en la noche, sacó mi cuerpo tapado por una sábana, buscó una falsa ambulancia en un país donde no existen los sobornos, encontró la vía y el momento para burlar la vigilancia policial, y dejó claro entre los empleados que me había dado un infarto. Todo salió como yo quería, porque cuando se trata de matar a alguien mi compadre es el mejor de todos.

A pesar de que Paul quería celebrar y ya tenía reservada una mesa en el mejor restaurante contiguo a Rond-point des Champs-Élysées, la loquita insistía en perseguirme por la ciudad, planeaba pasar por el hotel y, si no estaba allí, buscarme en el estudio de la Rue de Rivoli. Le preguntaba al galerista si yo me había enfadado por algo. ¡Mi pobre Valentina!

Por fin Paul la llevó hasta el hotel, ambos albergaban la esperanza de que Fer y yo apareceríamos para hacer esa noche inolvidable.

—Si está allá arriba me cambio de zapatos y bajamos enseguida. Te lo prometo. Paul, muchas gracias por traerme —gritó la cubanita aun ilusionada de encontrarme, empujando con fuerza la pesada puerta de madera y cristal.

Solo de entrar apareció el gerente para darles la fatídica noticia.

—El señor Falcón ha fallecido.

Paul se quedó patitieso escuchando aquello, que parecía una broma de mal gusto. Valentina simplemente siguió de largo, porque ella sí que estaba acostumbrada a lidiar con la muerte.

Al amanecer, cuando todo debía haberse aceptado, y como en la guerra, se había hecho el recuento de los daños, Cascabel tocó a la puerta de la habitación que antes ocupábamos la cubana y yo. Valia abrió enseguida.

—¿Valentina Villalba? —preguntó el mensajero.

Ella, que no había llorado ni dormido, lo miró con cara de fastidio. Daba la impresión de que lo esperaba desde hacía horas, y que, para su gusto, el mensajero se había demorado demasiado.

—Usted dirá —expresó con dureza, apurada, a medio vestir y recién bañada, haciéndolo pasar con un gesto desganado.

Su maleta, según el comandante, estaba casi terminada. Solo quedaba abrigarse, pedir un taxi y salir al aeropuerto.

—Tengo la encomienda de entregarle este paquete. En su interior tiene las instrucciones. Muchas gracias. Permiso para retirarme —dijo Cascabel con su acostumbrada calma.

—Valentina leyó mi nombre y se desplomó. Espere. Sólo quiero saber si sufrió mucho —dijo

370

la cubana con su habitual dramatismo, intentando ganar tiempo y obtener detalles del asunto.

—Para nada, señorita. Eso ocurre a menudo. ¿Sabe cuántas veces se ha muerto ese hombre? —exclamó el comandante sin que asomara una sola expresión a su rostro.

Valentina lo miró asustada. Cascabel le dio los buenos días y se marchó.

Mi muy querida Val:

No acostumbro a "resucitar" al instante de "morir", pero esta "resurrección" tiene un apelativo de nombre Valentina.

Desde la noche en la que el galerista nos presentó me apasioné contigo, y sabes que mientras más escarbo en tus temores e impulsos, más te deseo. ¡Es extremadamente difícil borrarte, Val! ¡Tu lujuria, tu néctar, tu locura me enardece! Aunque aparentemente venimos de bandos contrarios, en realidad somos tal para cual y merecemos compartir los demonios que cargan nuestras almas.

Adoro tu modo de subsistir entre las bestias, tu resistencia y tu capacidad para soportar la vida en esa cloaca, rodeada de caníbales verde olivos, acosada por mentiras constantes, aburrida de esquematismos e incoherencias; y me pregunto si ya es la hora, si estás lista para un cambio... Y, si lo estás, ¿podrás vivir con un mercenario como yo? ¿Con un pirata dulce y desquiciado, con un paramilitar y a la vez con un coleccionista de muertos y fantasmas? ¿Podrías algún día intentar ser feliz? ¿Serías capaz de serlo conmigo?

Rastrea estos nombres sin rostro, hombres fríos, duros, argonautas de la violencia. Investiga nuestros nombres, búscanos uno por uno en Google, o intenta simplemente hacer memoria, tal vez nos reconoces de los archivos del Minint.

Yo soy yo, y también un poco todos ellos. *Soy responsable del grito, no del eco.* No creas en todo lo que cuentan los periodistas desesperados por descuartizar la verdad sin conocerla, sin meterse de cabeza en el combate, en la álgida zona de conflicto donde de veras sí puede saberse quién es quién. La derecha nos usa y tolera, la izquierda, en cambio, nos pide la cabeza, y el centro simplemente nos ignora, pero muy pocos pueden tener una visión real, equilibrada, de lo que hemos sido.

Adivina quién soy y, sobre todo, los hombres que he sido. Me pregunto si pudieras vivir con un René Corvo, con un Frank Castro o un Chichi Quintero. ¿Podrías llegar a amar a un Felipe Vidal? ¿Podrías copular con un Frank Chanes? ¿Bailar con un Eduardo Arocena?

El caso Irán-Contras disparó todas las alarmas y nos puso en el epicentro del escrutinio público. Se abrió la caja de Pandora y fuimos juzgados por lo que hicimos y por lo que nos hicieron.

Te repito, mi querida fierecilla entrenada en el socialismo, únicamente tú puedes responder estas preguntas: ¿podrás aprender a vivir conmigo?, ¿podrás vivir, gozar y dormir noche tras noche abrazada "al enemigo"?

Si tu respuesta es afirmativa, mañana a las diez en punto sal del hotel con el sombrero que te regalé y agarra la Avenue Bosquet rumbo sur hasta el número 46, camino al restaurante Le Bosquet. Allí te esperará Cascabel. Si tu decisión es otra, entonces, sí dame por muerto y cerremos este capítulo efímero e intenso sin demasiada ceremonia.

Un beso inmenso.

Me despido con todo mi cariño,

tu Adrián Falcón.

Nota de la autora

Adrián Falcón es el seudónimo elegido por el mercenario que sirve de modelo a esta historia. La novela fue trabajada bajo su consentimiento, tras largas jornadas de entrevistas y encuentros con él, sus colegas y su familia más cercana, el estudio de su papelería personal y un afinado análisis de la complejidad psicológica que encierra este carismático y culto antihéroe.

Falcón ha tenido muchos nombres e identidades tras las que se oculta un ser enigmático y cruel, tierno y diabólico, implacable confabulador devenido en guerrero maquiavélico. Ha sido investigado, juzgado y condenado por acciones delictivas. Y acusado en varios países latinoamericanos de actos hostiles. Más de una treintena de libros y cientos de reseñas periodísticas lo han hecho trascender, siendo hoy una pieza clave de crudas conspiraciones políticas donde sobresale su nombre verdadero, como, por ejemplo, el caso Irán-Contra.

El terror como forma de lucha convierte a La Hermandad —su grupo inicial de operaciones clandestinas— en blanco del FBI.

La vida de Adrián y de sus compañeros transita las fronteras de la conspiración revolucionaria, operando dentro la mafia y los carteles colombianos como vía para autofinanciar acciones de tipo ideológico en un conflicto regional que las ambiciones geopolíticas alimentaron sin escrúpulos. En Centroamérica se inviste como "luchador por la libertad" en las selvas de Nicaragua y, esta vez, en la guerra irregular pero abierta, expande su alma de guerrillero contra el mando de la Unión Soviética, el Sandinismo y Fidel Castro. Allí otra vez conspira, subvierte, se desencanta y deserta.

Falcón termina sus días de acción revolucionaria convertido en *condottiero* de la Agencia Central de Inteligencia (CIA). Se retiró de la lucha activa en las filas de la llamada "Contra" en 1989. Adrián, también conocido por El Parse, Strelkinov, Diablo y Demian, entre muchos otros alias, sigue considerándose un mercenario, un hombre feliz, liberado ya de las izquierdas y las derechas. Actualmente continúa en activo dentro del negocio de la seguridad personal, sin establecer compromisos ideológicos.

Las opiniones expresadas en su voz corresponden exclusivamente a su punto de vista, siempre desde la perspectiva de un villano inusual que, a sus sesenta y tantos años, ha sobrevivido con peculiar sentido del humor a una complicada historia de vida, y ofrece un punto de referencia a los que se preguntan quiénes y cómo eran los enemigos a los que se enfrentaban las izquierdas extremistas latinoamericanas en la segunda mitad del siglo xx.

Su lema fundamental sigue siendo: *conspirar, concebir, ejecutar y evadir.*

El mercenario que coleccionaba obras de arte de Wendy Guerra
se terminó de imprimir en octubre de 2018
en los talleres de
Litográfica Ingramex, S.A. de C.V.
Centeno 162-1, Col. Granjas Esmeralda, C.P. 09810
Ciudad de México.